時代を生きる作家と文学

牛久保建男
Ushikubo Tatsuo

光陽出版社

時代を生きる作家と文学

目次

表紙絵・百瀬 邦孝

時代を生きる作家と文学

――牛久保建男文芸評論集

I

「戦争」に向き合った二人の作家
――石川達三「生きている兵隊」、火野葦平「麦と兵隊」再読

宮尾節子さんという方が書かれた、「明日戦争がはじまる」という詩があります。昨年話題になった詩なので ご存知の方もあるかと思います。

「まいにち／満員電車に乗って／人を人とも／思わなくなった／／インターネットの／掲示板のカキコミで／心を心とも／思わなくなった／／虐待死や／自殺のひんぱつに／命を命と／思わなくなった／／じゅんび／は／ばっちりだ／／戦争を戦争と／思わなくなるために／いよいよ／明日戦争がはじまる」

この詩は、今は六十二歳になる女性が八年前に書いた作品です。毎日の生活の中で次第に人間的なものを奪われていくということが、この作者の中では戦争というイメージに昇華したの

です。今日、憲法の制約を破って日本が戦争できる国にするという戦争法案が強行に進められようとしていますが、このような時期に読むと、この詩は戦争というものの本質を改めて考えさせるリアリティーがあります。戦争は人間を人間でないものに変質させてしまうものです。いきなり戦争になるわけではありません。戦争に至る前に、人は人として大切なものを失っていくのではないか、「命を命と」思わなくなったときに、戦争は忍び寄ってくる。作者はそう考えたのだと思います。そして戦争は一気に人間を野獣に変質させます。人間の心の問題をあつかう文学が、戦争の問題を重要な主題としてきたのは当然のことといえます。

日本は明治維新後から一九四五年まで、繰り返し戦争をおこなってきました。新政府発足後、直ちに徴兵制が敷かれます。徴兵制による最初の戦争が一八七七年の西南戦争でした。「民衆が動員され、敵を殺し、敵に殺される時代が始ま」ったのです（宮地正人監修『日本近現代史を読む』）。大まかにいって最初の対外戦争であった日清戦争から一九四五年の敗戦までの約五十年間、日本の民衆は天皇制という抑圧のもとで、戦争という濁流に向き合って生きてきたのです。年表的にみてみましょう。

1894-1895年　日清戦争　24万人動員（泉鏡花「海城発電」「琵琶伝」）
1895年　台湾征服戦争
1904-1905年　日露戦争　109万人動員（田山花袋「一兵卒」）

1914‐1918年　第一次世界大戦
1918‐1922年　シベリア出兵　7万3000人を派遣（黒島伝治「橇」）
1931年　　　　満州事変
1937年　　　　日中全面戦争開始
1941‐1945年　アジア・太平洋戦争

日本がいかにこの短い五十年間に戦争をしていたかがわかります。

日清戦争に報道員として従軍した正岡子規は「従軍紀事」を、国木田独歩は日清戦争に従軍し「愛弟通信」を書きました。田山花袋は日露戦争に参加しその体験をもとに「一兵卒」という作品を書きました。日露戦争に将校として戦闘指揮をとった桜井忠温《ただよし》は二〇三高地の激しい戦闘を生々しく記録し「肉弾」という作品にまとめ上げ、広く読まれました。田山花袋の作品を除いて、正岡子規も国木田独歩も作家になる以前の文章で、桜井は文学的素養のある軍人でしたが作家ではありませんでした。そういう点では、戦争記録という性格をもったものです。

日露戦争は兵士として動員された数は百九万人にのぼり、十人に一人の割合で戦死、戦傷者がでました。その大多数が徴兵された兵士でした。この時期は、与謝野晶子の「君死にたまふことなかれ」が発表されるなど戦争批判の言論もありましたが、多くの国民はマスメディアの影響でロシア軍を打ち破った「二〇三高地」の勝利に熱狂していました。

田山花袋は写真班の一員として従軍して戦争の実際を見ています。作品は最下層の兵士の悲劇を作家の目で描いていて、今でも文学として読み得るものです。花袋がこの作品を書いたのは一九〇八年で、日露戦争が終わっていますから、戦争を客観化して書くことができたのです。いずれにしても日本の近代の戦争文学は日清・日露の戦争に関わった兵士、従軍記者たちによって始まったといっていいと思います。

この徴兵制には当初いろいろと免除制度があり、たとえば一定の金額（二百七十円）を収めた者などは免除されました。しかし一八八九年に免役に関する規定をなくして、国民皆兵にしたのです。免除規定解除の施行の遅れた北海道に籍を移して徴兵逃れをした人も続出したといわれます。本当の理由はわかりませんが、夏目漱石も北海道の岩内に戸籍を移して徴兵を逃れたといわれています。現地にはそれを記念した碑がたてられています。

いずれにしても一九四五年まで、日本の民衆は天皇制という抑圧のもとで、戦争という濁流に引きずり込まれ、向き合って生きてきました。文学もそうです。そして、戦後もその流れは続くのです。日本の文学史を見る場合、戦争と文学は結び合わされて主要な流れになっているといっていいと思います。

二つの作品をとりあげたいと思います。

一九三八年に発表された石川達三「生きている兵隊」と火野葦平「麦と兵隊」です。

一九三八年というと日中全面戦争が始まった翌年です。日本全体が本格的に戦争に突入した時代にこの二つの作品が登場してきたのです。この二つの作品は歴史的にみて非常に重要な位置にあります。作家がリアルタイムで侵略戦争をどうみたのか、検閲という強圧があるなかで、この二作品には作家としての目が生きています。これ以降の作品には石川、火野を含めてですが、戦争の実態に目をつぶり、日本軍を美化する言葉が氾濫していきます。強化された検閲は、美談はいいが戦争の生々しい実態や軍事機密に触れるものは一切禁止します。従軍した作家たちにも厳しい枠がはめられました。

まず「生きている兵隊」に触れます。

この作品は、『中央公論』一九三八年三月号に発表され、発禁処分を受け、石川達三は新聞紙法違反で有罪判決を受けますが、中国戦線における日本軍の蛮行の実態を全面的に明らかにした初めての作品といっていいと思います。日中全面戦争が開始された一九三七年十二月、国民党政府の首都である南京攻略で日本は沸き返り、提灯行列がおこなわれます。石川はこういう状況に対して疑問を感じます。戦後、『ろまんの残党』という作品で、こう書いています。「次々と（戦地に行った友人）宮木のたよりをもらいながら、私の心は次第に激していた。内地の新聞報道は嘘だ。大本営発表は嘘八百だ。日本の戦争は聖戦で、日本の兵隊は神兵で、占領地は和気《わき》藹々《あいあい》たるものであるというが、そんなお芽出度いものではない、痛烈な、悲惨な、無茶苦茶なものだ。戦争とは何か。それを究明したい欲望に私は駆り立てられた」

同じことを、公判調書でもいっていますから、彼が戦争を取材したいという意図はこの通りだと思います。石川達三は希望して、雑誌『中央公論』の特派員として、南京での戦闘が終結した十六日後、中国にわたり、一九三八年一月五日から上海をたつ二十日まで取材をおこないます。そして帰国して雑誌の締め切りもあり十一日間という短期間で「生きている兵隊」を書き上げたのです。

この作品の二つの重要な点について述べます。

第一は日本軍による侵略の実態、蛮行をリアルに描き出したことです。この作品は冒頭に「高島本部隊が太沽《ターク－》に上陸したのは北京陥落の直後」とあります。一九三七年から高島本部隊は上陸後中国軍と交戦しながら進んでいきます。兵士たちはどこへ向かうのか知らされていません。作品は南京攻略に向かう日本軍の兵士たちを描いています。まさに戦場ではいったいどういうことが行われているのか、石川達三の筆は容赦なく描いていきます。

そもそも石川達三の問題意識は反戦というよりも、戦争の実態を知らずに熱狂し、浮かれている国民に、戦争の本当のところを知らせたいということにありました。ここに描かれているのは、中国人の殺戮、徴発という名のもとに行われる略奪、捕虜は殺してもいいという戦時国際法違反の行為、生と死が簡単に入れ替わる戦闘――これが戦争の実際だと突きつけたことです。

作品の冒頭から、放火したということで中国人が斬り殺される場面があります。「こいつ、やりそうなつらをしてやがる」などと兵隊たちがいっているところに、中国人の青年がぽつねんと枯れ木のように立っていたとあります。そこに通訳がやってきて尋問をくりかえすと、青年が静かな声で短い返事をします。それを聞くと通訳はびしりと激しい平手打ちを頬にくれます。「こいつ奴、自分の家に自分で火をつけたんだから俺の勝手だって言やがる！」と通訳がいいます。そして笠原伍長が青年を連れ出して、クリークのそばで切り殺します。「一瞬にして青年の叫びは止み、野づらはしんとした静かな夕景色に返った」と描写されています。

こんな場面もあります。部隊が戦闘の終わった後休憩していると、死んだ母親にすがりついて十七、八の娘が泣き続けています。夜が更けるとともにこの女の泣き声は一層悲痛さを加えて静まり返った戦場の闇をふるわせています。それを聞いている兵士たちは、はげしい同情を感じ、同情を通り越してからは、もの焦立《いらだ》たしい気になっていきます。「ええうるせえッ」と平尾一等兵が女性を母親から引きはがし、外まで引きずり出し銃剣で女の胸を三度も突き刺して殺します。それをみていた倉田少尉は個人的には神経にたえられないが、「士気に関する、そういう理由で彼は平尾一等兵の行為をはっきりと是認することはできた」と考えます。ほかにも炊事当番の兵隊が大事にしていた砂糖をなめられたことに怒って、炊事場に働く中国人の青年をため池の岸に連れ出し、短剣で刺し殺します。炊事当番の兵は戻ってきてざぶっと手を洗って、鍋をかき回します。それをみていた通訳が「何だ、やらなくてもいいのになあ。あいつはよく働く良いやつだったのになあ。短気をおこすなよ」といいます。人間が殺されてもこの平静さに驚かされますし、先ほどの倉田少尉のように「士気」のために中国人の殺害は当然視され、かつ戦争に駆り出された兵士たちが人間の生死に対して無感覚になっていることがわかります。

警視庁の「聴取書」に次のような問答があります。

「問　小説中『日本軍ガ現地戦場ニ於テ掠奪、放火、強姦、殺戮等ノ場面』ヲ描イテアルガ之ハ日本軍ノ軍紀ガ弛緩セルコトニナラザルヤ

答　私トシテ斯《かか》ル行為ガ已《や》ムヲ得ナイ行為トシテ理由ヲ附シテ描イタノデアリマス　然《しか》シテ読者ハ軍規弛緩ト感ズルデセウ」（河原理子『戦争と検閲　石川達三を読み直す』から）

確かに中国人の殺害は、それぞれに理由が書かれています。「已ムヲ得ナイ行為トシテ」の理由があって中国人を殺しているのですが、そのことを書くことで余計に日本軍の蛮行のリアリティーを補強しているのです。当然、今日読んでもひどいものですが、当時であっても当たり前のことではないのです。ですから活字を伏字にしなければならなかったのです。

掠奪についてです。小説では徴発という言葉がでてきますが、これは掠奪のことです。掠奪というのは『広辞苑』では、むりやり奪い取ることとなっています。日本軍はこれを絶えずやっています。その中には「生肉の徴発」という隠語があり、中国人の若い女性であるクーニャンを探しにいくのです。兵隊たちの中には小指に銀の指輪をはめているものがいるんですね。「拳銃の弾丸と交換にくれたんだろう」というのが兵士の言い分ですが、全然悪びれていない。「彼等は大きな歩幅で街の中を歩きまわり、兎を追う犬のようになって女をさがし廻った。（略）

そうして、兵は左の小指に銀の指環をはめて帰って来るのであった」とあります。強姦目的で女性を探しまわり、また殺害して指輪を奪ってくる。作者は「道徳も法律も反省も人情も一切がその力を失っていた」と書いています。徴発については、黒島伝治の「橇」という作品にも出てきます。シベリア干渉戦争に参加した部隊が、近隣のシベリアのロシア人の家を訪ねて、豚や鶏を取り上げていきます。「徴発されて行く家畜を見て、胸をかき切らぬばかりに苦るしむ有様」を農民たちは示します。また、いかにも高額の金を払うようにみせて、橇をだまして奪い取っていくのです。ですから徴発というのは日本軍隊のお家芸ともいえるものです。

作中の高島部隊は逃走する中国軍を追いかける追撃戦になります。「こういう追撃戦ではどの部隊でも捕虜の始末に困るのであった」「最も簡単に処置をつける方法は殺すことである」。「捕虜は捕えたらその場で殺せ」という方針が上部から示されています。作品では数珠つなぎにした十三人の捕虜を片っ端から切り殺す場面が描かれています。捕虜の保護をうたった国際条約違反の行為であり、日本軍がいかに近代的軍隊とは程遠い野蛮な実態をもっているかということを生々しく告発するものといっていいでしょう。

さて、二番目ですが、今日的に読んでとりわけ重要なのは、作者が戦闘の中での兵士の変化をみつめていることです。

作品には、さまざまな兵士がでてきますが、倉田少尉は小学校の先生、平尾一等兵は都会の新聞社の校正係、近藤一等兵は医学士、笠原伍長は農家の次男坊です。

倉田少尉は故郷の町で小学校の教師をしていた人です。彼は毎日日記を書き、教え子に手紙を書きます。部下と対している時には小学校の先生の平和な情け深い感情に自分で負けているような三十一歳の独身将校として描かれています。彼が日記を書くのは、自分が死ぬまでのことを他人に知ってもらえないというのは寂しすぎると思っているからです。そういう生への執着を断ち切って「一つはめをはずした精神」になれず、彼は「焦立たしい不安に責められ」ているのです。そんな彼も「激戦の直後には安らかな心の落つきがあった」。彼は錯雑な感情から逃れるために「早く戦争をしたい」とまで思うのです。そして目の前で中隊長が戦死する場面に立会い、「その恐怖はもはやひとつ桁のはずれたもの」となります。作者はそれを「無反省な残虐性の眼覚めであった。彼はもはやどのような惨憺たる殺戮にも参加し得る性格を育てはじめたのである」と書きます。「一種の適応としての感性の鈍麻」「一種の自由感であり無道徳感でもあった」ともいいます。作者はこのように兵士の変化を「感性の鈍麻」「無道徳感」と批判的に描いているのです。

近藤一等兵は医科大学を卒業して研究室に勤めていた人です。彼は「生肉の徴発」で若い娘を探しに行き、扉を破って押し入りますが、ピストルで女に反撃されます。しかしピストルは不発。近藤は女をたたきふせて、スパイときめつけて「狂暴な欲情」で、短剣で刺し殺します。その描写がまたリアルです。彼は医学士ですから女の死体を切り刻むことはめずらしくないが、生きている女を殺したのは初めてでした。医学は生命現象を研究するものだが、「生命というものが戦場にあっては如何に軽蔑され無視されているか」と考える兵士でもありました。そして生命が軽蔑されているということは、医学という学術自身が軽蔑されていることだと考えると、「彼は迷路に落ち混乱」するのでした。ただ彼は戦場では一切の知性はいらないと割り切り、戦場を自分と切り離し客観化することが出来る強さを持ってもいました。しかしあるとき戦場から離れ盛り場などにいると、しみじみと戦場のことを思いだし、「彼は眼がくらむような恐怖の戦慄が背筋を走るのを感じた。そして忽ち、自分の命へのはげしい執着が胸を熱くして甦って来る」のを自覚し、「また人を殺すことによって元の静かな状態に返れる」と思います。近藤一等兵は、酒を飲んで錯乱し酒場の女性を殺そうとし、そのことで自分の感情がずいぶん穏やかになったことを感じるのでした。

市井で普通に生きている人々が徴兵され、生と死の境界にたたされ殺人をおかすことは、それは人間を異常な状態に置くことになります。人間性を失っていく兵士の心理と行動、そしていかに自らをその異常な境遇に順応させたかを石川達三は描き出しているのです。おそらく石川はそのことにかなり力を入れて取材したのだと思います。戦闘や殺人によって心の平静を保つことができるという異常な境地は、戦闘に参加する兵士には共通するものがあったのでしょう。しかし、この問題は今日的にみると大きな問題を投げかけています。

アジア太平洋戦争で、精神障害を負った兵士は、それに対応する基幹病院だった国府台陸軍病院には、一九三八～四五年に一万四百人余が収容され、これは陸軍の一部にすぎないと「東京新聞」二〇一五年八月二十八日付は報じています。

二〇〇三年のイラク戦争に参加した米兵が帰国後に自殺した数は二〇一〇年に六千五百人にのぼり、またイラクに派遣された自衛隊員も五十五人が自殺しています。帰還して戦闘状態にないところで元兵士たちはPTSDによって、戦地での体験に耐えきれず死を選んでいるのです。「生きている兵隊」が描いた兵士たちの苦悩は、そのことを生々しく伝えているのです。

さてそのうえで、題名の「生きている」という言葉が意味するものはなにかということです。こんな場面があります。戦闘で死んだ仲間を守りながら兵士たちは眠ります。一枚の外套を二人でかけて寝ます。「この場合、生もなく死もなかった。死んだ戦友も同じであり、自分と死体との間に何の差別もなかった」とあります。彼らは生きていても死者であり、死者であっても生者なのです。そのようなものとして石川達三は兵士たちを描き、題名にもなったと思います。生きながら死んでいる者、人間性を失ってしまえば生きているとは言えないということです。ですから「生きている」ということの意味するものは「死んでいる」ということです。「死んでいる兵隊」というのがこの題名には込められていると思います。同時に、「日本の兵隊は神兵」だという象徴化されたきれいごとの存在ではなく、戦地では悩み、苦しみ、自らを殺人機械にしていかざるを得ない存在として、みんな「生きている」んだということをいいたかったのではないでしょうか。

火野葦平「麦と兵隊」に触れます。

「生きている兵隊」は前にも述べたように発禁にされますが、書店から回収される前に読んだ人がおり、また海外にもわたりました。そして中国で翻訳され新聞に連載されるということまでおきたのでした。これにあわてた内閣情報部や軍部は、戦地に作家を派遣する「ペン部隊」を創設して、彼らなりの戦争の真実を国民に知ってもらうために多くの作家を動員していきます。その中で軍隊に出征中に芥川賞を受賞した火野葦平に白羽の矢を立てたのでした。文藝春秋社も出征中の兵士が芥川賞を受賞することは「興行価値百パーセント」といって、火野葦平がいた中国の杭州に小林秀雄を派遣して陣中授与までしたのでした。文藝春秋社にとっても軍部にとっても利用価値があったのです。

発表された『改造』一九三八年八月号の前文で火野は、「『麦と兵隊』は一兵卒である私が軍報道部員として、歴史的大殲滅戦であったと謂はれる徐州会戦に従軍した時の日記でありますと書いています。当時の雑誌をみると、記録写真、地図、カットなどが随所に入っています。ですからこの作品は小説というよりも、作者がいっているように従軍日記です。

「果しもなく続く麦畑の中の進軍である。陽が上って来ると次第に暑くなって来る。雨が降れば泥濘と化する道は天気になると乾いて灰のようになる。黄色い土煙が濛々と立ちのぼり、煙の幕《とばり》の中に進軍して行く部隊が影絵のようになったり、見えなくなったりする」。このようないわば叙事詩のようなイメージを読者に提供しつつ、日本兵が中国でどれほどの苦労に耐えながら、たたかっているかを記していくのです。そこには、「生きている兵隊」が描いたような、徴発＝掠奪も残虐な中国庶民の殺戮などもありません。描かれるのは、泥の中をはいまわり、銃弾がとびかう中、危険をかえりみずもくもくと任務をこなす、戦友愛に満ちた兵士たちの姿です。

火野はその感動を次のように書きます。

「私は今その麦畑の上を確固たる足どりを以て踏みしめ、蜿蜒と進軍してゆく軍隊を眺め、その溢れ立ち、もり上り、殺到してゆく生命力の逞しさに胸衝たれた」と書き、兵士たちは家を持ち、妻を持ち、子を持ち、肉親を持ち、仕事を持っているが、この戦場はそれらを捨てて悔いさせないものがある、「祖国の行く道を祖国とともに行く兵隊の精神でもある」と高ぶった心持を披露しています。

戦意高揚的な声高な言葉はありませんが、情緒的な日本兵に対する感慨がこの作品にはあります。これはたとえば林芙美子が一九三八年にペン部隊として陸軍の漢口攻略に従軍した従軍記の「戦線」の中で、「日本の歴史家よ！　この漢口攻略戦は、東洋だけの短い歴史にとどめないでおいて下さい。子々孫々光輝あるこの広大な地域を走った『兵隊』について語りつたえて下さい」とのべ、次のような詩を書いたことと重なります。

「私は兵隊が好きだ。／空想も感情もそつと秘めて／砲火に華と砕けて逝く。／最後まで感情を明滅させることなく、／黙々と進む兵隊よ。／／土に伏し草を食ふとも、／祖国への青春に叫喚《きょうかん》をあげる兵隊！／運命の創口《きずぐち》から溢れる、／兵隊のとう〳〵たる愛情は、／いま洪水となつて戦線に咆え歌ふ。」

火野も林も同じような高揚した気分です。「麦と兵隊」が銃後にある肉親たちや国民に熱狂的に歓迎されたゆえんです。

その一方で火野は、日本の農民に良く似ている「朴訥にして土のごとき農夫等に限りなき親しみを覚え」ています。

ある部落ではどの家にも、どんな粗末な部屋にも必ず門口や入口には鮮やかな字で書いた赤い紙が貼りつけてあります。それはことごとく一家の幸福を願う言葉ばかりです。その言葉は強烈な土の匂いを発散する麦畑とつながりがあると思う火野は、広大な麦畑と幸福の赤紙は、「何か執拗に盛り上る生命の力に満ち溢れて居る」と思うのです。たとえばこうも書いています。

「一家の繁栄と麦の収穫とより外には彼等には、何の思想も政治も、国家すらも無意味なのであろう。戦争すらも彼等には、ただ農作物を荒す蝗《いなご》か、洪水か、旱魃と同様に一つの災難に過ぎない。戦争は風のごとく通過する。すると、彼等は何事も無かったように、ただ、ぶつぶつと呟きながら、ふたたび、その土の生活を続行するに相違ない」

こうした農民への哀惜の感情と、中国の農民の大地を蝗のように蹂躙する自分たち日本兵の蛮行と、どうつながるのでしょうか。

火野はまた、捕虜になった一人の中国兵が、友人のAに似ていると思います。親近感を覚えたその中国兵は、雷国東という名です。彼は一通の手紙を持っていました。それは彼に対する女性の綿綿たる思いを述べた恋文でした。その手紙を読む日本兵を雷国東は「極めて無表情な顔付で眺めて居る」と書き、「既に彼は観念して居るに違ひない。夕刻、銃を持つた三人の兵隊に護られて、雷国東は麦畑の中を連れ去られた。次第に小さくなり、麦畑の海に見えなくなつてしまつた」と哀れみの感情で描いています。火野のこのようなナイーブな感性は、「祖国の行く道を祖国とともに行く兵隊の精神」という高ぶる感情とどう折り合いをつけるのでしょうか。ところで雷国東という中国兵が連れ去られ、おそらく処刑されるであろう場面は、雑誌掲載ではのっていましたが、新潮文庫版『土と兵隊・麦と兵隊』(一九八〇年、三十七刷)、『昭和文学全集　第十三巻』(一九八九年)では削除されたままです。「麦と兵隊」は、発表時二十七カ所が削除され、その後さらに増えたといいますから、該当部分は雑誌発表後に削られたのでしょう。ただ、戦後もすべてではないと思いますが、削除されたままというのは驚きです。

さらに火野の筆は、自分自身の省察へと向きます。

「城壁の前に掘られた壕の中に、支那兵の屍骸が山のように積まれてあった」と書く火野は、「私はこれを見ていたが、ふと、私が、この人間の惨状に対して、暫く痛ましいという気持を全く感ぜずに眺めていたことに気づいた。私は愕然とした。私は感情を失ったのか。私は悪魔になったのか」。しかし戦場で支那兵を「自分の手で撃ち、斬った」兵士としての自分は、「敵国の兵隊の屍骸に対して痛ましいと考える方が感傷である」と否定しようとするのです。
しかし作品の結末で、数珠つなぎにされながらも抵抗する三人の支那兵を町はずれの広い麦畑に連れていき処刑する場面があります。

「横長い深い壕が掘ってあった。縛られた三人の支那兵はその壕を前にして坐らされた。後に廻った一人の曹長が軍刀を抜いた。掛け声と共に打ち降すと、首は毬のように飛び、血が簓《ささら》のように噴き出して、次次に三人の支那兵は死んだ。
私は眼を反した。私は悪魔になってはいなかった。私はそれを知り、深く安堵した」

ここで「私は悪魔になってはいなかった」と確認する火野の心境はどう考えたらいいのでしょうか。石川達三の「生きている兵隊」では仲間の死者に対する思いはあっても、中国兵にたいしては「痛ましい」という感情はありません。むしろ戦闘のなかで相手を殺すことに興奮を覚える日本兵の姿が描かれているのが「生きている兵隊」でした。「火野葦平伍長は、杭州から南京攻略のつはもの」（「麦と兵隊」に写真を提供した梅本左馬次カメラマン）でした。その「つはもの」によって、このようなヒューマンな感情が吐露されること自体、この作品を他の戦争文学のなかでも特別なものとしています。作品発表時は、処刑の場面は削られ、「私は悪魔になってはいなかった。私はそれを知り、深く安堵した」とあるので、読者にはなんのことかわからないものとなっています。軍としては中国兵を処刑することをもちろん公表をはばかることですから削ったのですが、その所業を「悪魔」とみなされては困るということでその関連をわからなくしたといっていいでしょう。

日本兵の中国大陸への進行を、「その溢れ立ち、もり上り、殺到してゆく生命力の逞しさ」と高揚した気分で書きとめる火野の内面で、中国民衆や兵隊に対するヒューマンな思いがどのように存在し得るのでしょうか。しかし、それはそもそも無理なことでした。

火野は戦後、「私は戦場に立派な兵隊がたくさんいたことを知っていた。彼らは立派な行動をした。」（『火野葦平選集』第四巻「解説」）と、語っています。何が立派な行動かというと「それはまったく祖国のため、お国が負けては大変だという一念のため、一国民として、一庶民として戦ったのであって……」（同上）と強弁しますが、火野が「悪魔」として感じた日本軍の所業もまた「立派な行動」といえるのでしょうか。

火野葦平もそうですが、石川達三もまたアジア・太平洋戦争を侵略戦争とはみていませんでした。ですから「生きている兵隊」の翌年に書いた「五人の補充将校」は、「生きている兵隊」の取材に向かう際、船の中で一緒になった補充将校のことをかいた作品ですが、日本軍将校への賛美にみちた内容にならざるを得ませんでした。

しかし、戦争は支持しつつも、当時の軍国主義の欺瞞の体制に不満を持ち続けた石川達三は権力の弾圧をうけながら終戦を迎えました。その後石川は「金環蝕」「人間の壁」など社会性ある作品を書き上げました。一方火野葦平は、戦後戦犯扱いを受けながらも、先に紹介したように日本兵の彼なりの名誉回復をはかる筆をとりました。しかし一九六〇年に自殺するという結末を迎えました。

リアルタイムで戦場を描いた二人の作品は、戦後七十年を迎えた今、改めて大きな問題をなげかけ、考えさせる今日性をもっています。

この二作品が発表された一九三八年以降は、作家たちの自由な声を封じる抑圧はいっそう強まりました。多くの作家が「ペン部隊」に組織されて戦地に派遣されるとともに、時局迎合的な作品を強要され、抵抗するものには激しい弾圧が加えられました。また作家たちは被害者というだけでなく、積極的に加担の筆をとったというのもこの時期の特徴でした。しかし、その時期に志を曲げず生き、生きようとした作家としてプロレタリア文学の宮本百合子と本庄陸男があげられます。宮本百合子は一九三八年に中野重治らとともに執筆禁止を受け、三九年までその処置は続きました。三九年春ごろからふたたび書くことが出来るようになりましたが（四一年二月から四五年八月十五日まで執筆禁止）、作品は内務省の内閲で文章が残らないほどに赤鉛筆の線が引かれていました。「まるで猿ぐつわのすき間から洩《も》れる声のようになっている。口だけ動かしているが声がききとれないような作品」にならざるを得ませんでした（一九四八年『宮本百合子選集』第五巻あとがき）。しかし権力は、彼女の時代批判の精神をそこなうことはできませんでした。

また長編歴史小説「石狩川」を執筆中の本庄陸男は、取材に協力してくれた人への手紙で、「昨今のような反動期には、却って寝ていた方がいいでしょう。あれこれと目にふれるものは、折角築きあげてきた知性を逆行させるようなものです。……食って行くということは大変なことですが、節を売って生きるほど惜しい生命でもありません」（一九三八年九月六日）と当時の思いをつづっています。本庄は一九三九年七月、「石狩川」の続編を構想中に死亡します。

この抑圧の時代に、作家としての理性の灯をともしたプロレタリア文学運動の二人の作家の軌跡は、あらためて今日的光をあてる意味があると思います。

日本の敗戦によって、戦争をリアルに自由に描ける時代がやってきました。兵士として参加した人々は、その体験を踏まえて文学作品に結実させてきました。その彼らは戦場で軍隊で、何を見、何を考えたのか。戦場体験の文学は侵略戦争の非人間性を暴く多彩な世界を描いています。同時に、敗戦は戦場体験にとどまらない、戦争を描く文学の広がりをもつくりました。広島・長崎への原爆投下、東京大空襲などの被災体験、銃後の抑圧された世界、中国や朝鮮での侵略された人々に目を向ける作品など多彩に描かれ続けています。そして先輩たちのバトンを受け継ぐように、あの戦争を振り返る若い世代の文学も生まれてきています。

戦争を主題とする文学は、日本文学の背骨を形づくっているといっていいと思います。戦後七十年の今日、新たな戦争の危機が深まる中、これらの戦争文学はたんなる日本文学の一つの流れという以上の意味を持っているのです。

小田実『ＨＩＲＯＳＨＩＭＡ』の新しさ
――原爆の惨劇の意味を問い続ける

サルトルの提唱した「社会参加（アンガージュマン）の文学」、また「全体小説」の構想は、戦後文学の一つの方向性を示唆したものであった。「全体小説」についていえば野間宏の「青年の環」などはその試みの一つとしてつとに知られるが、小田実の『ＨＩＲＯＳＨＩＭＡ』もまたその系列でとらえられるものだろう。「全体小説」とは「人間を、それを取り巻く現実とともに総合的・全体的に表現しようという試み」（ブリタニカ国際大百科事典 小項目事典）として一応は了解されている。小田実は小説を個人的世界のなかに沈潜する方向ではなく、「全体小説」という方向に創りあげていった。小田は「現代」は旧来のような「性」や「政治」だけによって人間や現実を描く幸福な時代ではなくなったとして、「必要なのは、複合的視野であり、複合的論理、倫理であり、複合的な場なのだろう。（略）」とのべ、「現代に正面からたちむかい」「歴史がこれまでに積み上げて来たさまざまな論理、倫理を武器として、現実のもろもろを一つ一つ秩序づけながら自分の世界のなかに再構成しようとする。私が現代文学に求め、また自分に求めているのは、そうした行き方であり、また、その結果生み出されて来る『全体小説』なのである」と、自分の文学の方向を規定づけている（「新しい『全体小説』への道」一九七〇年刊『小田実全仕事』8巻所収）。

一九八一年に刊行された『ＨＩＲＯＳＨＩＭＡ』は、三年がかりで書いた書下ろし作品である。原稿用紙七百枚になるこの長編小説は、それまでのいわゆる「原爆小説」が、日本人被爆者の視点から描いたのだとすれば、『ＨＩＲＯＳＨＩＭＡ』は八月六日の原爆投下とそれによる悲惨を、被爆者の視点から人類的視点に広げて広島への原爆投下の意味を問いかけ、現代にも及ぶ問題として普遍化しようというものである。

広島の被爆者についていえば、日本人だけではない。当時の広島には四十二万人（被爆当時は軍人、軍属を含めて三十四万人と推定される）の人々が住み、そのうち朝鮮人が五万人で約三万人が犠牲になったといわれている。そのほかに、米軍捕虜が十二人いたことが研究機関の調査で明らかになっている。米国はこの事実を近年になって認めた（米国は捕虜の存在を十人まで認めていて、研究機関の人数とは異なる）。その他に、広島は移民県であるため一時アメリカから帰国していた人々や日本で学業を修めるために来ていた日系二世、さらに南方からの留学生もいた。小田実が描こうとした「ヒロシマ」は、このような「ヒロシマ」なのである。それは日本文学から欠損してきた部分を埋めるものであり、そこにこの作品の特徴がある。

小田実は自筆年譜でこの作品について「『核』は人間ひとりひとりの問題になればなるほど、人類全体の普遍の問題になる――この認識を根にして、私は長篇の『ＨＩＲＯＳＨＩＭＡ』を三年がかりで『書き下ろし』た」と述べている。

この作品で、小田がこだわったのは、広島で被爆した人々はそのときなぜ広島にいたのかということである。そのことにこだわることで、ヒロシマ（ナガサキでもいい）を一つの終点とする戦争への総合的視点を提供し、原爆投下による膨大な被害が日本人だけのものではないこと、それによって人類全体の普遍の問題であることを明らかにしようとしたのである。その意味では、「原爆文学」として書かれてきた一連の作品とは異なった問題意識を読者から引き出すのである。

三章から構成され、その中で全体の三分の二を占める第一章は、原爆の実験・訓練が行われたニューメキシコ州のアラモゴード、テニアン、オキナワ、ヒロシマなどを舞台に、白人、黒人、インディアン（アメリカ先住民）、日系人、朝鮮人など多彩な人種と人間が徐々にヒロシマに移動していく様を描いている。「ヒロシマ・ナガサキ」を日本人だけに限定せず戦争に引きずり込まれた普通の人々の問題としてとらえようとしたのである。そのため、この作品には特定の主人公はいない。

たとえば登場するアメリカ青年たちはパールハーバー以後召集、志願という形で戦争に参加していった。牧場者（ランチャー）のジョウもその一人だ。ジョウの親友でガソリンスタンドで働くアル、町の酒場で働く黒人のポール。輸送船に乗り、または爆撃機にのり南方の島々を日本軍とたたかいながら、日本に向かっていた。ジョウは射撃手としてB29に乗り込み、呉の軍港を爆撃に向かい撃墜され、ヒロシマ上空で脱出するのである。

ジョウに代表されるアメリカの青年たちは、国家の要請ゆえにこの戦争に参加したのである。召集されたジョウは軍隊経験があり昔マラソンのオリンピックの代表でメダルをとったことがある老インディアンのチャックに尋ねる場面がある。

「おれはこれから戦争に行くんだ」。チャックはこの町から召集されて行くものが何人かいたから彼の言葉の意味はすぐにわかったが、次にジョウが言った言葉が彼を驚かせた。

「ジャップというのはどんな人間かね」

オリンピック村で「ジャップ」をみたことがあるチャックは「おれみたいな人間だよ」といい、「あんたみたいな人間でもある。……頭があって、眼が二つあって、鼻があって、口があって手と足が二本ずつある」

ちょっとからかうようなチャックの言葉だが、「平和」と訳されるインディアン部族のひとりであるチャックにとって人間同士が争うことのばからしさを説いたのである。ジョウは怒らずにうなずいていたとある。純朴な青年である。今戦われている戦争がどういうものなのか、そして戦う相手も知らない彼が戦争に行く。

小田実がアメリカ青年の姿をこう書くのは彼の戦争観が背景にある。

「ベトナム反戦運動のなかで私が解放と自由を求めてたたかう解放戦線のベトナム人兵士や戦争と抑圧の下で苦しむベトナムの農民に対して思いをはせたのは当然のことだが、もうひとつ、劣らず私の気にかかったのはベトナムの戦場に駆り出されて行くアメリカ合衆国軍の若い兵士たちのことだった。ここで彼らの姿と二重写しするようにして浮かび上って来たのは、中国をはじめとしてアジアの各地に日本が侵略戦争を行なっていたときに戦場に駆り出されて行った私の同胞である、日本軍の兵士たちの姿だったが、それは二つの兵士たちの運命があまりにも似通ったものであったからだ」

「アメリカ合衆国軍兵士、日本軍兵士ともにその大多数は決して好きこのんでこの戦場に出かけて行ったのではなかった。彼らは国家の命令に強いられて戦場におもむいたのだが、その意味で彼らはまさに被害者だったと言えるにちがいない。ただ、その被害者は戦場で侵略者として弾を射ち、殺戮を行なう加害者だった。ということは、彼はまさに被害者であることによって加害者となっていたということだが、このメカニズムの発動は、アメリカ合衆国軍の兵士と日本軍の兵士をときと場所と立場のちがいを超えていやおうなしに結びつけていた」（「長崎にて」一九八二年執筆。一九八三年刊『長崎にて』所収）

ジョウはホワイトサンド（白色砂地）の原野を走ることが好きで、時間があるとどこまでも原野を走り続けるのである。周りの人間からは「駆ける男」と呼ばれていた。どこまでも続く原野を走っていると、彼はそこに神を感じ、自分の未来は原野のように「すべてがひらかれている」と思う。牧場の働き手として、仕事に厳しい経営者のジョンにも認められ、未来には洋々たる希望があった。しかし、国家の命令で軍隊にいき、日本での悲劇に突き進んでいくのである。

家族とともに朝鮮からやってきて広島に住み、貧困と差別のなかで生きる乙順（ウルスン）。乙順の夫となる李永淳（ヨンスン）は強制的に日本につれてこられ、九州の炭鉱で働かされ、脱走して広島にたどりつき乙順と一緒になるのだが、結核をわずらい貧苦のなかでもがいているのである。当時の広島には五万人の朝鮮人が生活していたが、小田実は日本による朝鮮の帝国主義的支配を重ねる形で、「ヒロシマ」の惨劇が抱える歴史性の問題に着眼しているのである。そのことはさらに「特別志願」という形で軍人になった朝鮮人の金岡軍曹（金秀虎）の苦渋にも表れているのである。

朝鮮人被爆のことは「ヒロシマ」の惨劇が背景にもつ「歴史性」と言ってもいいかもしれない。作家の目は「ヒロシマ」の底に沈むものを一つひとつ照射しながら、なぜ彼らが原爆投下時に広島にいたのかを解き明かしていく。

「歴史性」を考えさせる登場人物として日系二世の富雄が造形されていることも注目しておきたい。ナカタ・トミー（中田富雄）の家族はアメリカに住んでいるが、「真珠湾」によってそれまで営々として築き上げた財産を二束三文で処分して強制的に収容所に入れられた。富雄はその前に日本に戻っていた。富雄はジャップとののしられ、いじめを受ける中、自分から日本の学校に行きたいと希望したのだ。トミーの家の隣家に住んでいたタジリは第一次大戦で戦場に赴き、片腕を失う。その米軍人としての功績もすべて無視され、日本にルーツをもつものはすべて「ジャップ」として収容されたことに深い憤りをもっていた。トミーには二人の兄がいたが、長兄は「二世部隊」に志願し、次兄はアメリカにも日本にも忠誠を尽くさない「ノウ＝ノウ」の立場をとり、徴兵を拒否し刑務所に入った（それはむしろ日本に帰った弟のトミーと戦いたくないという強い動機を背景にしているが）。

日本に戻った富雄（トミー）は、ヒロシマの小学校で「アメリカ・スパイ」とはやし立てられ、いじめられていた。いじめにじっと耐えていた富雄が感情をあらわにして叫んだことがある。「いったいきみたち日本に生きている日本人に自分のような立場の人間の苦しみが判るか、アメリカ合衆国ではぼくは日本人だと言われ、ジャップのスパイだと言われた、それがほんとうの日本人になろうとしてここへ帰って来ると、今度は『アメリカ・スパイ』だ、これではいったいぼくはどうすればよいのだ」

富雄は県内一、二の格を誇る県立中学に入学した。そのことが彼に不思議な力をあたえ、学校ではかつてのように教室の片隅でおどおどとした少年ではなくなった。その心にはもう自分はジャップにはもどらない、日本が戦争に負けると日本人はジャップになる、アメリカにいる両親はジャップで、自分は日本人だという一途な思いを抱いているのだった。

大阪から広島に疎開し青白い都会人とはやされ、いじめのなかで生きる少年、広島で普通に暮らす日本人女性たち、「南方留学生」等々。彼らは突然の「強力な閃光」のなかで犠牲になる。

作者は第二章で米兵捕虜の被爆を描く。この米兵は呉空襲で撃墜されたジョウである。独房に閉じ込められ朝方運動に連れ出されるときは、黒い布で眼が覆われる。サイレンがなるたびにケンペイから「おまえの国の飛行機がおまえを殺しに来る」と冷笑されていた。

ある暑い朝、ケンペイに追い立てられるように歩き、外に出ようとしたときに「眼隠しをした両眼を焦がすような閃光が走り、一撃とともにまっ暗闇が落ちて来た」

眼隠しがとれ、ジョウは両眼を見開く。

「しかし、すでに世界は裂けていた。世界は裂け、あかあかと裂けた世界をおおって火焔の海が今にも彼をのみ込まんばかりにひろがっていた。火焔の海の下、裂けた世界の底から異様に暗く静まり返った大地のくろぐろとしたひろがりが露呈しているのが見えた。」

火焔が、つむじ風をまき起こしながら燃えあがって瓦礫やら死体やらを噴き上げるなかをジョウは歩いた。朦朧とした視界の中、水を求めて亡者（ゴースト）があるいてくる。「いや、彼自身がまぎれもなくその亡者のひとりだった」。亡者の群れの中にいた少年と思われるひとりが、見事な英語で「ユー・アメリカン」とジョウをさしてうめき声を発したとき（その少年はトミーと思われる）、亡者の列がいっせいに振り向き、彼に向かって殺到してきた。走り抜けようとしたが「しかし、万事は手おくれだった。亡者《ゴースト》が亡者《ゴースト》に襲いかかって来ていた。亡者のみんながからだのうちにわずかのうちに残された力をふりしぼってもう一方の亡者である彼に打ちかかって来た。死に行く者が、あるいは、死んだ者が死に行く者、死んだ者の上に乗りかかった」

生き地獄としか言いようのない事態を描く小田実には、中学一年生のときに悲惨な噂話を耳にしたことがあり、それが心の底深く残っていたからだ。その噂話というのは、広島の原爆投下直後の生き地獄のなかに、突然幽鬼のごときアメリカ人が出現し、そして小説で描かれたように亡者同士が争いともに死んでいったというものだ。

実際に、米兵が被爆直後に相生橋付近に括りつけられていたことはあったようで、多くの日本人が目撃している。

小田実は、戦争・原爆の悲劇をイメージとしてここで衝撃的に描いた。

小田はこう言っている。

「私は、ベトナム戦争のアメリカ合衆国軍兵士の姿に生き地獄に出現した幽鬼のごときアメリカ合衆国軍兵士の姿を重ね合わせて見始めていた。その二重像はさらにかつての日本軍兵士の姿と重なりあうのだが、そこまでの像の重なりあいを考えるなら、幽鬼のごときアメリカ合衆国軍兵士に打ちかかる幽鬼のごとき日本人の姿を思い浮かべることもできれば、さらにその背後にかつて日本人の総体によって植民地化され抑圧され、あげくのはて『ヒロシマ』の生き地獄において同様に幽鬼と化すことを強いられた朝鮮人の姿を重ね合わすこともできた」（前掲「長崎にて」）

小田にとって原爆の惨劇は、たんにそれだけが突出しているのではなく、日本の侵略戦争、そしてそれをささえた選民と差別（それはたんに日本だけの問題ではなく、アメリカ自身も日系への差別の実態）などの総体の結果としてあるということなのだ。それがジョウの死にかぶさる一つのイメージとして描かれたといえるのである。

「私がこの問題を（平和の問題＝筆者）私自身の『人間の問題』として第一に考えたいのは、私たち日本人がただ『ヒロシマ』『ナガサキ』の体験を持っているがためではなくて、その終局に至るまでの必然の過程のようにしてアジアを侵略し、抑圧し、搾取し、植民地化し、人びとを殺戮した歴史をもつからだ」（同上）といっていることと重なるのである。これは、「ヒロシマ」「ナガサキ」の問題の持つ意味を侵略戦争の一つとして軽く考えるというのではなく、この問題を考える際の新たな、広い視野を与えるものである。冒頭に紹介した小田の「全体小説」論、つまり「複合的視野」「複合的論理、倫理」のことでもある。この点で、小田の『HIROSHIMA』は、日本の原爆文学のなかで新しさをもっているのである。

第三章は、被爆から三十年ほどたった時点が設定されている。ここで小田が提起しているのは、核時代を迎えた世界である。林京子が、自己の原爆体験をほりすすめ、原発を含めた核時代を迎えた世界に視野を広げたように、小田もまた現代の問題として考えようとしている。

アメリカの「貧乏慈善病院」には、癌に侵された人々が入院している。ウラン鉱の採掘で粉塵を吸い、またその鉱脈からくみ出した地下水をのみ癌におかされたインディアンの大人、子ども。そして元米海兵隊員。元米海兵隊員はベトナム戦争当時、核兵器の実験をするグラウンド・ゼロで突撃訓練をしていたアトミック・ソルジャーである。核時代を迎えた現代を、過去が幻想の中に入り乱れ、彼らはアメリカを訪問した天皇とそれを迎える米大統領の頭上から、グラウンド・ゼロからもってきた死の灰を振りまこうとする場面で閉じられる。「殺サレタヤツガ殺シタヤツヲ殺スンダ」「ソレデ世界ノ順番ガ下カラ変ル」というアナーキーとも思える場面である。しかし彼らはすでに死の床にあるのである。

この作品でいわばイメージとして流れているのは「平和」と訳されるチャックを長とするインディアンの部族の予言である。これは平和の民を意味するホピ族である。彼らは戦争の際、部族の教えを守り徴兵を拒否し、刑務所につながれた。良心的徴兵忌避の制度を持つアメリカだが、裁判では彼らの部族の教えはクエーカー教徒のようには認められなかった。創造された世界は破壊を繰り返し、平和な民だけが次の世界に生き残ることができる。現代は破壊を繰り返した後の第四世界である。「（略）悪に対しては何の避難所もないものだ。黒人であれ白人であれ、肌色の赤い人、黄色い人であれ、イデオロギーによって世界を分けたりする作業に加わらない人はまちがいなく次の世界に生きることができる。そういう人はすべてはひとつになっていて、おたがいが兄弟だ」（ホピ族の予言）

作品の巻末に『ホピ族の書』（フランク・ウォーターズ）よりとして以上の予言が付されているが、この予言が、この作品を貫く主張であり、この観点からみたら作品で描かれた原爆投下にいたる世界の人々の様相は、いかに人間的なものではないかということがわかる。ここに小田実の希求があるといっていいだろう。

小田は小説世界で時にアナーキーな人物を登場させたり、主張とも思える言葉を登場人物に言わせたりする。阪神大震災を描いた「深い音」で被災民に対して何もしない役所に爆弾を抱えた男を突入させようとしたり、この作品のように死の灰をまき散らそうとしたりもする。そこに政党などと距離をおく主張の反映、極端な市民主義の名残があるのかもしれない。しかし、そのことで『ＨＩＲＯＳＨＩＭＡ』という作品の価値が減ずるものではない。何よりも原爆投下という惨劇をより世界的な視野と差別と選別という戦争のメカニズムのなかで位置づけたことは大きな意味があり、他の原爆小説とは質的な違いを持っているのである。

アンガージュマンであり、思想家であり思索家であった小田実は、世界の問題を人間の問題として考え抜く努力を終生貫いた。その彼が阪神大震災で被災者の一人としてかかわり、自力で組織して被災した市民の救援に努力したことは、彼の思想に質的な深みを与えた。彼が「足つきの思想」にたどり着いたのは一つの帰結である。「九条の会」の呼びかけ人として、極端な市民主義を脱ぎ捨て、幅広い人々とともに憲法を守る運動の先頭にたったこととそれは無縁ではない。

池澤夏樹『カデナ』を読む

池澤夏樹は、国際的視野から平和の問題、憲法の問題など社会的発信をし続けている現代の日本作家の中ではまれな作家です。ルポルタージュ、ブログなどを通じた時代の同行者としての発言とともに、新しい世界文学全集の編集など文学の可能性を広く探る仕事でも注目されています。

今回の長編小説『カデナ』は、二〇〇〇年に入ってからの『花を運ぶ妹』、『すばらしい新世界』、『静かな大地』などに続く力作で、作者らしい問題意識にあふれた作品として興味深く読みました。私が彼の作品に最初に注目したのは、一九九一年に発表された『タマリンドの木』です。それはポルポトの暴政によって生まれたカンボジアの難民キャンプを舞台に、そこで働く日本人女性と日本企業の男性との愛情をとりあげた作品でした。当時はまだポルポト批判はそれほど一般化してはいなかった時期に、批判の視点は鋭く、その国際感覚の敏感さとしなやかさに驚いたものでした。

『カデナ』は、ベトナム戦争で北ベトナム空襲（北爆）の最前線だった嘉手納基地と沖縄の物語です。扱われているのは、ベトナム側に空爆情報を伝える空軍内外のスパイ活動と米兵の脱走幇助活動です。出来事としてはこの二つですが、作品が主眼においているのはその二つの出来事を描くことではなく、当時の沖縄の人々がベトナム戦争をどう見、戦争に反対する人々がどのような思いをいだいていたかということです。その中には、B‐52に乗って空爆をおこなう米兵の心理もあります。時代は一九六八年を軸としています。現在沖縄の基地問題が大きな関心をよんでいますが、作者の問題意識は直接的ではありませんが、そのこととかかわっているといってもいいでしょう。

小説の時間軸である一九六〇年代後半は、反戦・平和運動が大きなうねりとなっていました。とりわけベトナム戦争に反対する運動は、さまざまな組織、団体、個人でおこされたし、運動形態も多様でした。高校生であった私も、学生帽に「ベトナムには平和を」というバッジを、ベ平連のバッジだとは知らずにつけていましたが、これなども多様な運動の反映といえるでしょうし、社会党、共産党、総評などは独自に、あるいは共闘を組み、ベトナム支援の大衆的な行動を組織していました。民主勢力や市民に敵対したニセ左翼暴力集団の破壊行動も激しいものでした。

嘉手納飛行場は四〇〇〇メートル級の二本の滑走路が十五本の誘導路で結ばれ、ベトナム戦争当時は空爆の最前線基地となり、「黒い天使」といわれたＢ‐52戦略爆撃機の常駐基地となっていました。この強烈な磁場をもつ嘉手納基地を中心点として、そこに六八年という時代の熱気が重なります。この六八年という時代についてもう少し付け加えますと、六八年には、東大闘争のまくあけとなった医学部無期限スト突入、仏では「五月革命」といわれた大規模なゼネラルストライキがおこなわれました。日本の国際反戦デーは大きな盛り上がりをみせました。作中にも登場人物たちの会話ででてきますが、キング牧師の暗殺もありました。作品はいわばその特別な磁場をめぐる物語でもあるといえます。池澤夏樹もこの作品についてのインタビューの中で、「若者たちの間で抵抗の思想が盛り上がったのは六八年までで、その後は世界全体が老人政治に戻ってしまった。僕の世代には、あの時代への思い入れがある」といっています。発言内容については感想がありますが、ともあれこの時代の特別さについて語っているところであります。

作品の冒頭フリーダ＝ジェインという女性が、「今になって振り返ってみると、ぜんぶはパトリックがあのバカみたいに大きなＢ‐52に乗ってカデナに来たところから始まった」と語ります。フリーダは、カデナ基地の准将の秘書官をしているフィリピン系アメリカ人の軍人で、パトリックというのはＢ‐52のパイロットです。二十機のＢ‐52がグアムから沖縄に移ってきて、「定期的にベトナムへ飛び始めた。朝出ていって、夕方帰ってくる。律儀なお勤め」を始めるというのが作品の大前提になっています。このB‐52の爆撃情報をベトナム側に伝えようと物語が動き始めるわけです。そしてそのスパイ活動にかかわる人物は四人です。

「私たちは四人だけの分隊でした。指揮官は安南さんで、フリーダが情報を集め、タカが運び、私が送る」と、朝栄さん（持ち出された空爆情報を暗号に変えて無線で発信する役目をになう）は語りますが、彼らの思いの根底には一体何があったのでしょうか。スパイ活動は発覚すれば重罪になるし、脱走兵幇助も占領下の沖縄では罪にとわれます。そのような危険をおかしてまで、行動に加わるのはなぜか、そこにこの小説が描こうとした主題があります。

その一人である嘉手苅朝栄（かでかるちょーえー）は、基地のそばで模型飛行機などを製造販売している人です。アメリカ兵に人気の店で兵隊がしょっちゅう出入りしていました。

彼は昭和二十一年にサイパンから沖縄に戻ってきた人です。昭和十一年、十三歳のときにサイパンに渡りました。沖縄で食べていくことが出来ずに、先に行っていた叔父の誘いで家族で渡ったのでした。十七歳のときに親から離れて働き、職を転々としたあと列車の若い運転士になりました。戦争の状況が悪くなり、偉い人がみんな内地に帰ってしまったからです。兄は現地の女性と結婚して野菜をつくり販売する仕事をしていましたが、赤紙がきて内地の部隊に入隊。サイパンも空襲されるようになると、両親は沖縄に帰ることになり、船に乗りますがサイパンを出てまもなくアメリカの潜水艦に乗客五百人もろとも沈められ死んでしまいます。兄も沖縄戦で戦死していました。朝栄さんは山の中を逃げ回って、最後に飢えと渇きと疲労で昏倒していたところをアメリカ兵に拾われ助かります。自決しなかったのは、どうせ死ぬのだから自分から死ぬことはないと思ったからです。結局家族の中で生き残ったのは彼一人だけでした。沖縄の人は先祖代々があってこその自分という考え方をしますが、朝栄は親族から断ち切られ、「私は空っぽです。実は死んだ父母や兄やサイパンの隣人たちの側にいる身です」というむなしさを感じてもいるのでした。

結婚して働き者の妻とその親族を大事にして朝栄さんは生きていますが、その心は、戦争による傷で痛んでいました。

「私がサイパンの山の中を逃げ回ったのはもう二十年も前のことだったのですが、そしてわずか二十一歳の時だったのですが、それが四十歳を過ぎた今になっても心の痺れとして残っている。沖縄にはうちあたいという言葉があります。心の打撲傷というか、見えないところに青あざがあって、普段はなんでもないけれど何かが触れるとずきんと痛む。私にとって自分の親とか兄とか、サイパンとか、そういう言葉は痛みを引き起こしました。忘れられる人は忘れるけれど、私は忘れられない。私は何かを諦めて生きてきました」

朝栄さんは、サイパンで面識のあった安南さんと再会します。安南さんは日本人のように見えますが、実はベトナム人でした。戦後祖国に戻った彼は、戦争によって生き残っている親族はいず、国から特別な任務と訓練を受けて沖縄にやってきていたのでした。安南さんは朝栄さんにいいます。「今、ベトナム全体がサイパンのようになろうとしている。爆撃と機銃掃射と艦砲射撃にさらされて逃げまどった私たちのあの思いを、世界のどこであれ、自分とは何の縁もない人たちであれ、あの恐怖をまた味わう者がいる」と。そういい、安南さんは朝栄さんに協力を働きかけたのでした。

朝栄さんは、協力が発覚すれば妻との安定した暮らしも脅かされると思いますが、次のように思うのでした。

「結局、サイパンで見た死体の数々がためらう私の背中を押しました。私はずっと死者たちと共に生きてきた。その死者たちがそれをやれと言う」

沖縄ではアメリカのすさまじい艦砲射撃を受け、本土で唯一の地上戦が行われ、多くの県民が犠牲になりました。朝栄さんにとって、しかしそれはサイパンで体験したことと同じでした。それほどの犠牲を払い、悲惨をみた自分たちが、沖縄を出撃基地にしてベトナムの人々が同じような目にあうことを見過ごすことができるのか、死者たちが朝栄さんの背中を押したというのはそういう意味でしょう。

わたしはここで、近刊のアジア近代史研究者であった故吉沢南さんの著書の一節を思い出します（『同時代史としてのベトナム戦争』有志舎刊）。

沖縄がベトナム戦争の最前線基地として基地の被害を受け、ベトナム戦争に引き入れられ、報復攻撃の危機にさらされている。そういう中で一九六七年ころから、「沖縄の訴え」が質的な転換を見せ始めたとして、次のように書いています。

「沖縄の人々は被害者であるばかりでなく、人力と経済力をアメリカに提供して戦争を支え、その結果として、『基地公害』や屈辱と引き換えに、経済的な潤いを得ているというもう一つの現実が意識されるようになったからである。一九六七年十一月の復帰運動のある文書では、『さる大戦の終焉の地として戦争の悲惨さを身をもって体験し再び戦争の悲劇をくり返すまいと誓った沖縄が今度まったく我々の意志に反して、同じアジア民族殺戮に手を貸す立場に立たされていることは我慢のならないことである』とのべられている」

私は、この小説が朝栄さんに仮託して、沖縄の人々の心を描いていることに共鳴しました。沖縄の人々が消せない戦争の傷を背負い、「心の打撲傷」が痛む。同時に、意志に反して米軍と共存しなければ生きていけないという矛盾は、より彼らの苦しみを増しているのです。名護市長選に見られた普天間基地の名護への移設に反対する市長の当選は、同時に基地移転によって潤うという国の宣伝を打ち破ったものでしたが、もっと深いところで勝因を考えれば、沖縄の人々とその背中を押す死者たちの勝利だったといえないでしょうか。朝栄さんの思いは、そういうことへも考えを広げさせてくれます。

フリーダの場合はどうでしょうか。

フリーダは、繰り返しになりますがアメリカ空軍の将官の秘書官です。空爆の大雑把な案はペンタゴンからきますが、いつ、どこにある何を、どのような規模で、爆撃するか。具体的なことはカデナで決めます。その作戦会議にフリーダは参加し、決まった計画を数ページの文書にまとめて配布します。彼女は、空爆の日付と目標を知る立場にあるのです。

フリーダはアメリカ軍人の父とフィリピン人の母との間に生まれました。だから「あたしの顔はフィリピンとアメリカがきっちり半分ずつで、だからどちらからも距離を置かれる」のです。その彼女にマニラの母親から、情報提供の話が持ちかけられるのですが。母親は自分を捨てた夫への恨みから反米活動にかかわっているのでした。

フリーダは父の血をひくアメリカ人、しかもアメリカの軍人として生きている。しかし母の血をひくフィリピン人でもあります。いろいろと迷った末に、協力することになりますが、その気持ちの背景には少女時代、日本軍支配下のマニラで戦闘にまきこまれ、九死に一生を得た体験があったのでした。フリーダは恋人のパトリックに語ります。

「一九四五年の二月、日本軍はマニラ市民を楯に取って防戦しようとしたの。その一方でむちゃくちゃに市民を殺した。マニラは外からアメリカ軍とフィリピン・ゲリラ軍に包囲されて、その中にマニラ市民百万人と二万足らずの日本軍がいて、市民はアメリカの砲撃で死に、日本軍の反撃で死に、日本兵の銃や銃剣でもっとたくさん死んだ。マニラの戦いの一か月で十万人が殺されたわ」

その上で、こう思うのでした。

「市街戦に巻き込まれて、どっちから砲弾が飛んでくるか、どの空から爆弾が降ってくるか、それもわからないままに逃げまどう自分が、崩壊するイントラムロスを見ていた幼い自分が、今のハノイの誰かと重なってしまう。行ったこともない町なのに、その街路で怯えてすくんで泣いている四歳の女の子の姿が見える。パトリックが運ぶ爆弾がその子の頭の上に落ちないよう、あたしはちょっとしたインチキをする。それができる立場にいるからそれをする。……ハノイの四歳の少女のために」

そういう体験のあるフリーダが、直接的な戦闘に参加する兵隊ではないとはいえ、軍人になったのは矛盾するかもしれません。フリーダが軍人になったのは、少女時代アメリカ軍に救われたこと、父親が軍人であったことでした。ですからアメリカ軍にたいする思い入れは強くある女性ですが、アメリカ軍がかつての日本軍と同じ野蛮に手を染め出したことに同意できないというのが、フリーダの決意の根本にあるのでしょう。それにしても「ハノイの四歳の少女のために」というフレーズは魅力的です。この言葉はまた、作者自身の思いでもあることを、私は作者のかつて書いた本から推測します。

作者はイラク戦争が始まる前年の二〇〇二年にイラクに行き、開戦の直前に『イラクの小さな橋を渡って』という本をまとめました。この本はイラクの人びとの様子を記録し、戦争についての思索を深めたものです。

作者は、戦争になったとき、どういう人たちの上に爆弾が降るのか、そこが知りたかったと書き、イラクの人々の生活と様子を生き生きと描写し、「実に明るい人たちだ。しかもおそろしく親切」。そしてイラクの子どもたちの写真にかぶせて、「この子たちをアメリカの爆弾が殺す理由は何もない」と書きました。

フリーダの決意は、このときの作者の思いに重なります。フリーダの体験にあるように、当事者にとって忘れることのできるものではありません。そのことを改めて感じたのは、中村安希さんという若い女性の「アジアを歩いて決意したこと」という文章に触れてでした（「しんぶん赤旗」二〇一〇年一月二十六日付）。彼女は『インパラの朝』という旅行記で開高健ノンフィクション賞を受賞した人ですが、彼女はその中で、アジア諸国の間ではいまだに過去の戦争の責任を現在も問われているとのべ、一つの体験を書いています。四年前にマレーシアのジャングルのバス停で出会った年老いた男性が、声を震わせて日本兵による愚行の責任を私に問うてきたといいます。三年前、パキスタンの街で、ひどい下痢になったとき、駆け込んだ薬局の店主に「日本から来た」と告げたとき、彼の顔色が変わり、薬を売ることを拒否されたといいます。パプアニューギニア出身の父親が、日本兵の捕虜となりひどい扱いをうけたのだそうだ。「暗い歴史の影が私を追いかけ、行く手の視界をも遮ろうとしていた」と書いています。

日本では多くの国民がベトナム戦争に反対する行動に参加しました。米軍の戦車を移動させる車両の前に子どもを連れて座り込んだ女性の話をきいたことがあります。彼女は横浜大空襲を体験した人でした。戦争の野蛮を身をもって体験した人々が、新たな戦争に反対する行動に参加する背景には、辛い戦争体験があります。「ハノイの四歳の少女のために」というフリーダの言葉はそういうことを考えさせます。

中村安希さんが書いた「暗い歴史の影」を生かすことが新しい日本の進路、日本人の生き方にとって大事です。そのことに思いをはせるとき、民主主義文学の創造問題にも関心が向きます。私たちの文学に多い戦争体験は、今日の問題として描くことに意味があると思います。

さてこの物語のもう一つの特徴は、戦争する側の兵士たちに蔓延する恐怖をとりあげていることです。

機長の一人であるパトリックは、「ともかくこの戦争は長すぎます。もうすぐ終わると二十回は聞かされました。勝って終わると。でも最近は逆の予想も聞きます。どっちでもいいから終わってほしい」と、司令官が主催する懇親会で発言する始末です。彼はもう戦争に嫌気がさしているのです。

そんなパトリックが気になり、フリーダが誘い、二人の交際が始まります。

この物語に登場するパトリックら空軍の兵士は、前線で銃火を交えているわけではありません。爆弾を上空から落とすだけですが、彼らは爆弾とか爆撃とかいわれるのを極端にいやがり、自分たちで爆弾や爆撃を「荷物を配達」すると言い換えています。そこには人間として自分の行為への嫌悪感の反映があります。付き合い始めたフリーダとパトリックですが、パトリックは自分の行為の嫌悪と恐怖によって性的不能になり、爆撃にいくことへの恐怖に耐えきれず、飛行予定の前日には必ずアルコール浸りになるのです。そのパトリックが述懐する場面があります。

「手にした玉子を落としてしまう。手から離れた瞬間、もう取り返しがつかないと気づく。それが地面にぶつかって、割れて中身が流れ出す。止めようがない。あるいは、勘違いから飛び降り自殺をしたとする。足がビルの屋上を離れたとたんに勘違いと気づく。落ちていく。止めようがない……爆弾を投下した後、同じことを感じるんだ。落とした爆弾は空中では拾えない」

「投下が始まると、機体がすっと浮く。捨てた爆弾の分だけ軽くなるんだ。ああ今あれが落ちていくと思う。もうどうしようもないと思う……それが、すごく嫌な気持ちなんだ」

主翼がしなるほど機体いっぱいに爆弾をつんだB‐52の飛行。いくら爆弾投下を「配達」と言い換えても、人間であるかぎり着弾地の悲惨の想像は消すことができません。そしてそのことが兵士の心を狂わせているのです。ベトナム戦争に参加した兵士たちの精神疾患は深刻な影をアメリカ社会にあたえつづけています。イラク戦争に参加した兵士の異常も数多く報告されています。

パトリックの精神的な動揺にはもう一つ理由がありました。北爆を続けているうちに、いつか核兵器を使わされるのではという恐怖でした。

フリーダとパトリックは、誘われてある米兵夫妻と食事をします。そのとき米兵の脱走問題や精神異常になった兵隊の話がでます。そのとき相手の妻が「戦争を終わらせればいいのよ」

と軽い口調でいいます。「どうやって?」とフリーダが聞くと、彼女は「核を使うのよ。簡単でしょ」といって、驚くフリーダに彼女はいいます。

「そうよ。日本との戦争はそれで勝てたんだし、……朝鮮だってさっさと使っていれば勝てた。……あるのに使わないなんてバカみたい」

パトリックはぼーっとしていますが、実はパトリックの不安は、そのことにあったのです。ハノイ爆撃はそろそろ終わりにすると大統領が発言。仲間うちでは最後は核を使うという噂が流れて、自分がその飛行機の機長になるのではとパトリックは動揺していたのでした。実際は、核を使うこともなく、北爆は終了します。

核兵器搭載については、水爆四個を積んだB‐52が六八年一月にグリーンランド沖に墜落したこともあり、パトリックの不安には現実性がありました。

これは作品に書かれていることですが、アメリカ空軍は、パイロットたちが自分の落とした爆弾の威力にどれだけ無関心でいられるか、心理テストをしました。ヒロシマの写真、黒い炭のようになった死体などを何百枚もみせて対面の心理テストをします。その心理テストがパトリックの心の深いところに染み込んでいたのです。先の米兵の妻のように考える人間がペンタゴンにいたら、それを大統領が受け入れたら……、パトリックの不安はつのったのでしょう。

しかし、北爆は中止されパトリックは恐怖から解放され、フリーダとの性的関係も歓喜のうちに成就します。しかし、皮肉なことに最後のフライトで離陸に失敗し、B‐52は爆発し彼も死亡します。嘉手納基地でのB‐52の離陸失敗による爆発は、一九六八年に実際におきた事件です。広がる炎、熱風、それを金網に顔を押し付けてみつめるフリーダの姿が、ベトナム戦争の終わりを暗示する場面です。しかし、ここに描かれた侵略戦争に加担させられた兵士たちの苦悩は、今日の問題として繰り返されています。そういうリアルさがあります。

彼らのスパイ活動は、パトリックの死とともに終わりを迎え、スパイ活動にかかわった四人はそれぞれの日常にもどっていきます。安南さんはベトナムにもどり直接的なたたかいに参加するのですが。

私は、戦争と平和の問題をめぐって、個人がどのような活動ができるのかを歴史性をふまえて語ったこの作品を、近年の収穫として評価します。それはこの作品で描かれたスパイ活動という特殊な世界を通じて、その人が生きる同時代という「歴史」に個人がどうむきあうのかということを提起しているからです。

その上で、スパイ活動にかかわるフリーダ、朝栄さん、安南さん、タカは、沖縄に根を張った人々ではありませんでした。朝栄さんは父、母、兄らを失い、戦後結婚して妻はいますが、一族の係累からは断ち切られ孤独な人でした。フリーダはアメリカとフィリピンの両方の顔を持ち、安南さんはベトナム人でした。面白半分に手伝ったというタカも両親は複雑な事情ですでに亡くなっており、父親の違う姉（父は米兵で朝鮮戦争で死亡）とともに祖母に育てられたのでした。この小説には地の人が主要人物としてはでてこないのです。たとえば印象深く描かれている沖縄の人そのものである朝栄さんの妻、幸子さんは彼らの活動にはいっさいかかわってきません。私はそこにこの作品の物足りなさを感じます。しかしそれは作者の意図するところでもあったようです。作者は沖縄に九五年から十年間住んでいましたが、「訪問者」であるという意識を強く持っていたようです。沖縄に対して「ちょっとずれた視点」がほしいと考え、デラシネ（根無し草）のような四人によるスパイの物語を考えたと、インタビューでこたえています。

そのためにこそといっていいと思いますが、これまでの沖縄の風土に根ざした作家が描く小説とは異なった自由な広がりをこの作品は持っているように思います。そしてさらに、そのためにこそといっていいと思いますが、「あの後は反抗する側はすっかり力がなくなってしまった」（安南）、「最後に私に残ったのは徒労感でした」（朝栄さん）という寂寥感に満ちた感慨で作品を閉じざるを得なかったのではないでしょうか。実際に、本土返還後の沖縄県民の闘い・反抗は、紆余曲折をへながらも、ねばり強く米軍の横暴を認めないたたかいを構築しているわけですから、それは残念なことでもあります。が、だからといってそれが致命的な欠陥というわけではありません。

かつて池澤夏樹は「新しい物語は新しい皮袋にいれる」といったことがあります。よく取材された事実、そこから新しい物語をどう構築していくのか。この意識的に構築された今回の作品は、民主主義文学としても大いに参考になる作品ではないかと思っています。

現代文学の動向と諸問題

――最近の話題作をめぐって――

絲山秋子「沖で待つ」、伊藤たかみ「八月の路上に捨てる」、青山七恵「ひとり日和」など近年の芥川賞受賞作品は、若い人の働き方を軸にしながらその人生的波紋を描いているので、わりあい楽しんで読むことができる。生温かい空気に包まれたような穏やかな作品世界への注文はあるが、今日の人々の生に足場を組んだ小説世界は、私たちの考える文学世界と重なるものだと思う。

諏訪哲史「アサッテの人」が、群像文学新人賞に続いて芥川賞を受賞した。今回の受賞作は、「言葉」というものが、人間のありようにとって、どのような社会的な存在であり、機能をもつのかという問題意識が作者にあったのであろうと思われる。そういう意味で、これまでの受賞作とはことなり知的な世界をつくりあげていて興味をひかれた。

それまでの文脈（会話の流れや、日常生活の通念など）から切り離すように無意味な言葉を突然発する男のことをこの作品はとりあげているのであるが、平常は常識人である男がなぜ支離滅裂な言葉を突然発するのか、その謎をめぐって作者は凝った仕掛けで作品をつくりあげている。

多少、作品の内容を紹介しよう。「私」は行方不明になった叔父のことを小説に書こうとしている。「私」が書く上で材料にしているのは、叔父に関する個人的な数々の記憶、書きためた叔父をモデルにした小説の草稿の山、叔父の大判ノート三冊分の日記である。その草稿と叔父の残された日記、それに挟み込まれる「私」の解説というコラージュ構造からこの作品は成り立っている。

叔父は突然「ポンパッ」「チリパッパ」「ホエミャウ」などという支離滅裂な言葉を発する。それは時として張り裂けるような絶叫になることもある。妻の朋子がその意味を問うても笑うだけである。

叔父は小さい頃から吃音癖があった。たとえば啄木鳥（キツツキ）という場合、キの音はでるが、次のツの音がでない。そこには先天的に欠けている言葉のリズム感覚の問題などが想定されるが、叔父は「ちょうど世界が大きな統一となって見え始める輝かしい少年期に、僕は、ひとりその統一から外れ、何処とも知れぬ『ねじれの空間』を漂っていた。統一を見極める能力が僕に欠けていたのではない。世界は見事なまでに繋がり合い、円環は巨大な弧を描いて目の当たりに閉じられていた。ただ、その中に僕の場所がなかっただけだ」（日記）と考えていたようだ。

ところが叔父の吃音癖は二十歳の時に突然消える。そのことはしかし、彼を今までの苦悩から解放したのではなく、新たな苦悩に導くことになった。

「一度世界に迎え入れられ、世界に準じた正当な言語感覚を身に付けてみると、これまでお互いに距離をとってきたそれら異族の言葉が、まるで堰《せき》を切ったように僕の体に押し寄せ、付着し、ある常軌を逸した不快な肌触りとなって、いきおい僕を苛みはじめたのである」。意味不明な言葉を発することは、「異族の言葉」の支配から逃れるため、つまり再び吃音的な世界に戻りたいというあらわれかもしれない。

叔父はビルのエレベーターの管理を仕事としていた。一日中、監視カメラを見ている仕事であった。その時の模様が日記に書かれている。その中にチューリップ男のことが書かれていた。その男は、他人といるときには普通のサラリーマンとして行動しているが、エレベーターの中で一人になると、逆立ちをしたり、下半身を露出したりという異常行動をとる。あるとき、叔父が見ているとしゃがんで両腕をチューリップをかたどるように上にあげて、じっと目を閉じていたことがあった。

普段は平凡な振る舞いを見せている彼が、箱の中で独りになると、とたんにチューリップ男に豹変する。

「彼は決して露出狂でも、二重人格者でもない。奇を衒ってあんなことをしているのではない。ましてや単にスリルを楽しんでいるのでもない。彼は、つまり、僕の言葉でいえば、世界の外、あの『アサッテの方角』に身をかわそうとしているのだ。」

「おそらく彼の日常には、僕と同じようにありきたりな出来事、習慣、一般常識、といった諸々の凡庸が満ちあふれている。彼はのべつまくなしにその流れに従わされているだろう。彼自身、社会それ自体に刃を向けることは望んではいまい。しかし彼は、あわよくばそこから離反し、どこか無重力の場所に憩うことを、常に虎視眈々と狙っている。システム化された勤務時間内に偶然生まれるわずかな裂け目、それがつまり無人のエレベーターというわけだろう。彼はその間隙を見逃さない。特異なパフォーマンスを、人知れず行なうことで、彼は瞬間的に、余人のうかがい得ない『アサッテ』を垣間見るのである」

叔父はチューリップ男と自分の人生は生き写しだと感じ、「アサッテ」、つまり世界の外へのあこがれを感じているのである。

叔父の場合、さらに付け加えるべきもう一つの理由がある。叔父は高校生の頃からショーペンハウアーに傾倒し、厭世的な思想にとりつかれていた。それは、世界に存するあらゆるものが宇宙的な「意志」によって支配されているという意識である。すべての人間の行動がこの「意志」に支配されている、この強迫観念から、「通念から身を翻すこと。世を統《す》べる法《のり》に対して、圧倒的に無関係な位置に至ること」

このような叔父の意識が、次第に身近なあらゆる現象に凡庸さを嗅ぎつけ、それを意識し、アサッテの方に身をかわすために突然の奇声を発するところとなる。

叔父の場合、チューリップ男のように、人知れず奇行にはしるというわけではない。普段の生活のなかで、凡庸な空気、たとえば作品で紹介されていることでいえば、友人の結婚式の進行をどうするのかという会話、公園で犬を散歩させる人々のありきたりの会話、妻との何気ないやりとり—そうしたものに直面したとき、意味不明の言葉を絶叫し、その凡庸な流れから身をかわす。「叔父のアサッテとは畢竟《ひっきょう》、あらゆる通念、あらゆる凡庸を、たえず回避しつづけようとする目まぐるしい転身本能のことであった」と、「私」は考えるのである。

妻の朋子を交通事故で失ってからは、それまでは多少あった「凡庸」世界との折り合いはつかなくなり、叔父は、次第に狂気ともいえる意識を加熱させ、突然姿を消すにいたる。作品は、そのような叔父を描き出そうとしている。

しかし問題は、叔父がなぜ社会の通念、凡庸から身をかわそうとしたのかである。理由としてショーペンハウアーの厭世思想にとりつかれたこと、または吃音癖ということ以外にはかかれていない。

吃音癖が消滅したときに叔父が感じた、世界の「ある常軌を逸した不快な肌触り」、つねに社会も人生もある「意志」によって動かされているということ以上には。そこから脱したいという叔父の想念は、叔父の個人的問題に閉じこめられているのである。ある種の個人に現れた病的な現象を、個人的なものとして、この作品は描いているといっていい。実際作者は、「アサッテとは、非常に個人的な営為で、戦後派に代表されるリアリズム小説のような、対人、対社会の対立構造ではありません。そして個人的な営為だからこそ、切実なんです。アサッテというのは、自分を救うための営為であって、『生きている』という感覚を紋切り型の世界で味わえない人間が一撃のアサッテを発することで、一瞬の実存を垣間見ることができるということだと思います」（『文学界』九月号）とのべているところである。しかしこれは麻薬常習者が一瞬の快楽を求め、さらに強い薬を求めて廃人となっていくことと似ている。叔父もまた強い「アサッテ」の「実存」を求めて廃人の道をたどらざるを得ない。ただこの作品の名誉のためにいえば、この作品にまったく社会的批評がないというわけではない。たとえば紋切り型のフレーズの歌に浸ることに居心地の良さを感じる今の若者たちの存在、「世界の抑圧に対して素直すぎる、従順すぎる」（同上）という作者の思いがこの作品から読みとれないわけでもない。

文学の特徴の一つとして、世界や世間の動きに対して、対立、もしくは同調できない人間という設定がおこなわれる場合がしばしばある。

たとえばドストエフスキーの「罪と罰」のラスコリーニコフが、天才には殺人も許されるという病的な妄想にとりつかれた背景には、当時のロシアに台頭する新しい思想や、拝金主義、いまでいえば新自由主義的価値観の広がりがあった。また、カフカの「変身」には、主人公が生きがたいと感じていたサラリーマン的日常の苦しみがあった。

群像新人賞の選評のなかで、松浦寿輝氏が「日常の文脈を脱臼させる奇声をあげずにいられない『叔父』の、喜劇的にして悲劇的な生の感触が、そこには鮮烈に描出されている」「時代の無意識の中に、いま、『アサッテ』への渇望が淀んでいるのではないか」とのべている、一般論として作品にそのような意味を見出すことも可能だろう。

この選評にこだわれば、今の棄民政治とも言える異常社会にあって、この現実から脱したいという願望は、それ自体社会的根拠を持っている。しかし、この作品が描く「アサッテ」への渇望は、そのような今日の人々が置かれている境遇を象徴するものだろうか。

叔父が吃音癖がなくなったとき、「ある常軌を逸した不快な肌触り」が彼を苛みはじめたと作品は書いている。社会に受け入れられたとき、それをなぜ不快な肌触りと叔父は感じたのか。「私」が叔父を描こうと考えたとき、「私」はこの問題を避けてはいけなかった。

この作品の読後感の判然としない様は、知的な意匠をこらしながらも、叔父を追い込んでいったものを見極めようとする、「私」もしくは作者のこだわりが希薄だからであろう。わずかなお金をポケットに、泊まるところもなくさまよう若者たち、生活保護を認められず餓死する人々、このような現実に象徴される今の生きがたい社会のなかで、個人的なアサッテはどのような説得力をもつのだろうか。どれほどの共感を得るだろうか。この作品への違和感はそこにある。

「アサッテの人」を読みながら思い出したのは、二〇〇五年に民主文学新人賞の佳作になった須藤みゆきの「冬の南風」である。大学で助手をしている「私」の孤独と他者への共感にいたる過程を描いた作品だが、この「私」も「時々喉が切れるくらいに大声で叫びたくなる」奇病を持っている。「それをしなければ、自分の自己がいよいよ何かに乗っ取られ、そしてもう二度と、自分の本当の自己とは巡り会えないかもしれない、そんな気がしたのだ」と、「私」はその衝動について考えている。孤独な人生のなかで、押し殺している自己が矛盾の限界点に達したとき、精神よりも肉体が突然時限爆弾のように爆発するのだろう。この奇病は、主人公が共感を土台とした他者との関係をつくりあげていくことができるようになるとともに、消えていく。

新しい書き手のこの二作には、文学の方向を社会（他者）に向けて開くのか閉じるのか、大きな問題が内包されている。

第一回大江健三郎賞は、長嶋有『夕子ちゃんの近道』に決定した。二〇〇六年一月一日から十二月三十一日までに日本で刊行された作品百二十点の中から、大江健三郎氏によって選ばれたという。この作品を読んで意外な印象をもった人も多いだろう。大江氏のこれまでの仕事と、この作品がうまくつながらないのである。

長嶋有のこの作品は七編の作品からなる連作集であるが、大江健三郎氏がこの作品にどのような関心をもったのか、日本文学の動向を考える上で、逆に興味をひかれるのである。

『夕子ちゃんの近道』は、フラココ屋という西洋骨董屋の二階で住み込みで働く青年を中心とした人間関係を描いた作品である。主人公の青年の視点から構成され、青年の名前は隠され、自分のことをたまに「僕」といい、第三者からは「君」とよばれる以外にない。

その「僕」について、次のように語る。「若者というほど若くもないし、実は貧乏でもない。貯金もまだ十分ある。働くのが嫌になってしまっただけだ。働くのだけではない、たとえば広くて暮らしやすい新居を探すことや、部屋を暖めるものを買いにいくことすら。布団に地雷のように埋め込んだアンカに囲まれて、底冷えをやりすごしながら生きている（やり過ごそうとしているのは底冷えだけなのか）。」

「僕」について提供される情報はこの程度で、それ以上の説明はない。読者はそういう主人公として受容するしかない。この青年を軸に、骨董屋の店長、隣の大家さんの家にいる双子のように似ている美大生の朝子、定時制に通う夕子という姉妹、骨董屋にしょっちゅう顔をだすが何も買わない近所に住むイラストレーターの瑞枝さんなどがおりなす、日常のあれこれを作者は細やかにすくいとって、連作としてまとめあげている。どこか大人になりきれない感じの青年（それでも三十代と思われる）の少し抜けた感じの正直な人柄、しかし大きな欠乏感をもっていると思わせる造形。登場人物たちは親しい関係を築くが、のめりこむような親しさでもない。その独特な人間関係がこの作品の読ませ所でもあるのだろう。そしてそれは今の社会のざらざらとした人間関係と対置してみると、描かれている世界はとげとげしさのない当たり前の人々の生活として心地よいものである。そういうことを感じさせる貴重さをもっている。

大江健三郎氏は選評のなかで、「文学革新のイデオロギーというようなこととは無関係に、この独特な楽しさを（しかし、外国人の読者にもすすめてみたい、新しい日本人の群像図としてのそれを）、押し出したいと思ったのです」（『群像』六月号）とのべているのも、私の感想と重なるところである。

そして、この作品の細やかな描写にふれて、その意義を次のようにのべる。

「この作家が、細部をはっきりと書いてゆくことに、特別な思いを込めている人だからです。そうしながら、かれがそこに、正確な『小さい意味』をきざみ出す人だからです。長嶋有は、意味のあいまいな文章は決して書かない。しかも背負わされた意味によって言葉が重くなったり、文節が嵩ばったりしないよう細心な注意をはらう。つまりは、すべて具体的な事物にそくして、スッキリと書く努力をおこたりません」（同上）

この正確で細部を書き込むことについて、大江健三郎氏は長嶋有との公開対談のなかで次のようにも位置づける。

「長嶋さんは、実に小さな物、ことをよく観察して、自分の定義をする。自分に説明をつける。これはこういうものだという小さな発見を書き込む。」「日常生活の細部に現れる人間性を書く小説は、風俗、ムールの小説とフランスでいうけれど、日本の一時よくいわれた風俗小説とは違う。モラリストの文学に近いものです。私は、あなたが、人間のムールの小説の作家だと思

います。それが新しいと考えています。」(『群像』七月号)

選考委員が大江健三郎氏一人だから、この作品を選んだ理由について言葉を重ねて繰り返している感がしないでもないが、ここでいわれている細部を正確に書き、小さな意味を見いだすということ、意味のあいまいな文章は決して書かないということ、これは作者の長嶋有がどこまで自覚してのことであるかはわからない。しかし、そうした特質をこの作品がもっていることは確かだろう。

同時に考えられなければならないことは、細部の正確な描き込みを、内容としてもイメージとしても、どのようにして世界と回路をつなぐものにしていくのかではないだろうか。

たとえばこんな一節。

「歯ブラシの箱をもったままフラココ屋裏の鉄階段をあがる。居候している二階の六畳間に戻り、さっそく使ってやれ、と小さな流しのすっかり毛の開き切った歯ブラシを燃えないゴミの袋に投げ入れて、かがんでコンセントを探す。プラグを差し込むといきなり本体が大きく震え出して慌てる。電源のスイッチがonの側になっていた」

このような大江氏の言葉を借りれば「ヘタウマ」のような描写が続き、読む側がだれてきたときに、なにげなくドアをあけると「切迫した表情の」「夕子ちゃんが立っていた」とグンとギアが入る展開となっていく。

このような細部の正確な描写の積み上げが全体でどういう方向にむいていくのか。大江氏はそれが「新しい」と考えたようだが、骨董屋を軸にした人間関係の周辺のプロットを積み重ねていく作品世界は、閉じられた円環の中をぐるぐると回るだけで、文学的な緊張を強くもっているとは思えない。

長嶋有の作品でいえば、芥川賞を受賞した『猛スピードで母は』で描いた若い母の力感ある描写が心に残る。そして『泣かない女はいない』では、大学を出て電機メーカーの下請け物流会社で伝票整理を主な仕事をすることになった若い女性を描いた。パート、正社員、出向社員が働く職場の状況、経営の合理化による馘首などの現状を、長嶋有らしい細やかなタッチで描きながら、女性の自立への姿をとらえようとしている。私は、長嶋有が日本文学の中で、新しい世界を切り開きつつあると考えてきたが、『夕子ちゃんの近道』は、悪い作品ではないが、途上の模索中の作品であろうと思う。

大江氏は、長嶋有との対談で「例えば私にしても、現代日本文学の、ある人たちの作品は文学ではないという気持ちがあります。その文学ではない文学が商業的にどんどん隆盛して、日本の出版文化を覆い尽くすことに私は反対なんです。そして、文学の言葉でさえあればいい。どういう規格外れのもの、どういう反モラル的なものであってもね」とものべている。

「文学の言葉」とは「日常の言葉をもっと力強く、正確にしたもの。自分自身の内面をはっきり表現しうるもの」と大江氏は説明している。この角度から今度の『夕子ちゃんの近道』が選ばれたということだ。現在の文学状況の中で、大江氏はそこに積極的価値をみいだしたのだろう。しかし、あえて繰り返し述べれば、正確な言葉と表現が、人々の社会的現実を深くえぐりだすものになるかどうか、そこが問われているのである。

そしてその点でいえば、文学をより社会性をもった方向で考えていこうという試みが始まっており、今の日本文学の重要な動向となってきていることは見落せない。

今年になってからプロレタリア文学が話題になった。その一つは、小林多喜二の初期の作品「老いた体操教師」の発掘である。その報道が春頃にあり、さらに『民主文学』七月号が、「老いた体操教師」を掲載することでさらに新聞各紙が報じた。また『すばる』七月号が「プロレタリア文学の逆襲」という特集を組み、鼎談、作家、研究者などがプロレタリア文学作品についての一文を寄せた。小林多喜二の作品の発掘をめぐっての話題のされかた、また『すばる』の特集などを読みながら、私が考えたのは、プロレタリア文学への関心と注目は突然おきたのではなく、今の社会状況、文学状況のなかからおこるべくしておきたということであった。

今日の日本の社会が、異常なアメリカ政治の追随と極端な大企業中心主義、それらを土台とした戦後民主主義の制度的破壊のなかで、社会も人間生活も、今年の大会報告でも指摘されたように、まさに崩壊といわざるを得ないような状況に直面していることは、だれもが実感していることである。そのときに文学が人々にとって単なる慰撫の手段ではなく、明日を生きる糧となるものになるのかどうか。そのことが問われているとしたら、現実を直視し、その矛盾に立ち向かう人々を描くことを志向したプロレタリア文学に関心がいくのは、理由のあることではないだろうか。『すばる』の特集が、多喜二の作品が発見されたことへの便乗企画ではなく、それ以前から準備されていたということも、雑誌編集者の声として聞かされたことである。

プロレタリア文学運動が、最初は自然発生的にあらわれ、『種蒔く人』（一九二一年）の創刊から次第に運動として広がっていった背景には、当時の社会矛盾とそれに抗する人々のたたかいの発展があったことを、みておく必要がある。

「老いた体操教師」は、多喜二がプロレタリア文学運動にかかわっていく以前の初期の作品だが、その後プロレタリア作家として成長していく文学的原点を十分に感得させる作品である。『種蒔く人』が創刊された年に発表されたこの作品は、当時の社会状況と密接につながる文学的気運を抜きには語れないだろう。当時の多喜二がみつめるものは、一人の体操教師が背負う戦争の傷であり、貧困であり、その教師が変貌せざるを得ない社会的圧力である。多喜二は人間を描く場合、その心理を含め、つねに彼をその社会的土台のうえに据えて、その全体を描こうとした。その特長が、「老いた体操教師」にはよく出ている。多喜二が自分の文学的出発を振り返った際、作品名もあげてない習作的作品だが、それでもそこには彼ならではの文学への問題意識が十分に感じられるのである。

『すばる』の特集の座談会の中で、教育社会学者の本田由紀氏が、芥川賞を受賞した伊藤たかみの「八月の路上に捨てる」にふれて、次のようにのべている。

「個人的な評価ですが、これはものたりないなと思うんですよ。不安定な状況にある人たち同士の、閉じた関係性やそれにまつわる心理が描かれ、それが続いたり終わったりして小説が閉じられていくというのは。」

そして吉田修一の「日曜日たち」を評価しつつ、次のようにのべていることに注目した。

「『現代におけるプロレタリア文学』があり得るとすれば、社会システムまで視野に入れ、グローバリゼーションにせよ何にせよ、社会状況がマクロとしてあって、そのなかで各人がどういう位置に置かれているのかということを把握した上で、戦略的なフィクションとして描き出すものであってほしいと思います。」

つまり、人間を描く場合に、人間関係のあれこれを閉じた関係性や社会から隔絶したとらえ方をするのではなく、その人間を社会的存在として位置づけ、描くべきだということを本田氏はのべているのである。

ふりかえってみればプロレタリア文学が目指したものも、そうしたものだった。

その理論的軸となり、プロレタリア文学運動推進に大きく影響を与えた蔵原惟人の「プロレタリア・レアリズムへの道」（一九二八年五月『戦旗』）、「再びプロレタリア・レアリズムについて」（一九二九年八月東京朝日新聞）で、蔵原が結論的にいったことは、「人間をそのすべての複雑性とともに全体的に把握すること」ということであった。

「プロレタリア文学は、その発生の本質において、そもそも既成のブルジョア文学のなかでの一流派ではなかった」（「作家の経験」）と宮本百合子はいっているが、そこから提起された文学芸術理論は、激しい弾圧のなかで「ちりぢりばらばら」（同上）になった状況におかれている。文学における世界観の問題、主題の積極性の問題、リアリズム問題などは今日性をもって研究されることが求められていると私は考えている。

『すばる』の特集は、プロレタリア文学運動の性格、歴史的把握という点では極めて脆弱であるが、現在の文学状況を打開していくという問題意識が、プロレタリア文学運動への関心と結びついていることは注目されていいことだろう。その一つの結論が、本田氏の発言にみられるように、プロレタリア文学運動が創作の在り方として追い求めたものと重なっていることに、私は重要な意味をみるのである。

大衆小説の注目される書き手である桐野夏生氏は、「まだ見ぬ地獄を前にして」という講演（二〇〇七年、ニューヨーク・コロンビア大学、『現代』六月号）で、「果たして私たちは、一日を2ドル以下で過ごす世界の半分の人たちが、読みたいと思ってくれる小説を書いているのだろうか、と考えるのです。そして、戦争や飢餓や貧困に苦しむ人たちを救っているのだろうか、と。」とのべている。

小林多喜二がいった、「我々の藝術は飯を食えない人にとっての料理の本であってはならぬ」という言葉を思いおこさせる。ともあれ、これは強烈な問題意識である。

桐野氏はこの講演で、働く人々が「皆、自分たちに希望がないことを知っています」とのべ、「彼らは、働いても働いても、持ち家はおろか、国民年金や健康保険すらも満足に払えないようなワーキングプア層を形成し始めているのです。勝ち組、負け組という言葉が流行りましたが、一度負け組になると、敗者復活戦はありません。日本の社会が壊れ始めています。」と告発する。さらに結論として彼女が「言葉は想像力と直結し、考えることを促します。いつの間にこんな時代になっていたのだと、呆然と荒野に突っ立っていたとしても、私は小説にどう書こうかと考えることで抵抗したいと思います。」とのべていることに、大いに触発される。そしてこれは私たちの文学にも求められているものではないだろうか。

桐野氏の新作長編『メタボラ』は、先の問題意識を背景に描かれたものであるが、記憶を失った主人公の再生を通して、浮かび上がるのは、それまでの人生をないものにする、記憶をゼロにしなければ再生できない深い奈落に落ちた人間の物語だ。

「僕はすべてに腹をたてていた。九時間半の実働、厳しいノルマ。ノルマを達成できずに居残っても、残業代は出ないし、連帯責任になる。工場は、まるで収容所のように暗くて古く、(略)給料日、僕は唖然として手の中の封筒を光にかざしていた。月に二十二万の約束だったのに、貰った金はたった十三万数千円だった」「僕は、大声を上げて何かを力いっぱい蹴り飛ばしたいような暴力的な衝動を感じた」

次第に自己崩壊していく「僕」は、ネット集団自殺に参加し、そのショックで記憶喪失になったのである。人間を追いつめるような現実を前に再び記憶を取り戻した「僕」はどこへいくのか。作品は読者に考えることを促すが、作者もまた「呆然と荒野に突っ立ってい」る。しかし、作者はそこから目を背けようとせず、「私は小説にどう書こうかと考えることで抵抗し」ているのである。

吉田修一の『悪人』は、昨年から今年始めにかけての新聞連載をまとめたもので、現代青年の生態を背景に、青年の孤独と絶望を描いた作品である。吉田が描く現実もまた、寒々とした風景である。

福岡と佐賀の県境の峠で、保険外交員の佳乃が殺された。十二月のことである。殺害したのは、出会い系サイトで知りあった土木作業員の祐一である。祐一は、殺害後、これも出会い系サイトで知りあった、紳士服量販店で販売員の光代に罪を告白し、二人は逃避行に出かける、という展開である。物語は事件から収束までの十二月から一月にかけての一月余りを描いているが、この作品で描かれる時代の諸相は、辛く寂しい。

保険外交員として働く佳乃ら三人の女性たちは、食事を一緒にしたりするが本音はかたらず、偽りで人生をつくろっている。佳乃が語る男性との交友は作り物の世界であり、しかし作りものの世界を語る中で、彼女自身、真実と虚の境目は怪しくなってくる。それは親しいと思われる三人の人間関係もである。また佳乃の死に間接的に関わることになる大学生の増尾圭吾は老舗旅館の息子であり、贅沢な遊興の日々を送っている。彼の親友と自分は思っている鶴田公紀は、親の買ってくれたマンションに住み、将来は映画を作りたいと思っているが、実社会との関わりは薄く、部屋に閉じこもって映画のビデオをみる日々である。また佐賀県の郊外の紳士服量販店で販売員をしている光代は二十九歳になっている。恋人もできず、ついていない人生を送っていると思い込み、寂しさと鬱屈を抱えて生きている。

ここに登場する若者たちはみな、現代の青年たちの諸相をあらわしている。そこに殺人という大きな石が落とされ、彼らの生活に波紋を広げていく。

水面に石を落とすことになる祐一は幼い頃に母親に捨てられた経験をもっている。彼はその後、祖父母に引き取られたが、捨てられたとも知らず、一日フェリーの出る港で母親をまっていた寂しさは、永遠に消えることはない。その喪失感が、彼を、いわれたことはきちんとこなすが、感情の起伏のない、車だけが趣味の無口な青年にしていた。彼が住む集落は独居する老人や年老いた夫婦が多く、ほとんど唯一の若者である祐一は、自分の祖父母だけでなく、他の老人たちの病院のおくり迎えも頼まれれば文句もいわずに引き受けている。無口な祐一の心の中を作品から推し量ることはできない。しかし、彼が題名でいう「悪人」でないことはたしかである。

深夜の峠で、増尾の車から蹴り落とされた佳乃を、後をつけていた祐一が救おうとする。しかし、祐一を裕福な増尾と比べて土木作業員として見下している佳乃は、「人殺し」「助けて」と、悲鳴を上げる。祐一は「佳乃の嘘を誰にも聞かせるわけにはいかなかった。早く嘘を殺さないと、真実のほうが殺されそうで恐かった」と彼女の首に手をかけるのだった。

現実の生活で実のある人間関係を結べない彼らは、出会い系サイトで見も知らない相手を選び、セックスをする。佳乃がそうであり、光代がそうであり、祐一がそうである。心の寂しさはあるが、どこにも悪人はいない。誰が悪人で善人かは、明示できないという時代の混沌を描いたのだろう。「悪人」というタイトルが意味するものはそういうことである。

しかしこの作品を何度か読み直しながら、次第に浮かび上がってきたのは、作者が、この作品で極めて重要な人物造形をおこなっているということであった。現実に抗議し立ち上がる人間への着眼である。

殺された娘の父親で理容店主の石橋佳男は、娘の愛情を踏みにじった大学生の増尾圭吾を待ち伏せ、「佳乃に謝れ」と迫るが、逆に蹴り飛ばされてしまう。偶然通りかかった鶴田公紀に助けられ、彼の案内で圭吾がたむろするレストランに行く。そこでは圭吾が友人たちを相手に佳男のことを笑っていた。

佳男は思う。「分からない。人の悲しみを笑う増尾のことが分からない。増尾の話に笑うこの二人の若者のことが分からない。佳乃を誹謗《ひぼう》中傷する手紙を送りつけてきた人間たちのことが分からない。佳乃をふしだらだと決めつけたワイドショーのコメンテーターが分からない」。父は「…そうやってずっと、人のこと、笑って生きていけばよか」と立ちすくむ増尾に対して言い放ち、その場をあとにするのである。

また鶴田公紀は、増尾の足にしがみつく佳乃の父親の姿をみて、「生まれて始めて人の匂いがしたっていうか、それまで人の匂いなんて気にしたこともなかったけど、あのとき、なぜかはっきりと佳乃さんのお父さんの匂いがして。……あのお父さん、増尾と比べると悲しゅうなるくらい小さかったんですよ。」「正直、お父さんが増尾に勝てるとは思えませんでした。対決するその場でも、その後の互いの人生でも、きっと勝つのは増尾やろうとは思いました。でも、それでもお父さんに、何か増尾に言い返して欲しかったんやろうと思います。黙ったまま、負けんで欲しかったんやろうと思います。」

殺人犯となった祐一の祖母の房枝は、健康食品の詐欺にかかり高額の請求を受ける。その請求はやくざのような脅しであった。祐一の件でマスコミに追いかけられるが、「しっかりせんといかんよ」「ばあさんが悪かわけじゃなか」というバスの運転手の言葉が身にしみる。

房枝はやくざのような脅しに対して、「逃げとるだけじゃ、なんも変わらんとよ。待っとっても助けは来ん。このままじゃ、配給の芋を投げられて、それでも黙って拾っとったあの頃と変わりゃせん。がんばらんば。馬鹿にされてたまるもんか。がんばらんば。もう誰にも馬鹿にはさせん。馬鹿にされて、馬鹿にされてたまるもんか。」と決意する。

そして房枝は、高額な健康食品を売りつける詐欺グループの事務所に乗り込んでいくのである。

人間を押しつぶそうとするものに対するあらがいの中で人は人として生きていく。佳乃の父親の怒り、祐一の祖母の房枝の決意。そこには人を人ともおもわないものへの、深い抗議が込められている。その怒り、抗議する姿に、学生の鶴田公紀が「人の匂い」を感じたというのも、大切な点だ。

この作品の読後感にニヒリズムを感じないのは、混迷し錯綜する時代を生きる人にとって必要なものはなにかと、作者の発するメッセージがあるからである。現代とはこんなものだと割り切る傲慢さはこの作者にはない。怒り、抗議する姿に人間の真実をみる作者の目は、今の文学にとって一つの方向を示唆する。

民主主義文学の書き手である浅尾大輔氏は、『悪人』の書評を、「私は、作者にもう一人の人間像を描いてほしかった。三人を信頼し、互いを固く結びつける兄貴のような若者像」と結んだ（「しんぶん赤旗」二〇〇七年六月十七日付）。これは、吉田修一の模索を前にすすめる問題意識であり、民主主義文学運動が、意識的に考えていかなければならない課題でもある。

浅尾大輔「ソウル」（『民主文学』二〇〇六年十月号）は、その課題への挑戦的作品であった。労働組合のオルグであり、小説も書く荻野という三十五歳の青年を軸に、彼の目から生きがたく、悲しみばかりが降り積もっていく現実、壊されていく若者たち、それを救おうとする人々を見つめた作品である。作品自体は、視点人物である荻野の目から主語をはぶいて描かれるため、読みづらい。さらに彼の周囲の人間関係の出来事を幾重にも描いていることが、作品をよりわかりづらいものにしている。しかし、この中で脈打っているのは、生きがたい世界の中で、へこたれそうになりながらも、なにがしかの人間の本当を信じて生きようとする荻野の思いである。

この中に登場する圧死君《アッシ》という青年は、「辞めさせられちゃったら、ハアハア、ボク、もう生活できないス」と突然ＳＯＳの電話をかけてきた、二十八歳の青年である。太っていて、美少女フィギュアのおたくである。しかたなく引き受けた案件であり、案の定、会社との二回の団交にも欠席する始末である。しかし、よく準備した三回目の団交に圧死君も参加する。その団交で会社側に退職強要をしたことを謝罪させ、さらに不払い残業代を払わせ現職復帰を勝ち取る。圧死君は、オルグの介添《カイゾエ》さんに握手を求めて、「介添さんが、身を乗り出して、あの常務に『彼の心はズタズタに傷つけられたんだ、謝れ、謝れ！』って怒ってくれたでしょう。あのとき、僕、ユニオンに入ってよかったと、僕には間違いのない仲間がいるんだと確信しました。本当にありがとうございました」という。その姿に荻野は「ほとんど打ちのめされそうだった」と感じるのである。「圧死の馬鹿は」と団交に姿を現さない彼を恨んだ荻野の人間に対する見方を変える出来事でもあった。

「間違いのない仲間」の存在に感動した圧死君は、過労でうつになり、出社することができなくなった友人の青年に声をかけ、労働相談に連れてくるようになった。

『メタボラ』の主人公は、使い捨てられる働かせられ方のなかで、集団自殺の方向に向かい、記憶を喪失するということになる。圧死君や彼の友人もぶつかった壁は同じである。しかし、圧死君らの場合は彼らの苦しみを自分のこととしてとらえ、たたかう「間違いのない仲間」をみいだした。『悪人』の青年たちは、「間違いのない仲間」を見つけられず、出会い系サイトに向かわざるを得なかった。

オルグの介添さんはいう。

「オルグはな、荻野くん、絶対に労働者を裏切っちゃいけない。裏切られることは何千回もあっても、われわれの側から働く者を絶対に裏切っちゃいけない。なぜならば、われわれオルグはな、働く者にとっては最後の堤防なんだから……、われわれが裏切ることは最後の堤防が決壊することを意味するんだ、われわれ人間が生きている社会そのものが総崩れとなる、その引き金を引くことになる」

介添さんの根本にあるのは、人間は信じることができるという確信であろう。

介添さんがいうことは、オルグのことだけにとどまらない。このような現実を、連帯して打開していこうという人々はたしかに存在するし、ねばり強い働きかけのなかで、人々は応えて、立ち上がる。

本田由紀、桐野夏生、吉田修一の問題意識は、今日の文学を考える上で重要な示唆である。その問題意識にリンクしてたたかう人間を描く浅尾大輔ら民主主義文学の若い書き手の努力もまた重要な位置を占めている。そして改めて、かつてのプロレタリア文学運動が追求し、道半ばに終わった「人間をそのすべての複雑性とともに全体的に把握すること」の今日的意味もまた、検討される意味があるだろうと思う。

人はいかにして人となっていくか

――職場を描いた一連の作品を読んで

現代の働く人々がおかれている状況は、かつてない危機にあるといっていいだろう。正社員が減り続け、非正規雇用労働者が労働者の三分の一を超え、特に二十四歳までの若年層で急増していることが厚生省の調査で明らかになっている。これまでのパート・アルバイトに加えて派遣社員、契約社員などの急増が今日の労働の現場の変化を促進しているからだ。これは個人の職業選択や意志の問題をこえて社会的問題として日本社会の危機を深めている。求人広告会社アイデムの人と仕事研究所が今年（二〇一三年）六月に発表した『白書』によると、正社員としての勤務体験がないものが、二十代で五二・四％に達し、三十代も三五・三％となった。また正社員経験が「五年未満」が二十代で四〇・五％、三十代で三九・八％にのぼった。その一方で正社員として働きたい割合は二十代が四九・二％にのぼり現在のいびつな雇用状況があきらかになった。若者たちは正社員を希望しながらアルバイトや非正規で働かざるを得ないという現状がリアルである。同時にこの問題は経済的な問題にだけ留まらない大きな問題をはらんでいる。より深刻な問題は人間が人間らしく生き、成長していくという社会の質の形成の問題を投げかけているからだ。

小関智弘は熟練の旋盤工として働いてきた作家だが、私は彼の『仕事が人をつくる』（岩波新書）の中の言葉を最近思い出すことが多い。彼は、長いこと旋盤工を続けていると足はガニマタになり、姿勢は左肩が下がると体型の話をしながら「仕事が人をつくり、人を育てる、というのはもちろん、そんな体型の話ではない。人は働きながら、その人となってゆく。人格を形成するといっては大袈裟だけれど、その人がどんな仕事をして働いてきたかと、その人がどんな人であるのかを、切り離して考えることはできない」といっている。大きな書店の書架をみていて気付いたことがあった。書架には経営者、司法書士、教員、保育士などの項目はあるが、派遣社員・非正規労働者という項目はない。職種を示さない派遣・非正規という項目がないのは当然といえば当然かもしれない。とするなら、派遣・非正規とは何なのかという疑問が頭をもたげる。つまり仕事の個別性をもたない人々の大量出現は人間にとってどういう意味をもつのであろうか。具体的労働の質を失った彼らを抱える社会はどこへむかってゆくのか。人間は固有の労働の中で人間になるということは、猿から人間になるという人類発展史のことだけではないだろう。働きながら人となってゆく、人格を形成してゆくという小関の指摘は示唆にとんでいる。「賃金が安い」「雇用期間が短かく不安定」「人員削減の調整弁」「キャリアアップの機会が乏しい」「定期昇給がない」「福利厚生が充実していない」「正社員になることが困難」「男性は結婚率が低い」「社会保険・雇用保険の適用から外れる者が多い」など非正規雇用の実態は、明らかに差別的だ。そういう労働者たちが、小関のいうような働きながら人格を形成してゆくことができるのか、不安定な非正規雇用の増大をそういう角度から私は考えたいと思っている。

近年、現代の若手作家たちが多様に働く人々の現実を描き出していることが目を引く。二〇〇八年に「ポトスライムの舟」で芥川賞を受賞した津村記久子が、作品の中で契約社員として働く女性を登場させたことは印象に残っているが、不安定雇用の一員であった経験をもつ若い書き手たちの出現は、日本の近代文学に労働者が書き手として登場してきたプロレタリア文学の歴史を思い起こさせる。

以下、いくつかの作品をある程度あらすじを紹介しながら考えてみたい。

広小路尚祈（ひろこうじなおき）という若い作家は、高校卒業後さまざまな職を転々とした経歴を持つ。「田園」（『すばる』二〇一二年七月号）は、今日の青年労働者の不安定な現実に目を向けた作品である。

作品は、人材派遣会社が借り上げた寮に住む健次郎、孝博、友也、圭介の四人が、会社に首を切られ今後の生活をどうするか、その苦境をめぐる物語である。会社から送られてきた書類によると、寮にいられるのはあと二週間ほど。生産拠点の一部を海外に移すという理由で工場の規模が縮小され、同じ生産ラインに携わるメンバー全員が一斉に首を切られたのだ。次の仕事は見つからず、ここを追い出されたらどこにいけばいいのか。青年たちの直面した深刻な悩みである。

健次郎は仲間と飲みにもいかずコツコツとためた貯金が五十万円近くある。しかし職が決まらなければアパートも借りられない。ほかの三人にはたくわえがないようだ。みんな実家には戻れないという共通項があるが、今後をどうするかの思案の中でも健次郎とほかの三人には微妙な違いがあるのである。健次郎以外の三人は貧乏に耐えるために知人の「一流の貧乏人」のところへいって貧乏の修行をするというのだ。「いいか、どんなに仕事を頑張ったって、おれたちは報われねえぞ。どんなに頑張ったって、政府が馬鹿だったり、勤めた会社の社長がとんまだったりしたら、おれたちにそのツケが全部回ってくるんだぞ。でも、どんなに世の中が悪くなったとしても、どんなに未来が絶望的だったとしても、おれたちは生き残ろう……貧乏の修行を積めば、どんな状況に陥ったって生き延びられるからな」と孝博は説明する。冷やかにみる健次郎に対して孝博はさらに「おれは真面目に仕事してきた。欠勤だってしたことはねえ。残業も休日出勤も断ったことがねえ。でもこのとおり、路頭に迷った。おれなりに精一杯やっても、結局路頭に迷ったんだ。これは今までのやり方が間違っている、ということじゃないんだろうか」と主張するのである。

「一流の貧乏人」である治さんのところを訪ねた三人は、治さんの指導で奇妙な共同生活を始めるのである。一方健次郎は、カプセルホテルに泊まりながらハローワークを訪ねるがめぼしい求人はなく、人材派遣会社からも連絡はない。そんな中でキャッシュカードや免許証、現金六千円が入った財布をおとしてしまう。通帳と印鑑は鞄にあるが、地方の信用金庫の口座だから支店がなければ下ろせない。健次郎は春の農業祭の無料の出店の行列に並んでいるときに三人と再会し、ともに建前の餅投げにいって餅を大量に拾いまくり、以後行動を共にするようになる。実家に連絡をとるが義姉に誤解されふさぎ込む健次郎に友也がいう。「世界はおれたちの手じゃ変わらん。世界を変えようと息巻くのは、すべてに恵まれたエリートのやることだ。おれたちにはそういうことを話し合う資格もねえんだ。いや、話し合うのは自由だ。でもな、話し合ったって、なんともならねえんだよ」。健次郎は友也の言い分に怒りを覚えるが、返す言葉がみつからない。

健次郎は友也のようには考えられない。どうせ俺は駄目だ、鈍い自分が悪いんだという思いとともに、「忘れ去られる存在、切り捨てられる存在」、そして今まさにそのそんな存在にならんとする自分への悔しさがあるからである。

夜桜の客の前で踊って酒を調達し、春の農業祭の出店に繰り返し並んでトン汁などを食べ、建前の餅投げで必死に餅を拾い集める青年たちの姿はコミカルだが、せつない哀しみがただよう。貧乏を乗り切る修行という奇想天外な行動には、現実の社会へのあきらめとともに、理不尽に切り捨てられる今日の青年たちの辛い思いが詰まっている。同時にそこまで割り切れない健次郎の悔しさ、怒りは、どこにむけられたらいいのか。健次郎は、貧乏の達人の治さんにお金を借りて銀行から金をおろすために田舎に向かう。そして彼らと別れてもうひと頑張りしようと思うところで作品を閉じている。その決意はいいが、仕事が見つからなければまた路頭に迷うことになる。作者が描いた二つの形の青年たちの悲劇はどういう方向にむかっていくのだろうか。作者の筆はそこまではおよんでいない。

同じ作者の「寺部海岸の娘」(『文學界』二〇一二年十二月号)は職場のブラジル人労働者と日本人労働者の喧嘩を何とか和解させせようとする「おれ」の視点で描かれる。「おれ」は、自動車に使われる金属部品に焼付塗装を施す工場で働いており、班長の立場にある。近く結婚する彩香は自動車の内装に使われる樹脂部品を製造する工場に勤めている。工場で昼食の日替わり弁当をたべて、机にうつぶしてうとうとしているとき、部下の中沢がドアをバールでこじ開けられて車上あらしにあったことを話している。中沢が「あれはきっとブラジル人の仕業だな。手口がそうだもん。なあ、カルロス、おまえの友達じゃねえのか?」といったのを聞きとがめ、「おれ」は冗談にしてもいささか度がすぎていると感じ注意しようとしたとき、カルロスが中沢にとびかかったのである。間に入って酷いことを言った中沢と最初に暴力をふるったカルロスにそれぞれ謝れというが、中沢はしぶしぶうなずくが、カルロスはかたくなな態度を崩そうとしない。もう職場を辞めるというカルロスにたいして「おれ」は、カルロスをやめさせてはいけないと思う。日本で育ったカルロスは日本語はペラペラで漢字の読み書きもできるが、中学しかでておらず、しかも外国人の彼に今以上の職場はないと思うからだ。また中沢のような態度をとる人間は世間にも腐るほどいるからだ。説得にカルロスは了解してくれる。

「カルロスも解っているのだ、ここに居るのが一番マシだと。それはおれも同じだ。中沢もそうだろう。高望みをすればキリがないが、ここよりマシなところは、おれたちには用意されていない。もしここに不満があるなら、おれたちはおれたちの手でここを、今より少しでもマシな場所にしていくしかない」と思う。

カルロスの気持ちを和らげるために、ブラジル料理をおごることにしてカルロスの知っている店に行くことになった。カルロスの家は日系外国人が多く住んでいる巨大な団地でその近くのレストランだった。そこのウエイトレスはカルロスの彼女だ。しかしそこで酔っぱらったブラジル人三人組に絡まれ、カルロスと彼女とともに「おれ」の家に逃げる。家には彩香がいて、彼女から「ご飯奢るくらいで済まそうなんて甘いよ。上司失格。問題の根本を解決しなきゃ」と手厳しい批判を受ける。職場でよい雰囲気を保つことがなぜ大事かと「おれ」は考える。格好もよくなくステイタスの高い仕事でも、給料がよいわけでもない。同じ部品を延々と作り続ける毎日で、大きなシステムの一部の部品で重要な役割をもっていると頭でわかっていてもなかなかそれを実感できるわけではない。だからこそ、そのことの大事さを身体に実感させ、「おれは歯車だ、機械だ」と平然といいきれるまでにプライドを確立するしかない。それには長い時間が必要で、若い社員が辞めてしまわないように職場の雰囲気を大切にしたいと「おれ」は考えているのである。

作品は、中沢、カルロスの仲直りの大団円につきすすんでいくがその詳細は省く。この作品で注目されるのは描かれる外国人労働者の存在、それをとりまく日本社会の問題である。外国人がたくさん住む団地があり、そこから労働者が供給されていること。外国人労働者にいわれのない敵意をもつ日本人労働者の存在。その間をなんとか取り持とうとする「おれ」のような班長の存在。今日の労働が「歯車」「機械」としての開き直り的自己認識が求められることの現実。外国人と日本人の間をとりもつだけでは、くりかえされるだろうこの種の矛盾に対応できるわけではない。いずれ破たんすることは目に見えていると言わざるを得ない。そのためには外国人、日本人ともに「歯車」ではない、労働者としての誇りとプライドをどう持つかが問われてくる。

これらの労働現場の断面がたんなるエピソードに終わらないためには何が必要か。私は広小路氏の作品が、今おかれている若い労働者の切実な姿を描いていることに共感を覚えたし、描写も的確である。そのうえで一連の作品に〝思想〟がほしいと思った。〝思想〟といっても大げさなことではなく、青年たちが何故このような苦境におかれ、「どんなに仕事を頑張ったって、おれたちは報われねえぞ」「ぜんぶ俺の責任になるのか」と考えるようになったのか、その背景に対して作家がまっすぐに目を向けることだ。かつてプロレタリア文学は労働者の生活、その苦悩を描く「労働文学」の世界から発展し、思想を持って現実を見つめ労働者の置かれている状況を分析し、よりリアルに描く方向に向かった。当時の労働運動の高揚の中で、自分たちを人として貶めているカラクリを作家自身が自覚することでより生彩のある文学世界を作り出した。作家の社会認識の向上なくして文学の前進はない。私はその点で広小路作品は作家の眼で青年の実情をよくとらえている一方、もう一歩踏み込めないもどかしさを感じる。労働者を「歯車」と自覚することでプライドをもつといっても無理なことだ。多くの労働者たちは現状打開のたたかいの中で労働者としてのプライドを持ってきている。職場のよい雰囲気を保ちたいという「おれ」の思いは大事だし、そこに今後の展望の目がある。「よい雰囲気」をつくる努力は「班長」だけの仕事ではなく「班長」自ら仲間に呼びかけて働きやすい職場にしていくことが求められる。そういう視野を作家がもってこそこの作品は横道にそれず、より生彩を放つものになると思う。

ここでプロレタリア文学のことについてふれたが、これまでの一部批評に労働現場を描いた作品について一面的にこれは現代のプロレタリア文学だとよく言われる。それらの批評にはプロレタリア文学について正確な認識がないと私には思われるので、プロレタリア文学の特徴についてかんたんにのべておきたい。一つは、当時の絶対主義的天皇制国家権力とのたたかいである。これは日本文学の新しい地平を開いた。二つ目は労働者を描くと言ってもただその悲惨を描くのではなく、自然発生的な労働者のたたかいから発展して、労働者階級の組織的たたかいを描いたこと。三つ目は農民小説の発展。四つ目は文学理論の科学的深化。これら四つの観点が総合的にとりくまれた。労働者を描くにしても、それを階級闘争のなかに位置付けて描くということに、作家も、文学運動も苦心したのである。だから労働者の状況を描いただけではプロレタリア文学とはいえない。あえていえば初期プロレタリア文学というべきだろう。

さて、大卒を大量採用、大量離職させる「ブラック企業」が社会的問題になっている。「正社員」として大量採用するにもかかわらず数年でやめさせ、うつ病や、過労死・過労自殺に追い込まれる事例があとを絶たない。正社員の比率が年々減少している中で若者たちは必死に正社員をめざす。しかし入社してみると働かされ方は違法労働の数々である。今野晴貴NPO法人POSSE代表によると（『世界』二〇一三年五月号）、わざわざ正社員として採用した若者を離職に追いやる理由として二点あげている。第一は有能な者の選別、第二に過酷労働による短期間での使いつぶしである。新自由主義労働政策の行き着く先である。

新庄耕「狭小邸宅」（『すばる』二〇一二年十一月号）が描くのは不動産会社に就職した青年の物語だ。大手ではないが、そこで繰り広げられる業務の日常はまさに不法が横行するブラック企業である。

「湯気が立ち、鏡が白く曇る。頭からシャワーをかぶり、しばらくの間、うなだれたように突っ立っていた。曖昧だった意識が次第にはっきりしてくる。

――今日こそ辞める。」

作品の冒頭は、大卒の新入社員松尾の姿から始まる。「今日こそ辞める」と独白する彼の職場はいったいどういうものなのだろうか。

松尾が勤める会社は住宅を売る。そのために真夜中に企業や官庁の入った集合住宅にチラシを配り、昼間は大きな看板を首から下げサンドイッチマンをする。興味をひいた客を物件に案内する。一日の仕事に客の「案内」が入っているかどうかがチェックの対象になる。営業指標の一つとして平日に一件、土日の週末に二件ずつ客からとりつけることが各営業マンに課せられているのである。松尾は入社してから四カ月、毎日サンドイッチマン姿で街頭にたった。その間、同期の半数以上が辞めていった。

「武田ぁ、お前案内入ってないのによく昨日帰れたな。てめぇ、なめてんだろ」「申し訳ございませんじゃなくて売りますだろ。売る気あんのかよ、てめえはよ」「売る気ねぇならさっさと辞めろ、もうお前なんかいらねぇんだから」

部長から飛ばされる罵倒は暴力的であり、実際暴力も日常的だ。「案内」を終えて帰ってきた松尾がみたのは、新人の木村が立ったまま「受話器を持った左手が耳にあてられ、その上から幾重にもガムテープで頭に固定」されてひたすら電話かけをさせられている姿だった。一軒も契約がとれない松尾は、駒沢にある支店に異動させられる。そこでも「おめえらよ、もっと売れよ、売って売って売りまくって俺をちょっとぐらい喜ばせてみろよ、この野郎」という部長の罵声であり、松尾はカレンダーを丸めた紙の筒で横っ面を張られ、怯んだところで蹴られたりした。

売れるか売れないかが社員に対する判断基準である。売れれば歩合が入るから収入は一般サラリーマンより格段に増える。しかし実態は、先の今野氏がいうように使える社員の選別と、短期間での使いつぶしである。

「何に対しても感動しない抜け殻のような自分がすぐそこにいる」心身喪失の状況にありながら、友人から「現代の蟹工船」と揶揄されながら自分でも理由がわからないまま営業の仕事にしがみつく松尾は、売れ残りの困難物件を一軒売ることに成功する。以来周りの彼を見る目が変わり、常に彼を突き放してきた課長からマンツーマンの指導を受け、支店の売り上げナンバーワンにのし上がっていく。しかしそのことによって同僚の苦境に同情したり手助けしたりする彼の感情は失せて、以前より仕事優先の生活になり、目が血走り脂ぎった人間に変貌していくのである。辛いとき常に彼をやさしく包み込んでくれた彼女も去り、彼に残っているのは「どす黒い不安」だった。

労働法規もなにもあったものではないこうした労働実態は、描かれる不動産業の特殊性だけといえないところに、この問題の深刻さがある。今野氏の先の論文には、「『お前は根性が足りないから、街でナンパをしてこい』、『仕事の意味が分かっていないから、ホームレスに話を聞いてこい』、あげくは『ジャージを着て出勤しろ』などと命令し、追い込んでいく。それが続くと簡単に精神疾患を引き起こしてしまう」とある。まさに「狭小邸宅」の世界ではないか。

居酒屋チェーン店大手「ワタミフードセンター」の新入社員、森美菜さんが自殺したが、彼女の手帳には「体が痛いです。体が辛いです。気持ちが沈みます。早く動けません。どうか助けて下さい。誰か助けて下さい」とあった。彼女はこのメモを書いた一カ月もたたずに亡くなった。

作品の主人公・松尾がひどい現実を乗り越えた先にあったものは、人間性を失った人間の抜け殻といっていいだろう。作者は、主人公の歪んだ労働者としての〝成長〟をみつめることでこの作品を単なる刺激的な読み物としないものにしている。そして改めて、今回の参議院選挙で多くの青年たちがブラック企業をなくせという日本共産党の訴えに共感の輪を広げたことに着目する。

数年前の小林多喜二の「蟹工船」への関心の広がりは、今日の労働現場がそれに似たようなものであったことへの共鳴であった。労働者が生きがいを持って働くことのできる職場にするためには何が必要なのか。作者の深い関心があればこの作家の次作に期待できるのだが。現実批判の精神は文学に深いリアリティを与える。かつての「労働文学」がプロレタリア文学に前進したように、これは私たちの文学運動にも強く求められるものである。

小山田浩子『工場』（新潮社）が描くのは、一つの巨大工場に働く人々の話である。この物語は広小路、新庄らの作品とは違って一風変わっている。三島由紀夫賞の候補作になった同作について選者の高村薫氏は、「かつて小説は、社会からの疎外を感じている人間の、外部世界への懐疑と自己慰撫のツールでしたが、二十一世紀のいまは、むしろ社会に同化しつつ、同化している自身への違和感や不全感に言及し、内側から世界を変形させてゆくのです。そこに新たに確実な一歩を印してみせた」と高く評価した。いかにも実存主義的感想だが、半ば同意しつつこの作品は派遣労働の中で労働の意味を実感することができない今日の労働のありようへの、シンボライズした批判的世界と考えるべきだと思う。この作品には今日の労働実態への批判的反映がある。

この工場は「莫大で広大」で、町に生活する人には必ず関係者がいて、取引先に勤めているものがいた。工場や子会社のロゴマークを付けた営業車が町を走り回り、親は子どもに工場で働くことの素晴らしさを言って聞かせた。小学校の見学会にも組み込まれている、そういう工場なのである。

正社員募集の広告をみてやってきた牛山佳子（二十六歳）、そこで派遣社員として働くことになった兄、大学で生物の研究生をしていて教授の推薦で就職した古笛らが主な登場人物である。

牛山佳子は大卒だがこれまで五回会社を辞めて、工場は六回目である。そのことは面接では問題にされずに、正社員募集であったのに契約社員にということになり、印刷課分室の実務補佐チームに入ることを提案される。彼女はそこでシュレッダーによる書類の粉砕の仕事につく。一日シュレッダーをかけるのである。仕事を始めて二日目に業務に完全に慣れ、「よほどの問題があるみ込みがない限り脳細胞を一つも動かす必要がなくなった」。その結果「なんだか自分と労働、自分と工場、自分と社会が、つながりあっていないような、薄紙一枚で隔てられていて、触れているのに触れていると認識されていないような、いっそずっと遠くにあるのに私が何か勘違いをしているような、そんな気分になってくる。私は何をやっているのだろう」という心境になるのである。

一方兄の牛山はつい先日までシステムエンジニアをしていたが、リストラで首になってこの工場に派遣社員として働きだした。派遣会社で正社員をしている恋人の紹介だった。部署は工場の資料課で校閲を担当している。積んである封筒のなかに入っている文書を校正するのである。企業の概要、機械の説明書、社内通告、料理の作り方などなど、雑多な文書の校正で、「こんな仕事、おそらく説明すれば中学生にでもできる。他に一つくらい、もっと俺にあった仕事がなかったものか」と思う毎日だ。時間にせかされるわけでもなく、たんたんとこなす仕事の中で、牛山は「毎日校正するこれらの文章は誰が誰のために書いて、校閲を要しているのだろうか」「工場は一体何を作って、何をしているのだろうか」という疑問がわき出てくるのだった。

大学で研究をしていた古笛は、環境整備課屋上緑化推進室に配置される。彼一人だけの部署である。「のんびりと、調べ調べやっていただけたら」というのが会社の担当者の言い分だ。コケ観察会を開くぐらいしか仕事がない。屋上緑化の具体的方向もみえない。工場の担当者に問い合わせても「大丈夫ですよ、古笛さんのペースで丸々進めていただいて結構ですから。何か月かかっても、何年かかっても問題ございませんよ」という返事がかえってくるだけだ。工場の広大な敷地の中に住宅と研究所を用意された古笛には、退屈な日常の繰り返しに「これは一体いつまで続くのか」という不安が募っていくのだった。

三人三様に、給料をもらうのはいいが、こういう意味を感じられない日常の働かされ方に不安感を蓄積させていくのである。工場は広大で敷地には病院があり、レストランがあり商店があり町とかわらない機能をもっている。敷地内には海に流れ込む大河があり長大な橋で南北に分けられている。河口には数えきれないほどの黒い鳥「ウ」が立って工場を見つめていて、この工場の非現実的世界を形作っているが、牛山佳子は正社員を鼻にかけたような兄の恋人に対して、「あのような人間が正社員として社会の一員ヅラをしてのうのうと生きていて、我々兄妹のような善良で気弱な市民が虐げられて正社員の職も手にできないのは不公平極まりない」と思う。彼女の目には、工場で働く人が首から色とりどりのひもで入門証をぶら下げ、正社員は紺、お偉いさんは黒、関連会社とか子会社の正社員は青、来客は臙脂、非正規は赤とか黄色とかショッキングピンクであるという序列が明確にされていることも奇異に映るのである。彼女は工場を二分する長大な橋にきて、「生き甲斐であるとか生きる意義であるとかいうことと労働はまるで結びついていない。かつて結びつくはずだと思っていたこともあったのだが、もう結びつかないということがよくわかった」と諦念を覚える。作品の不可解で不気味な世界の背景には、現実の不合理な労働実態への違和感がある。黒い「ウ」は実は労働者たちのなれの果てであることが最後に明らかになるが、これも作者の現実批評からくるものであろう。

作者は大学を出てから雑誌の編集、眼鏡販売店の販売員、自動車メーカーの派遣社員、出版社のパートなどの職歴がある。その中で「仕事と自分との間にずっと深いみぞがある」「仕事にとって自分が取り換え可能な存在で、同じく自分にとっても仕事というものが取り換え可能であること」を常に意識させられてきたという。

今日の労働の実態がいかに不合理なものになってきているか、作品の底流にはそういう作者の意識がある。作者はまた「自分と企業と社会との三者の関係がどうにもしっくりこなくて、困ってました」と述べている。その違和感が作者をしてリアリズム世界から少し離れて、不条理な世界をつくらせたのだろう。風見梢太郎氏は、本作の書評（「しんぶん赤旗」二〇一三年七月二十一日付）でフランツ・カフカの「城」を頭に思い浮かべたと書いている。「城」は村人を支配する「城」の不可解な存在、「城」に雇われた一人の測量士がその不可解な存在の「城」と格闘する様を描いている。この作品は、結局カフカの草稿のまま未完におわっているが、カフカがイメージした「城」は人間の上に君臨する複雑にいりくんだ社会・官僚機構であるが、「工場」は単純に不可解な存在ではない。現に作品では正社員、派遣社員が登場する現実の職場なのである。登場人物の牛山佳子の諦念も現実の労働の実態の反映としてうなずけるものである。そうであるならば、差別化され、労働の意味が理解できない労働者たちが、人間以外のものに変化していくというのは意味深い象徴である。

広小路が描いた派遣社員として使い捨てられる若者たちや、「歯車」「機械」として自覚することでプライドを保持するしかないと考える労働者。新庄耕の描出したブラック企業で人間性を破壊される若者たち。それらはみな「工場」が描いた黒い鳥「ウ」になるのだろうか。小関智弘は人は働きながら人格を形成していくといったが、そのよき日本企業の伝統は失われ、現代の労働は人間にあらざるものを作り出していくという意味で、「工場」が描いた結末は不気味である。

同時に、私はエンゲルスの言葉を思い出す。エンゲルスはマーガレット・ハークネスという女性が描いた「都会の娘」という作品を、労働者をリアルに描いたとして評価する一方、労働者がいつも虐げられている存在として描くのは現実的ではないとして次のように指摘した。

「『都会の娘』のなかでは、労働者階級は、自立する力のない、そして自立する努力をここ ろみようとさえしない、受動的な大衆として現れています。（略）これは一八〇〇年ないし一八一〇年ごろのサン - シモンやロバート・オーウェンの時代には当を得た描写だったのですが、ほとんど五十年間にわたって戦闘的プロレタリアートの大半の闘争に参加する栄誉をもった、一八八七年の人にはそうであるわけにはゆきません。自分たちをとりまくおもくるしい環境にたいする労働者階級の叛逆的反応、人間としての地位を回復しようとする彼らの試み—衝動的にか、半意識的か、または意識的に—は歴史の一部をなしており、したがってリアリズムの領域にその席を要求せずにはおきません」（エンゲルスからマーガレットハークネスへの手紙、一八八八年）とのべた。

私はこの指摘は大きな示唆に富んでいると思う。文学に〝思想〟が必要だと先に述べたが、それは作家たちが関心をもつ劣等感、違和感の根源を見つめる作家の眼である。そういう角度から現代日本の青年たちをみれば、たんに泣き寝入りするだけの存在ではない。ユニオンに参加して不当な職場環境とたたかい、ブラック企業を許さない日本共産党の主張に共鳴し声を上げている。また原発即ゼロの声をあげる若者たちの声も強く、広がっている。日本社会や企業を覆う不正は青年たちを抑圧しているが、それに同調しない声は日々大きくなっている。そういう視野から、今回取り上げた作家たちが描こうとする青年たちをみたら、また違った世界がみえてくるのではないだろうか。

民主文学の今年の新人賞の三作品すべてが、労働現場でこうむる不当な現実に対して、頭を上げてたたかう姿を描いていて印象深い。

こうした作品にとりくむ一般文壇の作家と民主主義文学運動で努力する作家の創造上の連帯がふかまれば日本文学に新しい境地を開くことになることは間違いない。民主主義文学運動は社会的問題での広い作家との共同をつくることをかかげているが、同時にそれを創作問題を含めて捉えている運動体である。その点で文学運動がより積極的なイニシアチブを発揮する時代に入ってきているのではないかと私は考えている。

II

リアリズム論の再生へ

3・11の衝撃は、「第二の敗戦」といわれるほど日本社会を激震するものとなった（もちろんアウシュビッツ以後、広島・長崎以後という言い方もできるが）。一九四五年の「敗戦」がそうであったように、この国の歩みがこれまでと同じであっていいはずはないという人々の思いの中で、新たな歩みが始まっている。一人ひとりの心の中にある種の決意を芽生えさせている。文学・芸術もまた、3・11を引き受けて、どのような一歩を踏み出していくのか、文学にかかわる私たちにとって避けることのできないものとして眼前にある。最初の「敗戦」では古い勢力のまきかえしがほどなく始まり、平和と民主主義という新しい歩みを始めようという人々とのせめぎあいの中で、日本社会は半世紀をこえてきた。そして今回、いままた、新しい日本をつくろうとする人々と古い勢力のせめぎあいが始まっている。このような社会にあって、多くの文学者たちが発言し、多くの言葉が私の心に蓄積された。その言葉の一つひとつが文学の明日を開く、大きなモメントを与えているように思う。私はそのような言葉を踏まえて、研究集会の討論の「3・11と文学の生命力」というテーマについて考えたい。

1　今までのような「言葉」でいいのか

二万人をこえる死者・行方不明者をうんだ東日本大震災、さらにそれにつづく福島第一原発の事故は作家たちの問題意識を喚起した。

大江健三郎は、「小説の草稿を一年近く書き続けて来て、今度の東日本大震災に出会いました。そしてそれに内面も激しく揺さぶられた自分が、これまで書きためたところをすべてやり直さざるをえないことに気がつきました。井上ひさしの死のみならず、私はただ遠方から思うだけですが、この大震災の数多い死者たちからも、同じ時代を生きて来た私らへの、ある根本的な『伝達』を感じるからです。自分のいなくなった後の、障害を持つ息子のこと、かれをずっと支えて来た娘の、そのまた娘の生きて行く将来に、原発の大事故の、放射性物質のもたらす影響のことを考えたりもせざるをえない以上、それは私ひとりの思い込みとしても、確かな『伝達』なのです」とのべ、T・S・エリオットの次の詩を引用している。

「また死んだ人たちが生きている時に

言葉で言わなかったものを
死んだ時に人に言うことが出来る。
死んだ人たちの伝達は　生きている
人たちの言語を越えて火をもって
表明されるのだ。」
（大江健三郎「読むこと学ぶこと、そして経験——しかも（私の魂）は記憶する」『すばる』二〇一一年十月号）

大江健三郎はこの詩をそれぞれに解釈してほしいといっている。死んだ人たちの思いを、生きている私たちは受けとめ、生きた言葉として発していかなければならない、そういう意味としてこの詩を受けとめた私は、大江のいう「根本的な『伝達』」とはなにかということに思いをめぐらした。日本の戦後社会のありようを根本から問うこと、文学にかかわるものであれば、その問いの中で新しい文学をつくることではないか。そのことが「死んだ人たちの伝達」ではないかと思う。戦後の日本人は、膨大な死者たちの言葉を受け継いで、平和と民主主義の道を歩もうとした。そのために、文学が果たした役割は決して小さくはないし、作家自身も過去とは違う新しい生き方が求められた。その中から民主主義文学運動が生まれたのは象徴的なことである。

私は昨年「文芸時評」（しんぶん赤旗、二〇一一年十月二十六日付）の中で、文芸各誌の新人賞にふれて次のようにのべた。

「『3・11』以前と以後という風に私たちは問題を考えるようになっているが、そういう反映としてこれらの新人たちの作品をみることができるかもしれない。選者の方でも文芸賞の高橋源一郎は受賞作を『〝以後〟の小説』と読み、すばる文学賞の星野智幸は受賞作ではない作品についてだが、『震災後の日本社会にはふさわしい作品』というもの言いをしている。現代文学についていうと、私たちは『3・11』以前のような作品の読みがむずかしくなっている。それは書き手もそうではないか。（略）『3・11』以前と以後の文学ということについていうと、『第2の戦後』といわれる今の時代をどう生きていくのか、それは言葉が人々の生と現実をより深くとらえていくということ以外にない。高橋源一郎が『全く新しい論理や倫理』をつくりだすことに『以後』の小説の課題があるといっているが、彼の『恋する原発』（『群像』）のアナーキーな世界が新しい論理や倫理だとすると首肯できない」

言葉が人々の生と現実をより深くとらえていくためには何が必要か。私は創作方法の問題としてリアリズム論を再生させる必要があると考えている。

2　進歩的運動の努力をどうみるか

この問題を考えている最中、新船海三郎氏の「3・11から、3・11へ」（『民主文学』

二〇一二年四月号）という文章を読んだ。リアリズム論を考えるうえで、新船氏の一文は避けることのできない問題を感じたので一言ふれておきたい。新船氏はドイツの社会哲学者・アドルノの「アウシュビッツ以後、詩を書くことは野蛮である（注）」（「文化批判と社会」）という言葉をよりどころにしながら、たとえば「三陸沿岸地方から若い労働力を引き剝がしたのは、『野蛮』の仕業ではない。『経済成長』を至上とする『理性』が容易にそれを人々に受け入れさせたのである。全国五十四基の原発もまた、『原子力の平和利用』という『理性』が行き着かせた以外の何ものでもない。その『理性』と、私が書いてきたものとどれほどの違い、隔たりがあるか」とのべている。

私はこの一文に、社会変革の運動も権力と対峙してきた平和と民主主義の運動も七〇年代以降ひとつも新立地を許していない反原発運動も、「理性」という概念で一まとめにしてリセットしてしまうような発想を感じて、これでいいのだろうかという思いを抱く。そして、それはリアルなのかと。新船氏は、「『詩』は、アウシュビッツ以前に、その『理性』を拒否して『野蛮』でなければならなかったのである」という独特の解釈をしている。この短い論考ではもちろん意をつくせないが、「文化批判と社会」ではアドルノは、「理性」を拒否して「野蛮」でなければならなかったなどとは言っていないのである。ナチズムにしてもスターリニズムにしても知識人や評論家たちがいかに自己矛盾の中で生き、堕落して、「野蛮」に加担していくかを論じているのである。アドルノの言葉は多義的であるが、背景にはナチズムに協力していった思想・イデオロギーへの批判、アウシュビッツを体験したユダヤ人の一人として身をきるような苦悩がある。彼は「何故に人類は、真に人間的な状態に踏み入っていく代りに、一種の新しい野蛮状態へ落ち込んでいくのか」(『啓蒙の弁証法』序文)という問題意識をもっていた。彼はそこから現実世界の抑圧的な権力とのたたかいをやめたとき、革命的な「啓蒙思想」＝進歩思想でさえ変質するといっているのである。「文化批判と社会」は結論で、「批判的精神は、自己満足的に世界を観照して自己のもとにとどまっている限り」、堕落するといっている意味もそこにある。アウシュビッツ以外にも原爆投下、スターリンの粛清、今回の福島の原発事故などの人類史的事件がおき、アドルノの考察は考えるべき問題を提起している。アドルノがいうように文化を取り込む権力の狡猾とたたかうこと、権力と抗いながら頑張ってきた進歩的運動や思想をさらに豊かに発展させることが必要ではないか。これはこれからの文学を考えるうえでも大事なことだ。

3　第二十四回大会は創作上、どういう問題を提起したか

「3・11」以後の新たな文学創造をみんなで大いに議論しようということを私はいいたい。それぞれの体験、受けとめを土台に語り合うことが、明日の文学につながるはずだ。戦後、民主主義文学運動の出発にあたって、宮本百合子の「歌声よ、おこれ」は新しい文学創造へ強い

インパクトを与えた。

昨年五月に文学会は第二十四回大会を開いた。そこで幹事会報告「大震災からの新たな文学創造を」で次のようにいった。

「現状に対置する批評精神の自律は容易ではない。創作にとっても要を成す批評精神は、何よりも現実へのリアルな目、人間という存在への愛おしみ、文学と社会の民主的発展への情熱によって形成されてゆく。それは現代の民主的文学運動を担う私たちこそが、第一に身につけていかなければならないものであろう」

この言葉はつまり、創作方法としてのリアリズムの前進ということではないだろうか。

私たちの会の名称「日本民主主義文学会」にこめられているのは、私たちの運動が戦前のプロレタリア文学運動、戦後の民主主義文学運動を正統に受け継ぐ団体であるということである。規約の「活動、事業」の一項目では、「核兵器廃絶、平和と自由、民主主義の擁護・発展、国民生活の向上、そのための協力・共同の追求」を掲げているのである。私たち文学会はこの大きな方向の中で、個々の会員の政治的、思想的な立場、また創作方法も自由であり、多様であるという立場は自明の前提として、プロレタリア文学が開拓しその後の民主主義文学運動が模索してきた、現実の変革を志向し、人間と社会を総合的にとらえてゆく方向に、創作方法上のリアリズム論を前進させていくことが必要ではないか。かつて九回大会では、運動結集の基準があいまいになり、創作方法についての意識が希薄になってきたことを受けて、改めて「民主主義文学とは、要約していえば、さまざまな対象を社会の民主的発展の方向をめざしてリアルにえがく文学である」と規定した。それから三十年、いまではこの文言すら知っている人は少なくなってきており、この規定もまた検討が必要な内容であることは周知の事実である。そのうえで、文学会の前身の一つであるリアリズム研究会が現実変革をめざす新しいリアリズムの探求を呼びかけ、さらにその後進歩的リアリズムということもいわれた。そして第九回大会の提起である。

昨年稲沢潤子さんは次のようにのべた。「昨今の小説を読むと、先ごろの津上忠氏の発言が痛感される。民主文学会のある集まりで、彼は『リアリズムの深化をもっと議論する必要がある』と発言した。このときは民主文学会への問題提起だったが、ことはそこにとどまらない。かつて私は、宮本百合子の『農村』とそれを改作した『貧しき人々の群』を読み、両者の質的なちがいに驚いて、『リアリズムの深化』と題して小論を書いたことがある。リアリズムは単なる現実の反映ではなく、認識の深化である。津上氏の意見に賛成する」（しんぶん赤旗「文芸時評」二〇一一年十二月二十七日付）

文学運動としてはリアリズム論がもっと軸になって創作方法が探究されていく必要がある。創作方法といった場合、私は作家の現実認識の方法を含めて問題にしている。狭い意味での小説の書き方をいっているわけではない。作家の眼がリアリズムによってきたえられること、題材に対して作家のそういう向き合い方を前提として、小説の手法は多様であるべきということとである。私は民主主義文学についての第九回大会の規定の精神をいかして、「変革のリアリズム」ということをリアリズムの深化として考えたいと思っている。この国の困難だがダイナミックな展望のある変革のたたかいの中でこそ、人間や社会の真実に迫ることができると考えるからだ。九年前の規約改定以来、この種の議論は不活発になっていたと私は思う。私たち文学会の存在意義と前進を考えるうえで、議論の発端をこの全国研究集会でできればと思っている。そこに「3・11」以後の文学の発展があるはずである。

（注）『否定弁証法』の中でアドルノは、この言葉について、「永遠につづく苦悩は、拷問にあっている者が泣き叫ぶ権利を持っているのと同じ程度には自己を表現する権利を持っている。その点では、『アウシュビッツのあとではもはや詩を書けない』というのは、誤りかもしれない」という形で修正している。『否定弁証法』の「訳注」では、ギュンター・グラスなどはアウシュビッツのあとでかつてのように甘い自然詩を書くことはできないという意味に解していて、そうしたことを踏まえて修正したのではないかと指摘している。またアドルノは、十七歳頃、彼に大きな影響を与えた教師、ラインホルト・ツィッケルのすすめで詩作をはじめ、抒情詩を書いていたことがローレンツ・イェーガーの『アドルノ・政治的伝記』で明らかにされている。この言葉には、「詩」を文化や文明の比喩という捉え方もあるが、ヨーロッパの伝統的でロマンチックな抒情詩をたしなんできた者としての思いもこめられていよう。抒情詩をめぐっては反ナチ闘争をおこなっていたブレヒトが「抒情詩にはむかない時代」という作品を発表していることも思い出される。

民主主義文学運動の「初心」を考える

現在の文学運動はさまざまな困難に直面している。機関誌『民主文学』の減誌傾向をいかに克服するか、会員の高齢化と運動を継承していく若い世代の少なさなど、一朝一夕には解決できない問題を抱えている。この組織課題については各地の支部の集会や研究集会に常任幹事がおもむき、現状を訴え、議論しその克服のために運動全体でさまざま努力を傾注してきた。一定の成果はあるものの引き続く課題である。『民主文学』の発行については、現在の出版事情のもとで大いに健闘しているといえると私は思うが、運動を安定的軌道にのせるためにもよりいっそうの努力が求められていることはいうまでもない。一方目を転ずれば、原発ゼロの運動やTPP反対、米軍基地の問題などかつてない国民の運動が広がっている。私たちの文学運動はこれらの国民的運動の新しい広がりとつながりのなかで、新しい担い手の獲得、機関誌の広がりをすすめる条件は大いにあると考えている。

運動全体で改めてこの問題を考えていくうえで、文学運動とは何なのかをその初心に立ち返って考えていくことが大事ではないかと私は思っている。三月十日（二〇一三年）に開かれた「多喜二の文学を語る集い」は、初めて日本ペンクラブが協賛した。また集いの内容は、人間の真実の生き方を模索した小林多喜二の生き方を通して文学の力と魅力を考えさせるもので、胸を熱くする内容であった。この感動あればこそ、文学運動は消えることはないし、さらに前進するという確信をもった。

運動の初心ということで想起するのは、民主主義文学運動の全国的組織である新日本文学会が結成された際の宮本百合子の一文「歌声よ、おこれ―新日本文学会の由来」である。宮本百合子は、「民主なる文学ということは、私たち一人一人が、社会と自分との歴史のより事理にかなった発展のために献身し、世界歴史の必然な働きをごまかすことなく映しかえして生きてゆくその歌声という以外の意味ではないと思う」とのべ、「私たち人民は生きる権利をもっている。生きるということは、単に生存するということではない。頭をもたげて生活するということであり、生活はおのずからその歌と理性の論議をもっている。そして、それを表現する芸術こそ、地球上の他のあらゆる生きものの動物性から人間を区別する光栄ある能力であり、その成果によって私たちははじめて生きてゆく自分たちの姿を客観し得るのである」と結んだ。戦中、日本文学はその文学精神を根こそぎ奪われ、人々は、自分の歌声を持つことを圧殺された。戦後出発した民主主義文学運動は、この抑圧を打ち払い、「頭をもたげて生活する」人々の生きてゆく「歌声」を文学・芸術の力で歌い上げていこうとしたのである。「3・11」を体験した国民は、戦後半世紀をこえた歩みを振り返り、「頭をもたげて」新しい生き方を模索しているのではないか。戦後史の中でもかつてない国民運動の広がりはそのことを示しているし、文学者たちも例外ではない。

「3・11」以後、多くの作家たちの中に時代と現実の動きに目を向けて、社会や現実への根本的な問いを発する動きが出ていることは注目すべき流れである。これは戦後の日本文学が侵略戦争の痛苦の体験を踏まえて再起しようとしたことと重なる。

この間、文学者たちは、「3・11」の意味を問い返し、行動で、文筆でさまざまに取り組んできている。池澤夏樹、村上春樹、大江健三郎、澤地久枝、鎌田慧ら多くの文学者たちが「3・11」を日本社会の抱える根本的負の問題としてとりあげ、そこからの脱却を訴えてきている。大江健三郎が昨年七月の「さようなら原発10万人集会」で、福島の原発事故の被害がいまだ収束どころか拡散されるなかで、政府が民意に反して大飯原発を再稼動させたことに対して「私らは侮辱の中に生きています。私たちは政府の目論見を打ち倒さなくてはならない」と訴えたことは心に残る言葉であった。「さようなら原発10万人集会」は大江健三郎、澤地久枝、鎌田慧、瀬戸内寂聴ら九氏が呼びかけ人になったものだが、同集会が全労連、新日本婦人の会などの諸団体を含む幅広い民主運動との共同に足を踏み出したことも注目されることである。現実の社会の動き、国民運動のうねりがこれまでの彼らのしがらみを乗り越えたものとして注目する必要があるだろう。また昨年九月には、加賀乙彦らの呼びかけで脱原発文学者の会（「脱原発社会をめざし、3・11後の日本を考える文学者の会」）が発足した。

日本ペンクラブは昨年三月、『いまこそ私は原発に反対します。』（平凡社）を緊急出版し、同書の「はじめに」で会長の浅田次郎は次のように書いている。

「私たちの先人は第二次大戦中に、思うところを書くことができず、むろん書物にして汎《ひろ》く訴えることなど許されませんでした。執筆者のみなさんはおそらく、そうした先人の無念に思いを致しながら、存分に筆を揮《ふる》われたはずです。かつて核兵器の惨禍を体験してしまった私たちが、またしても原発事故という同根の災厄をひき起こしてしまった事実は、責任の帰趨を論ずる以前に、国家としての屈辱であり、歴史に対する背信であると私は考えます」

文筆にたずさわる人々が戦中の経験を思い起こして、それを今日の問題に引きつけて、文学者の責任の問題として発言しようとした意図は、関心を払うべき出来事である。

私たちが規約で述べている「核兵器廃絶、平和と自由、民主主義の擁護・発展、国民生活の向上、そのための協力・共同の追求」は、このような文学者たちの自主的運動と「協力・共同」することが求められている。なぜ私たちがこのようなことを規約の「活動・事業」の中で規定しているのかは、私たちの運動の本質に関わっているからである。

「3・11」に題材をとって作家たちはくりかえしこの問題を描き続けている。書き手たちはどのような思いでこの問題に向きあおうとしているのか。近作からいくつか考えてみたい。

いとうせいこうは「想像ラジオ」(二〇一三年『文藝』春季号)で、3・11による死者の声に向き合おうとしている。大津波の後に一人の男が高い杉の木の上に仰向けに引っかかっている。彼はそこから昼夜を問わず聞く人の想像力の中だけでオンエアされる番組―ラジオDJ「想像ラジオ」を始めるのである。彼はその自覚はないが、もちろん死者である。彼は津波で死んだ死者たちからの声を「電波」にのせ発信する。それはまた一部の生者たちの耳に届く。男は自分におきたことを信じられないが、死者たちリスナーとの交流の中で自分の置かれている立場を次第に理解していくのである。この作品の意図は作中人物の生者が語る言葉にあらわれている。「死者と共にこの国を作り直して行くしかないのに、まるで何もなかったように事態にフタをしていく僕らはなんなんだ。この国はどうなっちゃったんだ」「亡くなった人の声に時間をかけて耳を傾けて悲しんで悼んで、同時に少しずつ前に歩くんじゃないのか。死者と共に」

死者と生者の双方が応答する世界の中で作者は、死者の無念の声に耳を傾けながらこそ「この国をつくり直していく」ことができるというメッセージをこめているのである。このことは3・11後の文章で大江健三郎が「この大震災の数多い死者たちからも、同じ時代を生きて来た私らへの、ある根本的な『伝達』を感じるからです」と語ったことに重なる。作者は同誌で作家の星野智幸との対談で「死者の声にじっと耳を傾けることにしか歴史はない。もちろん死者っていうのは今生きていないっていうことでいえば、未来の人の声でもある。だからリアルな今の状況を写せば小説かといったら決してそうではなくて、小説が作れる現実というのは死者の声を過去からも未来からも聴いて、その時間が混然《ママ》一体となって同じ平面に出ることなんだと思うんです」と語っている。その問題意識の前提には先に紹介した「まるで何もなかったように事態にフタをしていく」現実への批判がある。

玄侑宗久は、「蟋蟀」「アメンボ」「拝み虫」と震災直後から震災問題にかかわって作品を発表してきた。「蟋蟀」は、震災からそれほど時間がたっていない時期の作品で、津波の被害の状況を生々しく描き、そこに人間と生命の再生への祈りをこめた。近作の「拝み虫」は、津波で亡くなった妻の思い出を胸に抱えながら、除染の仕事にたずさわる男の話である。男は余命半年と宣告された末期がんである。彼の住むカセツは「それは新しい集落というより態のいい収容所だった」「誰もが先の見えない不安に苛まれ、辛うじて精神の安定を保っているのは確かだった」。関東で結婚式やパーティーのアドバイザーをしていた男は、妻になる女性と結婚し浜通りで結婚式場を経営していた。それも津波で流された。その彼が「全てのカセツから笑顔が出てくるイメージ」を求めて、カセツで若いカップルの結婚式を企画するのである。被曝対策をちゃんととらないでの除染作業。「被曝が怖いから除染するはずなのに、怖がっていたら除染作業員は務まらない」という矛盾する現実の告発をこめた。「3・11」から人間はどのように希望を持つことができるのか、作者は作品を書き続ける中で、一作一作問い重ねている。それぞれの作品自体は大きなものではないが、福島に住む作者は書くことで現実の深いところを見つめようとしているのである。

大衆小説に目を転じよう。盛岡在住の直木賞作家の高橋克彦と震災直後電話で話す機会があった。そのとき彼は、自分の友人がたくさん亡くなったこと、文章を書く気持ちにならないことなどをとつとつと語ってくれた。その時彼は、自分の文学がいったい何の役にたつのだろうか、という深い問いを発していたことが私の記憶に残っている。

大衆小説の優れた書き手として私が愛読している乃南アサは、文学運動としてはとくに注目してきた作家ではない。しかし、彼女の変化もまた私には驚かされるものがあった。『いつか陽のあたる場所で』『すれ違う背中を』という作品は、前科持ち女二人組みの、世間の目を気にして生きる日常をつづった作品だが、その完結編の『いちばん長い夜に』では彼女らの日常に3・11が立ちはだかるのである。作者は「あとがき」でこう書く。

「今回のことでは誰も彼もが、それぞれの環境にいて心に傷を負ったのだと思う。被災した人も、被災を免れた人も、情報として知るだけだった人も、あらゆるところの、あらゆる人が傷ついたのだ。それが二〇一一年三月十一日以降の私たちの姿だ。そこから目を背けるわけにはいかなかった」

世間の目に怯え、未来に希望をいだけない主人公たちの日常をたんたんと描く物語の結構を壊してまで作者は、主人公たちを3・11と無縁な存在としては描くことができなかったのである。私は作者のその決断に、今日の文学の変化の一端をみる。今回直木賞を受賞した安部龍太郎も、「3・11」を意識して受賞作にとりくんだと語っている。

他にも二〇一三年に入ってから、津島佑子「ヤマネコ・ドーム」(『群像』一月号)、辺見庸「青い花」(『すばる』二月号)、綿矢りさ「大地のゲーム」(『新潮』三月号)など、新たな問題意識を盛り込む作品が相次いでいる。

これらの作品の核心には、モティーフの切実さがある。さまざまな色合いがあるにせよ、この国の社会を根本から見直そう、現実がこのままでいいのかという問いかけである。「3・11」以後におきたこの流れに着目し、励まし、協同していくことに、日本文学の民主的発展の基礎があるし、それはまた民主主義文学運動にとってもきわめて大事なことなのである。

民主主義文学運動の出発

民主主義文学運動は、戦後の一九四六年に新日本文学会の設立によってはじまった。新日本文学会の「創立の趣意」には、次のような理念が明らかにされていた。

「今こそ日本の文学者は、わが人民大衆の生活的現実・文化的欲求の真実の表現者として、日本文学の中に存在し続けてきた民主主義的伝統の上に立ち過去の日本文学の遺産の価値高きものを継承し先進民主主義諸国の文学より学びつつ、真に民主的、真に芸術的な文学を創造し、日本文学の高き正しき発展のため結合してその全力を傾けねばならぬ。ここに我々は新日本文学会の創立を発起し、日本のすべての進歩的文学者がこの偉大な事業に協力することを切望するものである」

こうした理念のもとに、「民主主義的文学の創造と普及」「人民大衆の創造的・文学的エネルギーの昂揚と結集」「反動的文学・文化との闘争」「進歩的文学活動の完全な自由の獲得」「国の内外における進歩的文学、文化運動との連絡協同」の任務を掲げた。

この新日本文学会の「趣意」と任務は、新しい日本文学の地平を切り開きつつあったプロレタリア文学運動への弾圧と天皇制権力によりもたらされた惨憺たる状況に陥った日本文学の現状を踏まえてのもので、「過去の日本文学の遺産の価値高きもの」の中には、プロレタリア文学運動の文学的遺産が含まれていることはいうまでもない。一九五一年に同会はさらに声明で、「会は、一つの階級だけの文学組織ではない。それは全人民の文学組織である。（略）諸階級層の平和擁護と民族独立とを軸とする統一的な文学組織である。（略）会の結集の軸として特定の政治思想を前提とすることはできない。（略）反帝・反戦・平和擁護・民族独立のための積極的文学実践こそ、会結集の、また〈文学上の相互批判〉〈反動文学との闘争〉の基準軸である。むしろそれぞれの思想的、政治的立場はその積極性、完全さをこの文学闘争のなかで自由に競争する」とのべた。ここでは、個々の会員の政治的、思想的立場、また創作方法も自由であり、多様であること、しかしその多様性は「平和擁護・民族独立のための積極的文学実践」という「基準軸」に結集されなければならないということを強調しているのである。

新日本文学会はその後、このような会の性格を無視した政治的偏向に陥り、反対する人々を排除し、民主主義文学運動の組織としての立場を投げ捨てた。排除された作家、評論家を中心として結成された日本民主主義文学同盟が、その規約の「総則」で「日本民主主義文学同盟は、人民の立場に立って日本文学の民主主義的な発展をめざし、それぞれの文学的、社会的活動によって民族の独立と平和と民主主義のためにたたかう作家・評論家の団体である」と規定したのは、戦後の民主主義文学運動の本来の流れをうたったものである。

二〇〇三年の規約の改正では、「日本文学の価値ある遺産、積極的な伝統を受けつぎ、創造・批評、普及の諸活動を通じて文学、芸術の民主的発展に寄与することを目的とする作家・評論家を中心とした団体である」とし、会の基本性格をより明瞭にし、文学・芸術の民主的発展を願う人なら誰でも加入できる組織へと発展させた。同時に「創造・表現の自由および著作等にかかわる諸権利の擁護、発展」「核兵器廃絶、平和と自由、民主主義の擁護・発展、国民生活の向上、そのための協力・共同の追求」を、私たちの「事業」としてあげているのである。

日本民主主義文学会は、戦後の民主主義文学運動を担う団体としてこのような規定をもっている。そういう結集の方向性をもっている団体として、広い文学者の平和と民主主義を求める運動との共闘の広がりに自覚的に努力することが求められている。「民主なる文学」はこういう運動のなかで書かれる作品と私は考えている。私たちが単に行動の面だけでなく一般作家の文学的努力に関心をもつのは、運動として連帯だけでなく、運動の内部でも創作上も連帯し、民主文学の創造を発展させるための課題につながるからである。

その点で付言すれば、これまで文学運動の創造の課題として繰り返し〝労働者階級の文学をつよく正面に押し出す〟とか〝労働者階級の闘争と思想とを反映した革命的文学〟ということが言われてきた。しかし改めてこの問題を考えると、時代性を考慮しても、この押し出しはいかにも企業内や組織労働者のたたかいを描くべきだという一面性をもっているといえないだろうか。今日の社会変革は労働者や農民、自営業者など国民の圧倒的多数の人々によりなしとげられる。現代の階級構成だけみても、労働力人口の七六％が労働者階級に属し、農林漁業従業者・サービス職業従業者などの自営業者を含めると九四％をしめ、人口の圧倒的多数をしめる。だからこそ私たちは、日本国民が今日の社会の中で様々な問題に直面し、生きている真実の姿をその中に分け入って描きだすことが求められている。たたかう人々を描くことは、人間の生活と真実を描く上で私たちの運動が意識的に試みなければならないことだし、リアリズムの前進からいっても重要なことだが、それはたんに企業内の組織的たたかいだけを意味しているのではないのである。〝たたかい〟といった場合、労働問題はもちろん原発ゼロ、九条を守るなどの大衆運動、生活を守る運動等々、もっと視野を広げていくべきだろう。また第九回大会（一九八一年）の報告では民主主義文学とは何かという定式化をしたが、その際「今日においては、『民族の独立と平和と民主主義のためにたたかう』ところに人間らしい生き方がある」といったことも人生的現実の単純化の傾向があったと思う。規約改正は民主主義の実現を求める広い人々に門戸を開いた。規約で述べているように「核兵器廃絶、平和と自由、民主主義の擁護・発展、国民生活の向上」など幅広い国民の現実に目を向けることを、運動の創造課題として考えるべきであるし、人間の総合的形象を通じて「生きてゆくその歌声」を映しかえしていけるのである。今日では原発即時ゼロの幅広い運動もその視野にはいるだろう。

『民主文学』誌上の作品もそうだが、私はこの間支部誌・同人誌評を担当してきた。全国の書き手が、作品のつたなさはあるものの、国民の生きる上での真実の声を描き出そうとしていることに共感してきた。文学運動の歴史を振り返ってみれば私たちは創造・批評面で大きな成果をあげてきている。大会ではこの私たちの実践を大いに論議し、その到達に共に確信をもちたいと思う。若い世代の登場という点で、文学運動は困難を抱えているが、新しい書き手の登場という点では、団塊の世代の参入など新しい動きもでている。運動の「初心」を思い起こし、また見直し、文学運動の核心がどこにあるのかということを見失わず運動を広げていくならば私たちの運動はまた新しい地平を切り開いていくのではないか。

文学における題材とは
——宮本百合子「その年」、窪川稲子「若き妻たち」にふれて

「私の書く作品は民主文学的でない」「民主文学は労働者のたたかいや政治的なことを描かなきゃだめなんでしょうか」などという声を聞くことがある。そういう声を聞いたとき、そんなことはない、作家が関心をもつ題材、テーマを自由に書くことこそ、民主主義文学の姿だと答えているが、基本的には運動の中で克服されているはずの、こういう民主主義文学に対する考え方は、歴史的背景があり、結構根が深いと思っている。

題材とは作家が描こうとする対象である。たとえば自分の戦争体験、原発ゼロの運動、教育、夫婦の関係、労働者のたたかい、老いの問題等々、私たちが生活の中で直面するあらゆる問題が小説の題材となりうるのである。

文学創造はすぐれて個人的営みだから、その個人の数に応じて、つまり作家の関心に応じてとりあげられる題材は必然的に多様にならざるを得ない。また多様であることが日本社会のさまざまな現実を多彩に映し出し、文学運動の豊饒さをもたらすのである。

民主主義文学運動の歴史では、たとえば大企業の労働者のたたかいをもっと描かれなければならないと、その題材が優先的であるととらえられかねない言い方もされたこともあったし、批評する側が労働者のたたかいを描いた作品を評価することに対して、「題材主義ではないか」という反発を招くこともあった。だからこの問題を今の時点で整理しておくことは、文学運動の創造の発展のためにも必要なことだと思われる。

そもそも題材ということが強調されるようになったのは、プロレタリア文学運動の高揚の時期であった。題材をめぐってはプロレタリア文学運動の中での紆余曲折があり、宮本顕治がプロレタリア文学運動の指導的立場にいた当事者として、一九八〇年に「あとがき」(『宮本顕治文芸評論選集』第一巻)で運動の「総括」をするまで、この題材問題をめぐっては未整理のままであった。民主主義文学運動でもこの未整理の残滓を抱えたままであったから、ある人はプロレタリア文学運動流の考え方をしめし、ある人はそれに反発するということもあった。

プロレタリア文学運動で題材が重要な位置を占めるようになったのは、今日とは違った事情があった。プロレタリア文学運動は、一九二一年の「種蒔く人」に始まり、十年余の間に急速な広がりと発展を成した。全国的な運動団体として一九二五年に発足した「日本プロレタリア文芸連盟」は目標として、「われわれは黎明期における無産階級闘争文化の樹立を期す」「われわれは団結と相助の威力をもって広く文化戦線において、支配階級文化およびその支持者と闘争せんことを期す」を掲げた。その後、アナーキズム、社会民主主義、共産主義などの思想潮流の交錯のなかで分裂、統合をくりかえし、一九二八年に運動の中心的実体である「全日本無産者芸術連盟」（ナップ）が成立する。

この過程について「日本の革命運動の共産主義的な潮流と社会民主主義的潮流の対立を反映して、ナップやプロレタリア作家同盟の運動が共産主義を理論的基礎として支持し、地下の日本共産党を支持する潮流として形成されたことである」と「あとがき」はまとめている。

こうした歴史を背景にして、プロレタリア文学運動が目指したものは、「プロレタリアート解放のための階級文学の確立」（日本プロレタリア作家同盟綱領、一九二九年）であった。だから、文学作品もこの方向性が要求された。つまり革命運動に資する文学世界、題材の選択である。

「我々の対象である大工場労働者及び貧農に、如何なる問題について関心を巻き起し、如何なる問題が彼等自身の問題であるか、それを理解させ、それに熱情的な関心を持たせることが、我々の芸術に扱われるべき題材を決定する唯一の条件でなければならない」（作家同盟中央委員会「芸術大衆化に関する決議」一九三〇年）。

「当面の階級的必要に最も近い題材が選択され、しかも、あらゆる事象の隅々にまで、明確なるマルクス主義的眼光が浸透されねばならないのだ。所で、現在我々が最も力を入れて描かねばならない重要題目は凡そ次の如きものであろう。（略）前衛の活動。産業合理化、政治警察、疑獄事件等一切のブルジョア的政治機構、並びに経済機構の曝露。大工場、大経営内に於ける生活と闘争。大衆的ストライキ。社会民主主義的本質の曝露。反幹部派の闘争。労農提携。軍事問題。植民地問題、その他」（ナップ方針書・一九三〇年）

ここで一言いっておけば、題材を具体的にあげたのは題材選択が一面的に狭められることのないよう、取材の範囲、対象を「あらゆる事象の隅々」まで広げてほしいという「広汎化」を提起するものであった。こういう運動方針のもとで、たとえば小林多喜二の「蟹工船」「不在地主」「工場細胞」、徳永直「太陽のない街」、村山知義「暴力団記」、松田解子「乳を売る」など、芸術作品として今も読まれる作品が生まれた。ただ運動に参加した多くの書き手の作品が芸術作品として成功したかというと、そうではなかった。いわゆる羅列的に提起された題材に作家の関心が集中し、当面の革命運動の必要というプラグマティズムになるという「固定化」の問題が生じたのである。

「多くの作品が、有機的な構成力に乏しく、文学的に粉飾された闘争の報告という感を抱かしめるものや、表面的説明に陥ったものが眼立った」（作家同盟第三回全国大会報告・一九三一年）。ナップの方針（一九三二年）では、「芸術の創造性が危機に瀕する」とまで指摘したのである。

つまり革命性のある題材を選んで書いたけれども、創作上の工夫、芸術性などが足りなくて型にはまった闘争記録のようなものになったということである。宮本百合子は「ナップ」第三回大会にふれた文芸時評の中で、作家の積極的努力を評価しながらも、「なぜ書かれた小説はどれも面白いというわけに行かず、作中の人物は、大衆から『どれでも同じようだ。人間が書かれていない』といわれるようなものになったのか」（『中央公論』一九三一年七月号）と書いている。

こうした状況の中で蔵原惟人が「芸術的方法についての感想」（『ナップ』一九三一年九・十月号）で題材をめぐってのあらたな議論を提出するのである。

「感想」は、先の「芸術大衆化に関する決議」をとりあげ、「決議」が題材を羅列したことに対して疑問を投げかけ、こういう風に題材を並べ立てれば結局宇宙の森羅万象にまで及ぼさなければならない、工場委員会のことも失業者のことも、結婚のこともお産のことも等々、「階級闘争と関係ないことはない」とのべた。そのうえで蔵原は「ただ『前衛の活動』を描くといったところで、プロレタリアートの前衛は、資本家の観点から描くことも、社会民主主義者の観点から描くことも、またプロレタリアートの観点から描くことも出来る」とのべたうえで、題材は「生きた現実過程から切り離された現象、したがってここで言われているような『題材』そのものは一つの抽象であるので、この抽象を羅列して、これも描け、あれも描けと言ったところで、問題は少しも解決しないのである」「『題材そのもの』は作者の手がはいらないかぎり革命的なものでも反革命的なものでもない」とのべた。そして「主題」の問題こそ大事であると強調したのである。

この蔵原の題材についての主張は宮本「あとがき」がでるまで検討されず未整理の問題であった。

「あとがき」は、「題材は、作家が現実世界から作品の対象としてとりあげようとする現実の反映の一部であって、決して単なる現実過程から切り離された無意味の抽象的現象ではない」と検討を加えた。具体例として「あとがき」は、たとえば侵略戦争反対の闘争は、一個の客観的現実であり、これを題材にしようとするとき、「決して『生きた現実過程』からの『抽象』を志すのではなくて、生きた現実の姿を、もっとも生々しく、本質的に、芸術的に表現しようとする動機に立つものである」と指摘し、反動作家がこれを反革命の立場から描くこともできるということで、「この過程は抽象であり無色透明のもので、観点次第で革命的にも反革命的にもなるというような『感想』の見地は、現実過程を社会の合法則的発展の過程として認識することが客観的に可能であり、そういう意味での客観的真理への接近は可能であるという、科学的社会主義の認識論からは理解しがたい命題となる」と批判したのである。

たとえば国会前の原発ゼロの運動を題材とした場合、この運動は日本の原発推進政策を変えさせ、安全で安心して生きていくことができる社会を実現しようとするもので、その運動の正確な芸術的反映こそが大事なのであり、政権側が参加者たちの訴えを「騒音」ときいたとしても、それは運動の真実を反映したものとはならないのである。

題材の「革命性」にたよって作家としての芸術形象化のための努力の不充分から生じる固定化、類型化、皮相化という欠陥を指摘し、社会の豊かな反映を目指す「多様化」を掲げたプロレタリア文学運動の方向は、今日の民主主義文学運動でも、重要な努力課題である。書き手が取り上げようとする題材は、無色透明なものではない。それぞれに社会的現実を色濃く内包しているのであり、その真実の姿をこそ書き手は見つめ、形象化していくことが求められているのである。

題材を取り上げる場合、その本質の正確な反映が求められることを、もう少し具体作品を通じて考えてみたい。

戦時下の庶民の生活を題材にした二つの作品をとりあげたい。宮本百合子の「その年」と、窪川（佐多）稲子の「若き妻たち」である。宮本百合子と窪川稲子はプロレタリア文学運動を共にした仲間であり、親しい関係であったが、宮本は権力の弾圧に屈せず作家活動を続け、窪川は軍国主義の波に呑み込まれていった。この対照的二人が、戦時下の庶民をどう描いたのかを検討することを通じて、題材問題を考えてみたい。

「その年」を宮本百合子が書いたのは、一九三九年の三月である。一九三七年の盧溝橋事件から日本は中国との全面戦争に入り、国内では経済統制がすすめられ、国民の精神動員が叫ばれ、言論表現の自由は大幅に規制され、弾圧されていた。「満州国」をのぞく中国大陸には常時七十万以上の兵力を投入していた。侵略戦争の暗雲が直接的にも間接的にも人々の生活の重しとなっていた。その戦争の時代に生きる一人の母親を描いた作品である。

お茂登は村で肥料や米、炭などを売る店を夫の死後、二人の息子ときりもりしていた。不便な山奥にトラックで肥料を運ぶなど工夫した商売で破産状態から店を立て直してきていた。入営した長男の源一が近く支那に渡るというので、軍隊が準備した面会にお茂登は行く。お茂登は源一と用意された宿舎で会うが、いいたいことは胸に詰まっているのに、「体を大事にしろ」とより繰返す言葉が見つからないのであった。その気持は源一にしても同じらしく、親子は暫く不器用に言葉のつぎ穂を失った」。お茂登は、源一と別れてバスに乗ったが「体が二つに折れかがみそうに切なくなって来て」運転席の後ろの棒をつかむのだった。

半年先には次男・広治の入営もせまっている。一年半ばかりのうちに村から四十人をこえて出征していた。遺骨となって白木の箱で帰ってきたものもいる。

お茂登の店からは、ガラス越しに出征兵士をおくる行列が見える。「外を通る行列の中の薄藤色や臙脂の若い女羽織の色が、しめ糟《かす》くさい、女気のとぼしい店のガラス戸にぱっと映ったりした」。お茂登は、行列を見送っていると「体は引しめられて鼻の芯がジーンと痛いような気になって来るのであった」。

支那にいる源一から手紙がくると、繰り返し読み、心配をかけまいと元気に暮らしていると返事を書くのだった。戦局についての噂もまちまちである。今年の入営は例年より早いという話もおきていた。広治はこれまでより熱心に新聞を読むようになったが、お茂登は切迫した心持で、息子の姿を眺めていた。

そんなおり、村を貫通して大きな道路ができることになった。お茂登の店の裏を通る。息子二人が帰ってくるまで、村はどのように変貌するのだろうか、それまで店を続けていられるのだろうか。「二度と息子の生きている姿を或は見ることが出来ないかも知れないのだと思うと、お茂登の心は、昔々源一たちが小さくて自分が襟をあけては乳をくくめてやっていた時分、その乳が張って痛んで来たように切なくいとしく痛んで」くるのだった。兄がいなくなったあと、その穴を埋めて母親を思いやる広治のさりげない姿も作品は描写する。

作品が描くのは、戦時下に生き、生活丸ごと戦争に動員される庶民の姿である。「その年」は、息子を軍隊にとられる母親の心情を切なく映し出す。それはお茂登を描きながら、当時の日本の母親の悲しみに重なるのである。庶民の生活に「うちよせている」時代の波を描いた「その年」は、自由な表現が許されない中での執筆であった。しかし、このままでは発表が許されなかった。

百合子は後に「(この原稿は) 日本の言論抑圧の標本として赤鉛筆の姿をそのまま、いつか多くの人の目にふれる機会をもつだろう」と書いた。この作品は、「紙の小旗」と題をかえて、大幅に手を入れ長さを半分くらいにして一九四一年の『文芸』に発表された。息子二人を軍隊に取られてゆく母親・お茂登の切ない思いは、圧縮された作品のなかに、やはり軍国時代の母親の悲しみを伝えて感銘深い作品となっている。人々の口がふさがれている中で、百合子が見つめたのは、戦争の悲劇である。

窪川稲子の「若き妻たち」は、『婦人公論』に半分近くを書いていたが、南方に派遣されたため中断していたものを、書き直して残りを追加して一九四四年八月に単行本で刊行された。本書の「まえがき」で作者は、「これを書き終えて、私はいま作中の若い妻たちに挨拶をおくっている。（略）若い妻たちを書いてみたい、と私が思い出したのは、昭和十七年五、六月、中支那の前線へ行って、たくさんの兵隊さんにお逢いし、いろいろお話もうかがったりしてからであった。（略）私はこの書で、若き妻たちに心のあり方をおしえようなどとは思いはしない。ただ、その人々とともに、いろいろの場合を味わい、胸のつぶやき、秘かな喜び、健気な足りなどを語りたいと思った」と書いている。

作品はおよそ一九四二年から四三年の東京を舞台にしたもので、戦局は当初の戦勝気分が薄れ、次第に、「銃後でも、男も女も、一人の有閑者、一人の傍観者を許さぬという時期に入っていた」のである。作品は綾子、美根子、いと子という三人の若い妻を軸に描かれている。

綾子は結婚して二ヵ月で夫が出征し、すでに三年余がたっている。夫の俊一は中国の漢口にいっている。防空訓練が終わった頃、美根子が綾子を訪ねてくる。彼女は綾子の兄健次の許婚であった。暗い表情の美根子は、健次との結婚を諦め他へ嫁ぐというのだ。美根子は学生だった健次の卒業をまって結婚するつもりだった。三年間、親が反対するのを押し切って待っていたのだが、健次は卒業すると同時に出征することになった。早く結婚しろという親の反対に対する頑張りの糸がきれてしまった美根子は、親の圧力に抗しきれずに健次との結婚を諦め銀行員のところに嫁ぐことにしたのだ。「わたしたちの運命が、今ではもう戦地につながっている」が「戦争なんだから仕方がないわ」と思う綾子は、同時に自分の境遇は「毎日毎日の生活が静かなので（略）親たちと淋しさを持ちよりいたわり合って暮らしてゆける、これは自分の仕合せかも知れない」と考えているのである。

一方、綾子や美根子とも共通の友人であるいと子は正治と恋愛結婚した。夫の親が反対なので夫婦だけ別居していたが、正治が出征したので、会社をやめて夫の家に入り、なじみの薄い姑と義弟妹に囲まれて息もつけないような生活をしているのだった。

こうして作品は三人三様の境遇をおっていく。結婚したものの夫の嫉妬と猜疑心に苦しむ美根子。南方にいる夫からの手紙もほとんど届かず、夫の実家で孤立感を抱くいと子。やさしい舅・姑とともに自足して日々を過ごす綾子。戦争によってそれぞれ一様でない現実を生きることになる女性を描きながら、作品が問いかけるものは、戦地に夫を送り出している銃後の妻たちの、作者がいう「健気な」姿である。

たとえばいと子は、夫の家族とあまりうまくいかず、そんな鬱屈を戦地の夫に書いて送るがちっとも返事をくれないのだった。偶然、掃除をしているときに義弟の机の中に夫の手紙を発見し、自分には来ていないのに家族には手紙がきていることを知り、自分が夫からも家族からも捨てられたかのように思い込んで、黙って家をでてしまう。戦地にいる夫にしてみれば、楽しみにしている手紙にはいつも生活上の愚痴が書かれていて、返事を書こうという気持ちもおきないのだった。作品は、妻は夫の言に従わなければならない、戦地にいる夫の気持ちを暗くさせるようなものを書いてはいけないなどという一つの教訓譚となっていく。

また綾子は「満州」にいる兄・健次からの手紙を読んで「男のひとは、みんな偉いですね」と舅に語り、舅も「そこに、日本人のいいところがあるだ。どんな人間でも、戦場へ立つと、それぞれ立派な兵になる」というのである。また、美根子の嫁いだ家の隣の息子が戦死する。嫂の智枝が今日は、「お隣で息子さんの英霊がかえっていらっしゃる」といい、舅も「いい息子さんだったがね。御国のためだから、親御さんも本望だろう」という会話をかわす。

この作品からは戦地に夫をとられた妻たちの悲しみ、戦死することへの怒り、不安の声はまったくない。戦地にいる夫にいらぬ心配をかけない、夫の留守を健気に守っている、という女たちの姿が幾つかのエピソードを交えて描かれている。

佐多稲子は全集第十六巻（一九七九年）の「あとがき」で、「私が、情勢に狎れ合ってゆくのは一九四〇年頃からである。戦地慰問という行動に、最初はためらい、あとしざりする思いだったのが、それを押えて踏み出してしまうと、そのあとの私の書くものは、これまでの私の立場に反した内容になってゆく。それは私の、日本全体を蔽うていた戦争の実話に感傷的に屈服したことであって、むしろそのときの私は、みんなと共にある、というような安心さえ持ったとおもう」と書いているが、「若き妻たち」は、この佐多の言を裏付けるものである。作者は作品の中で若い妻たちの本当の「胸のつぶやき」は目に入らず、この題材のもつ本質的なところを描けなかったのである。この作家らしい女性の内面を描く細やかさが印象的なだけに、作者の戦争への「屈服」が真実の眼をとざしていることを際立たせるのである。佐多は戦後、繰り返し戦争協力を反省しているが、大きな問題は、「私の立場に反した内容」になっているというのではなく、小説の命である描く対象の真実を捻じ曲げたことにある。この点で作者の戦後の反省の中身についてより深い吟味が必要になる。戦争末期の一連の作品を全集に収録せず、目録にもあげていないところに作者の問題点もあるが、それは本稿の主題ではないので稿を改めたい。

今日の民主主義文学運動の中で、題材問題はどういう位置づけにあるべきなのだろうか。第九回大会(一九八一年)の報告は次のように述べていることに改めて注目したい。

「戦後あらたに出発した民主主義文学運動は、戦前のプロレタリア文学運動の伝統をひきつぎ、つねに時代が提起する社会的歴史的使命を担い、真に民主主義的な文学の創造を実現すべく奮闘してきた。民主主義文学とは、要約していえば、さまざまな対象を社会の民主的発展の方向をめざしてリアルにえがく文学である」

「民主主義文学運動は、人間らしい生き方が今日なにによっておびやかされているのかを文学的形象としてとらえるとともに、社会発展の方向を展望しながら、文学同盟のかかげる民主主義的課題の実現をめざしてたたかうなかで時代と積極的にかかわることにこそ、現代における人間の可能性もあることを明らかにする創造と批評を強めなければならない」

二〇〇三年の第二十回大会の名称変更、規約改正でもこの精神は変わってはいない。規約改正の提案では「私たちの運動が日本文学の価値ある遺産、積極的な伝統に学び、また、戦前のプロレタリア文学運動、戦後の民主主義文学運動、文学同盟創立以来の成果を受け継ぎ、いっそう発展させるものであるという性格規定を、より明確にするものである」とのべているところである。

現規約にはその精神が盛り込まれているし、「核兵器廃絶、平和と自由、民主主義の擁護・発展、国民生活の向上、そのための協力・協同の追求」と「活動、事業」でも具体的にふれているのである。

民主主義的課題の実現をめざし、時代と積極的にかかわるところに、文学運動の特質もある。冒頭にのべたように、取り上げられるべき題材は、書き手によって多様であるし、そうであることが現代に生きる人間の本質に迫りえるのである。「さまざまな対象を社会の民主的発展の方向をめざしてリアルにえがく文学である」という民主主義文学の規定も今日的意味をさらに強めている。「さまざまな対象」をリアルに描くことが大事であり、題材が、平和問題、労働者のたたかいなど政治的・社会的なもの（もちろんこれは大事な課題である）に限定されるのではないかという考えがまだあるとしたら、それは民主主義文学運動の精神ではないといっていいだろう。

わたしたちは現代という時代のなかで、矛盾に眼をとざさず現実をまっすぐにみつめ、よりよき明日をめざして生きている。どのような題材を描こうが、私たちの眼は題材の中に真実のものをみつめようという心を抑えることはできないだろう。社会や政治から切り離された人生や体験が存在しえないことはいうまでもないが、個の体験を描く場合にもそれを客観化し、広い社会的視野からすえなおすという意識がなければ、個の体験そのものを深く刻み込むことはできない。そういう書き手の姿勢が、それが「社会発展の展望に立って」の意味するところであり、私たちの文学もまたそのような立場で人間と社会を映していかなければならない。民主主義文学運動に参加した書き手たちが、日々生起する問題に関心をもって作品化しようとする努力の全体は、運動にとっても日本文学の発展にとっても、かけがえのない貴重なものである。描こうとする題材の真実をさぐり、描いていこうという書き手の努力こそ求められているのではないだろうか。時代の圧力、表現の自由の抑圧に屈したところからは、文学の輝きは生まれないし、題材のもつ本質的反映も難しくなる。

III

窪田精の文学

闇の中からの再生――五〇年代の窪田精

窪田精の『ある党員の告白』は、一九五六年に講談社のミリオン・ブックスシリーズの一つとして刊行された作品で、今では入手がなかなか難しい。同時に窪田精自身が、同作品を含むこの時期の作品をジャーナリズムに流され、民主主義文学の初心から外れた時期と否定的に言及している事情もあって、取りあげられることはすくなかった。

窪田精は後に、ジャーナリズムはこの小説を、「共産党の六全協と、『スターリン批判』直後のいわゆる『雪解け』現象のなかで生まれた六全協小説（?）のように扱い、私をそのほうの小説のチャンピオンの一人のように、多くの週刊誌などが書きたてた。私自身もなんとなくそんな気持ちになっていた」と書いている(『文学運動のなかで』、以後の引用も同書から)。『ある党員の告白』の翌年には「与太郎」「狂った時間」(後者は第三十八回芥川賞の候補になる)と続けて、〝六全協小説〟を書いている。しかし、そのなかで窪田精は自分が目指している民主主義文学とは何かを改めて考え直し、「方法的壁につきあたり、作品が書けなく」なったとのべている。

処女作「フィンカム」が発表されたのが一九五二年だから、窪田精がふたたび大きく注目されるようになる一九六一年の「海と起重機」の連載まで、その間のほぼ十年間を、私は密かに「空白の十年」とよんでいた。

いったいこの「空白の十年」に窪田精は、どのように文学と向き合い苦しんだのか。それを考えることは、「海と起重機」以降の窪田文学の基調を理解するうえで、重要だと考える。

この時期の窪田精を理解する上で、彼が所属していた日本共産党をめぐる状況についての理解が欠かせない。簡単にスケッチしておく。一九五〇年一月のコミンフォルム(ヨーロッパ共産党・労働者党情報局)の機関紙に突然発表された「日本の情勢について」の評価をきっかけとして、党内は徳田・野坂派らによって一方的に分裂事態におちいっていく。時は朝鮮戦争の前夜であり、アメリカ占領軍の日本共産党への弾圧が強行される激動の時期であった。窪田精は都下の清瀬にある国立病院の組合運動を一党員として担っていたが、レッドパージの嵐が吹き荒れる中、国の弾圧に迎合した組合から排除されたことを一つの契機として、文学のために一大決心をして清瀬村を離れる。そして、新日本文学会に属して活動しつつ、文学勉強を継続していた。

党はスターリンの干渉とけったくした徳田・野坂派による軍事方針によって混迷と混乱の度を強め、その影響は民主的な諸団体にも波及していく。窪田が属していた新日本文学会は徳田・野坂派に与せず、大衆団体としてのルールを守り、自主的立場を守っていた。窪田は新日本文学会と関係あることを理由に、「分派」として追及を受けるようになる。その頃の事情について、「私はそのころ、すでにのべたように党の組織（分裂した一方の側――多数派の政治局員たちにつながる組織）からは『分派』の疑いがあるとして、排除されかかっていた。が、私は誰に恥じるところもない党員であり、共産主義者であった」とのべている。

日本共産党は、一九五五年七月に、「第六回全国協議会」、いわゆる六全協を開き五〇年以来の分裂状態を解決して、徳田派の極左冒険主義を批判し、一定の団結を回復する。翌年の五六年二月にはソ連共産党大会では「スターリン批判」がおこなわれた。

党分裂の余韻が残り、さらに「スターリン批判」による「共産主義」へのさまざまな議論が行われている中、『ある党員の告白』は刊行された。

その題名からいっても、当時のマスコミが井上光晴の「書かれざる一章」と同様に、党内紛争の暴露小説として取りあげるのは目にみえていた。

窪田精は「この小説は作者の私が意図したところとは違った面で読まれ、そのことによってより読者を得るという形で、ひろく普及されていった」、「私の小説のなかではごく一部をしめているにすぎないいわゆる六全協的部分が、クローズアップされる結果となった」といっている。当時の新聞広告の宣伝文句をみてみると、たしかに「共産党内の人間関係特に女性関係を衝いて党は、いかにあるべきかを考えさせる、赤裸の告白」「コミンフォルム批判に分裂した党の患部は人間関係にあった」というセンセーショナルな宣伝のされ方をしている。マスコミが「ごく一部をしめているにすぎないいわゆる六全協的部分」にことさら注目したと窪田精はいっているが、しかし、実際は当時の党の混乱の中で、その渦中にいた党員の愛情問題を、党の幹部を交えて描いているのであるから、それはあまり妥当ではないと思われる。

そういう取りあげられ方は作者にとっては本意ではなかったようだが、作品の党への批判は、体感的であり、「告白」という形態は内部暴露的では在ったが、全体としては戦争直後の分裂にいたる党の内包していた当時の非近代的傾向を主人公の体験を通して裏付けるものとなっている。その意味でマスコミの反応は根拠のないものではなかった。むしろ、当時一方的に党から排除されていた、作者の内的動機がこのようなタイトルの作品を書かしめ、それだけに迫真力にみちたものになって、マスコミが注目したのは、やむを得ざるものがあった。

この小説の主題について、窪田精は当時の「アカハタ」に「戦争や抑圧された異常な環境のなかで、いわば魂に亀裂を生じた男女が――終戦直後の現実のなかで『復活』しようと血みどろになりながら、復活できぬ苦しみ。そこに絶望にちかい現実がある。しかしぼくの小説の主人公は絶望していない。たとえ人間不信におちいりそうな現実に周囲がみちみちていようとも、そういうなかから必死になって党を信じ、人間信頼の灯をともそうとあえいでいるのだ」（五六・一一・二一）と書いている。

それはまた再生する党をも信じていく作者・窪田精の決意でもあったのだろう。

三十年ほど前、偶然にこの作品を手に取り、敗戦直後の党本部の様子などに興味を感じたが、なによりも貧しい男女の切ない愛の物語にひきつけられた。私は、あるとき作者に『ある党員の告白』は、今でも読まれる価値がありますねと話しかけたことがある。そのときの作者は、うなずきながら、佐々木基一は「捨て身のリアリズム」なんて評価したよと、うれしそうだった。

しかし、この作品は窪田精にとって全力を傾けた作品であったが、その後の作家としての辛い体験の幕開けでもあったのだ。

「ひさしぶりで昨日、荻窪に行ったぼくは、はじめて君の消息を聞いた……。かつて、ぼくの妻であり、あの伊野さんといっしょに、ぼくのまえから姿を消して以来の君が、その後どのような道をたどったかについては、ぼくは気になりながら、いままで具体的には殆ど何も知らなかった、というよりも、むしろぼくは、君のことや、あの頃のことをいっさい忘れようと努力していたのだ。」と独白体で書き起こされるこの作品は、内容的には三つの世界が描かれ、それがかさなりあっていくのだ。

戦前の演劇活動以来の知り合いの伊野さんの紹介で党本部で仕事をするようになる二十六歳

の田中新二という青年が主人公。党本部の中でオヤジと呼ばれる徳田球一を彷彿とさせる人物、野坂参三、志賀義雄、宮本顕治などとも容易に想像させる人物の個性的姿とその批評的描写や、戦後多くの知識人が入党していくような熱狂した雰囲気が現実感をもってとらえられてもいる。そして「いやそんな各自の過去の経歴のことよりも、ぼくらはそのころ、党の東京地方委員会内に、はっきりと、一つの『派閥』によるグループが形成されつつあることに気づきはじめていた」という内在的問題への視点、戦前からの活動家で戦後も幹部として登用されている「伊野さん」のあやしげな行動なども描かれる。そこに窪田精らを排除した党内の非民主的な潮流への批判を読みとることは容易であろう。そのことが、共産党の内部問題に関心をよせるマスコミの関心を引いたことは想像にかたくない。

そしてこの作品のもう一つの世界は、主人公田中新二の歩んできた道である。十五歳の時に田舎から東京に出てきて苦学し、貨物船に乗ってアメリカへ渡ろうとしたり、旅芝居の座員となり各地を転々とし、そのなかで全協の活動家で出獄したばかりという伊野さんとの出会い、伊野さんをつけねらう右翼団体員との争いのなかで、彼を助けるために罪に問われ、五年間の各地の刑務所での過酷な生活、南洋トラック島に飛行場設営隊として運ばれての悲惨な体験。特異な体験の一つひとつが当時の読者に、驚きと、戦争に翻弄された日本の青年の境遇の造形として印象を刻んだことだろう。トラック島に囚人達が動員され、飛行場建設にあてられ、さらに五百人の囚人のうち刑期満了による百人の現地釈放者を除けば生還したのはわずか数十名で、そのうち百数十名は看守たちの手で惨殺されたこと。旅回りの芝居仲間で、主人公と同じ罪で刑を受けている青年が脱走を企て、つるはしの折れた柄で看守長に叩き殺される場面など、残酷さとともに、同じ戦争を生きた人間としての境遇の違いに言い知れぬ感想をもったに違いない。平林たい子は作者が紹介しているように、「主人公が囚人として南の島に送られて、爆撃と飢餓にさらされている描写の数頁は、さながら日本の青年の運命の象徴のような気がして、涙をとどめ得なかった」と評した。

そしてこの作品の主流となる、満州から引き上げてきた元娼婦・冬子との出会いから別れまでの物語である。

十四歳のときに父親によって満州の芸者屋に売られ、戦火と混乱の満州から身一つで引き上げてきた冬子は「マノンのような妖艶さと、どんな過去の生活にも失われない無垢な心と情熱をあわせもつ女」であり、田中新二と出会い、過去の生活から決別して「堅気」の生活に入りたいと願う女である。ふたたび娘をあてにする父親から隠れるようにして二人の生活は始まる。堅気になろうと主人公との貧しくも本当の人間としての生活にかける冬子だが、これまでの生活の中で形成されたであろう二面性のある性格、貧乏な生活のなかで過去の花街の「華やか」な生活への思いや、家族へのしがらみにゆれうごく姿が描かれる。その冬子の心の揺れに翻弄される主人公の泥まみれの葛藤は、たしかに「捨て身のリアリズム」といわれるほどの、迫力を持つ。男女の葛藤を生々しく繰り返し描くその粘着的な筆致は、その後の窪田精の作品にはみられないものであり、今読んでも男女の愛情物語として、胸をうつ。戦争は男女の問題にさまざまな影をおとした。そのドラマの一端をこの作品は捉えてもいるのである。

敗戦の混乱の中、お互い人間的に生きたいという渇望をもちながら、破局していくしかないその道筋に、過酷な戦争で受けた深い傷の刻印を読みとらざるを得ない。

総じて言えばこの作品は、基本的には当時の党のその後の分裂的事態にいたる内的問題を批判的に描き、戦争による悲劇とそれを乗り越えて行こうとする若者の姿をとらえたものとして、今日も評価されるにたる内容だといえる。結末で病で活動から離れていた主人公が、党員として復帰しようと渇望するが、偽善的幹部伊野さんに妻を奪われ、二・一ストの前夜、絶望の末、酒に酔って本部に行き、ゼネストに向けて興奮する党員たちにつまみだされ、地べたにはいつくばり「ぼくは起き上がって、その旗につづこうと…暗がりのなかで必死になっていた」という結末は、時代のその変革にかけた青春が無残に踏み潰されていく悲劇をとらえて強烈である。『ある党員の告白』は、窪田精の紹介しているところでいえば埴谷雄高、平野謙、島尾敏雄、大田洋子ら多くの作家が絶賛した。手持ちの資料では「××党」という特殊性によりかかるのではなく、人間の普遍性をギリギリつきとめるような方向に進めてほしい。題名が思わせぶりなどと手きびしい意見をよせた堀田善衛を例外として。

しかし、大方の絶賛の一方で窪田精の問題はここから始まった。

この小説を、共産党の六全協やスターリン批判の文脈のなかでとらえるマスコミは、たとえば、『中央公論』の臨時増刊号で「若き日共党員の悩み」という座談会を企画し、窪田精を井上光晴、武井昭夫などとともに出席させる。同様の主題による書き下ろし単行本の依頼もくる。窪田精もマスコミの要請に応えて、次第にあらぬ方向に「流され」ていく。

そういう時期に書かれたのが「与太郎」(『総合』五七年七月号)と「狂った時間」(『近代文学』五七年七、八、九月号)である。

『総合』は、一年も継続しないで消えた雑誌だが、論壇誌と文芸誌を合わせたような編集をしており、文学の方では、窪田精の「与太郎」は石川淳の連載と並び、三島由紀夫の特別編集長のコーナーがあったり、座談には江藤淳、遠藤周作など当時の注目若手が名を連ねている。

「与太郎」は、簡単にいえば私利私欲のために党内にもぐりこみ出世をたくらむ男が、コミンフォルム批判を契機とした党の分裂状態に乗じて、徳田派によりかかりながら、謀略も駆使して党の幹部にのぼり詰めていく話である。「世の中は万事要領だ。」と軍隊内で下士官にまでなった与太郎は、党も同じで「上部機関にあがるやつは、だいたいにおいて要領のいいやつだ」と、党の決定の一部を暗記し、その決定を会議などで口にして問題を指摘すると「みんな顔色が変わる」とか、ソシキから極秘情報が入ったとウソをいい、いかにも警察の弾圧があるかのように回りを扇動したり、党内での出世のために「分派狩り」で功績をあげていく。しかも裏では党内資料をマスコミに売りつけ金を稼ぐ…。このような腐敗した男を、作者は党外の人間にはうかがいしれないような具体性をもって描いていくのである。たとえば「トラック部隊」

と呼ばれる「地下特殊財政部隊」の強引なやり口、「民主文学会」の常任中央委員の「瀬田井根子」への査問と分派の烙印など例をあげればきりがないが、「事実」か否か、読者を俗的な興味でひきつけていく。組織を泳ぎ抜いていく悪を描くことで、腐敗した組織の戯画としようとしたのか。しかし、作者の意図はどうあれ、日本共産党は詐欺師まがいの男が跳梁する腐敗した組織であるという印象を読者に与えずにはおかない。

私はこの作品を読んで、困惑せざるを得なかった。

窪田精は「私は、敗戦直後の一時期の党内の『理論軽視、家父長的指導、個人崇拝的傾向などの風潮』などにたいする批判を主題にした——そういう作品を書くことも、党をよくする一つの方法だと考えるようになっていた」と後に書いているが、「与太郎」からは、その「批判」を読み取ることができるだろうか。徳田派ら党を分裂させた側に、党員とは両立できない腐敗した事実があったことはたしかだろうが、問題は作者の批判的視点があるかどうかだ。徹底して悪の跳梁を描くことだけでは、本来の党の在り様に目は向かない。党の分裂下スターリンの干渉作戦にくみこまれ、その直接の指導のもとに極左冒険主義による軍事路線の誤りがおこなわれたが、全国の党組織と党員は、事情を知らないままに徳田・野坂分派の臨時中央指導部を党中央と考え、多くがまきこまれることになった。そうした困難ななかでも党の各組織や党員は、独立と平和のための活動をつづけていた。米軍基地反対闘争や三井鉱山の首切り反対闘争、日鋼室蘭の闘争、ストックホルムアピール署名などの原水爆禁止運動、さまざまな婦人運動の先頭にたって献身的にかつ英雄的に活動していた。

徳田らの指導による弊害を強調するあまり、そして自らも一方的に排除されたという体験があったとしても、一方での党員たちの不屈の闘争を与太郎話にするわけにはいかない。作家の眼は、あの窪田精ではない。

そして続く「狂った時間」はさらに深い闇に入ったかのようである。

党の分裂によって分派として追い出された「俺」は、勤め先をレッドパージでおわれ、「職探しに疲れはてていた。どんな仕事でもよいからと必死になって探し歩いた俺の行く先々には、どこへ行っても党の――彼らの白い眼が、かならず光っていた。いくど決まりかけた就職先が駄目になったことだろう」。除名された「俺」たちは日本共産党統一会議をつくり活動したが、その統一会議も解散して四年になる。その「俺」は自分を排除した党員たちへの恨みを強め、一方権力のスパイにもつきまとわれる。そんな中、自分を除名して行方不明になった男への憎しみは最近妻の仕事関係で会うようになった男の妹に対する憎悪となり、それは「狂気にみちた悪魔的なこころに」「成長して」いき、妹に執拗につきまとうようになるという内容である。

狂気にいたる男の内面の展開の説得性はあまりなく、ひたすら狂っていく男の姿をこの作品は追い続ける。

異常な小説である。この作品が当時どのように評価されたかはわからないが、とにもかくにも芥川賞に推され、評価されないまま消えていった。

当時、「ある狂人の手記」という本を刊行する予定もあり、広告まで出たが、窪田精の意志で中止とした。時期的関係からいっても、「ある狂人の手記」とは「狂った時間」のことではないかと推測される。

窪田精はこうした流れから「引き返し」たとのべ、『ある党員の告白』発表以来、「一年ほどのあいだに、ジャーナリズム――あるいはマスコミといったものの正体をみたようなきがしたからだった。ジャーナリズムが自分の作品をもちあげ、話題にしているのは、自分の小説のなかの六全協小説的部分についてなのだという自覚であった」と述懐している。

たった一年のことだったが、ジャーナリズムに翻弄され、地に足がつかない状況のまま「流され」ていくことの危険。自分が何を書こうとしているのか、そのことを自覚できずにひたすら書き続けようとした窪田精は、たしかに危ういところで踏み止まった。そこには、「民族独立と平和擁護の闘いを描く」民主主義文学を共に目ざそうとした金達寿や霜多正次ら『文学芸術』以来の仲間たちの批判があったのではないかと思われる。

「自分はいったいなんのために文学をやろうとしているのか……自分がめざしている民主主義文学とは何か…私はあらためて、そのことを考えつづけた」のである。

窪田精は、信頼すべき党から「分派」として追われ、親しくしていた仲間からも距離を置かれ、そのことで深く傷ついていたのではないか。古武士のような堅固なイメージをもつ窪田精が、ジャーナリズムの扇動に一時期とはいえのったのは、その傷の深さがあったためではないかと考える。

「その年――一九五七年の十一月、私は霜多正次、西野辰吉、金達寿、小原元らと、新しい文学グループ、リアリズム研究会を結成するようになる。そして、ふたたびトラック島のことに挑戦した長編『トラック島日誌』(『新日本文学』一九五八年三月号―十月号)などを通して、自分の文学的方法を模索しながら、長編『海と起重機』(「アカハタ」一九六一年六月一日―十二月三十一日)などの方向へ、進むようになったのである」。

『海と起重機』は、まったく窪田精の再生を示す作品であった。『中央公論』などの雑誌のルポルタージュをこなす中で、取材によって現実をつかみとる手法を確かなものにした彼は、京浜地帯の川崎製鉄を舞台に、社外工として一人乗り込む共産党員青年を主人公として、労働組合を結成し、闘いに立ち上がる労働者たちと党の姿を、生き生きと迫力をもって描いた。「この小説を書くことで、これまでの停滞からぬけだし、ぼくなりに、労働者階級の立場にたつ新しい文学の地点に、一歩でもすすみでることができたらという気持であった」(「私の戦後文学史」)と書いたのは、五七年の一連の作品の痛恨の体験をふまえてのことだった。

私は改めて五〇年代の窪田精をたどる中で『海と起重機』は日本の民主主義文学史に新しい一ページを付け加えただけでなく、苦しみの中から新たな作家・窪田精の登場を画する記念碑的作品であることに思いいたったのである。

「フィンカム」にみる新しい模索

窪田精の第一作といわれる作品は「フィンカム」(一九五二年一月の『文学芸術』創刊号)である。これは彼自身がそう語り、位置づけているもので、もちろん第一作以前にも作品は書いてはいる。それ以前に数多くの作品を書いていることは周知の事実である小林多喜二が「処女作」としてあげているのは「一九二八年三月十五日」であるようにである。つまり作家にとって「第一作」というのは、その作品でそれまでの模索的世界から己の文学の方向を決定づけたという意味をもっている。「フィンカム」は窪田精にとってそういう位置づけの作品である。

九死に一生を得て南方のトラック島から帰還した窪田精は、トラック島での日本軍による野蛮な囚人労働の実態を文学として世に問いたいという思いを胸に刻んでいた。その体験は久保田純の名による「南海の死刑執行人」(四六年『民衆の旗』)や、『真相』の特集「続　日本の悲劇」

に「囚人部隊全滅せり」（五〇年）というルポルタージュ的作品で公表しているし、ガリ版刷りの『キヨセ文学』には小説「青い兵隊」の連載もしている。「しかし、それらはいずれもスケッチか、未完の草稿といったものだった。」（1）と述懐している。この言葉など今読むと大いに謙遜的評価だと思う。「南海の死刑執行人」は、基地建設に動員された囚人にたいする言語に絶する実態を感情におぼれず冷静に描き、その後の窪田精文学の地声が聞こえてくるのである。しかしこれは小説ではなかった。

彼は、宮本百合子の「歌声よ、おこれ」の呼びかけに触発され、小説を一生の仕事にしようと志し、労働組合の仕事をしながら、文学と文学運動にかかわってきた。その間、問題意識を煮詰め、小説方法を模索し、苦闘していた。その記念碑的結実が「フィンカム」であった。自身にとってのまとまった仕事で、反響が大きかったというだけでなく、窪田精自身、この作品の発表で自己の文学的方向を見いだしたという意味で、決定的な「処女作」であったのだろう。

「フィンカム」とは、今では聞き慣れない言葉だが極東空軍補給司令部の意味で、米軍立川基地のことである。立川基地は一九七七年に返還されるまで、立川市から昭島市にわたり存在し、フィンカム基地とも呼ばれていた。フィンカム通り、フィンカム交差点などの名称やフィンカムというバス停もあった。フィンカムにかぎらず、数年前まではランドリーゲートというバス停も残っていた。「錆びた金網　線路に沿って」と歌われる「ＬＡＵＮＤＲＹ―ＧＡＴＥの想い出」という松任谷由実の曲はこの立川基地を歌ったものである。フィンカムという名称にしろ、ランドリーゲートというバス停にしろ、これらの言葉は他民族の占領という歴史的事実を喚起させるのである。

占領下の日本ではアメリカの占領政策に対する批判はいっさい禁止され、批判者は逮捕されて「占領政策違反」の名で軍事裁判にかけられた。

窪田精が「フィンカム」を発表したときは講和条約が調印されたとはいえ、施行される前だった。占領状態から半占領状態への過渡期の状態に、「フィンカム」という題名は、当時の日本民族がおかれていた状況を象徴するものとして読まれ、また窪田精の文学的モチーフを提示するものだった。窪田精の長い文学的仕事の出発点が、外国に自立を奪われた日本の現実の告発であったことを、改めて確認することは意味のないことではないであろう。

絶対主義的天皇制支配の崩壊と、アメリカ帝国主義の占領支配という新たな現実のなかで、どのような文学を作り上げていくのかは、民主主義文学運動の模索的課題であった。新日本文学会が一九五〇年に民主主義文学の内容を「平和擁護と民族独立のためにたたかう文学」と規定したことは、従来ばくぜんと捉えられていた民主主義文学の方向性を明確にするものとして、書き手たちを大いに刺激した。窪田精もその一人であった。

「そのころ私たちは、民主主義文学の新しい方向を模索していた。『勤労者文学』と呼ばれていてそれまでの職場小説のせまさ——体験的日常的リアリズムの枠を破って、実作の上でいかに前にすすむかということが、私たちの共通した悩みとなっていた。」と窪田精は回想している。窪田とともに新しい文学を模索していた霜多正次も「このことは、とうぜん、体験的日常的リアリズム克服のためにゆき悩んでいた労働者作家たちに、前進の方向を示唆するものであった。たとえば、労働組合の権利闘争なり賃上げ闘争なりを描くばあい、作者の視野が組合のワクから外にはひろがらず、その闘争が労働者階級と人民の解放の目標、革命の当面の課題とふかく結びつけられるということがこれまではほとんどなかった。それには、前述したように、解放の目標があいまいであったという事情もあったわけだが、いまやその目標がはっきりしめされたのである。個々の労働者の民主的な要求とたたかいは、平和擁護と民族独立という全人民的なたたかいと結びつけられ、そこに集約されなければならないことが明らかにされたのである。」(2)とのべている。

西野辰吉が一九五一年に『北多摩文学』二月号に発表し、『新日本文学』七月号に転載された「霜のある朝の路上で」という掌編に、「平和擁護と民族独立のためにたたかう文学」の文学的実践として、『北多摩文学』の同人であった窪田精らは注目した。

「霜のある朝の路上で」は、日雇労働者である「わたし」が仲間たちといっしょに仕事にでかける路上でのエピソードを描いた十六枚ほどの掌編であるが、朝鮮戦争の戦況が悪くなっているころの貧困をしいられている日本人のみじめな姿、日雇い労働者の賃金の「二倍か三倍」で働く基地労働者への複雑な気持ち、基地内での日本人労働者に対して銃口をむける米軍の不当な対応などをとおして、米占領下の日本の姿をあぶりだすものだった。窪田精らはこの作品を『北多摩文学』に発表する際、プレスコードによる米軍の弾圧が想定されたが、「占領下であればあるほど、芸術表現の自由をまもり、それを少しでも拡大するという意味からも、公然と機関誌に発表しよう」としたと書いているが、その心配は杞憂だった。「しかし問題は起こらなかった。西野辰吉のその作品は、その年の『新日本文学』七月号に転載された。私たちはそれによって、自信を得た。」「そういう状況のなかで、私たちは西野辰吉の『霜のある朝の路上で』をそれまでの勤労者文学の枠を破り、新しい方向へ一歩すすみ出たところで書かれた作品として評価していた。」

西野の作品が発表される以前の一九五〇年の九月半ばころから年末まで、窪田精はフィンカム基地で職を得た。文学一本で生きようと背水の陣をしいてがんばってきたが、思うようにはいかなかった。かつての仲間を頼っての仕事も、新日本文学にかかわっていた窪田は当時の党の分裂下で徳田派から分派とみられ、その「回状」が回り新しい仕事も続けることができなかった。追いつめられた末での基地での仕事だった。

しかし窪田は「この機会を利用して、これまで書物のうえや平和委員会の資料などを通じて知っていただけの米軍基地というものの内部を、自分のこの目でみてみたいという思いが湧いてきていた」。そして「私はまた、それまで戦争中のトラック島のことを長編小説として書くことに熱中していた自分のことを思った。その戦争中の体験と、清瀬村でのレッドパージ反対闘争などの体験、さらにこんどの新しい体験とのつながりについて考えた」。このような思いをこめて窪田は、『文学芸術』の創刊号に「フィンカム」を発表したのである。

この『文学芸術』とは、窪田精が霜多正次や西野辰吉、金達寿らとともに創刊した活版印刷の雑誌で、平和擁護、民族独立という民主主義文学運動が新しく掲げた目標を作品で実践していこうという志向であった。


作品の概要をみてみよう。

伸吉は東京都郊外にあったフィンカム基地のなかにあるＣＡＴと呼ばれる外国民間航空会社の飛行場で働くことになった。「ひとつ……シンチューグンにでもいってみるか?」という知人の紹介で、Ｔ職安で紹介表をもらってのことである。伸吉とともに採用された労働者は十六人で、メカニック、ヘビーレバー、カーマンレバーの職種にわかれ、伸吉ら三人は軽作業のカーマンレバーであった。航空機に五年以上の経験者という要件であった。伸吉は知人の紹介の威力でもぐりこむことができたが、航空機についてはまったく経験がなく「重大な悪事でも犯している思い」であった。雇われた労働者たちは、それぞれに食い詰めてすがるようにこの仕事についたのである。

ところがそんな心配は無用であった。カーマンレバーのおもな仕事は、朝鮮の戦場から荷物を運んでくる輸送機ダグラスの清掃作業だったからである。伸吉らは便器の清掃をやらされた。「まずシャツを腕までまくりあげると、汚物が山盛りになって、ペーパーがふちまで溢れている臭気鼻をつく便器を三人がかりで抱え、トバないように『注意』して、おもてに運びだす。……なみなみ溢れている汚物は、うまく足なみが合わないと、すぐに、ぴしゃ！　ぴしゃ！ときた。つい逃げ腰になるのでよけい重量がかかって、腕がちぎれそうに痛くなる。腕から、シャツから汚物だらけのみじめな格好であった。」

その基地の作業時間は朝の七時から夜の八時までの十三時間労働で、日祭日も休みなし。仲間の一人が抗議しても、かわりの労働者はいくらでもいるからやめてもかまわないと逆におどされる始末である。

カーマンレバーは機内の作業だからまだ楽で、ヘビーレバーは高さ四、五メートルもあるハネの上に蝉のようにとまってガソリンバケツとボロっきれをもっての作業である。雨や風にさらされる毎日である。あるとき二人の労働者が飛行機の車輪のそばでしゃがんでいると、チーフ・メカニックのルイスにみつけられ、見回りの高級車で追い回された。自動車で二人を追い立て、ヨタヨタと走っている彼らに後ろから車をぶつけてきたのである。「左側に逃げると左。右側に逃げると右。——雨のぐしょぐしょ降っている、泥水の流れるコンクリの滑走路のうえで、泥んこのガソリンバケツを抱えたずぶ濡れの野本たちと、ピカピカ光ったルイスの小豆色の高級車のジグザグごっこだった。」

しかしヘビーレバーの連中も、仕事の要領を覚えてきて、見張りをたてて休むようになった。「やくそくどおり二万円もくれりゃアな」という気持ちで、仕事を辞める気はなかった。

一方、メカニック組に働く連中は、専門職だというのに中国人メカニックの助手程度の仕事しかさせられなかった。CATには数十名の中国人メカニックがいたが、彼らはエンジンなどの重要な部分には日本人にさわらせず、敵意ある目でにらむのであった。CATは正式には中華民国交通部民用航空局直轄空運隊という名称で、台湾籍の会社であった。彼らは香港が危なくなってきたので、ダグラスの「付属品」として日本の飛行場までソカイしてきたのである。日本にソカイしてきてからは会社にはアメリカ人が次々と入ってきて、中国人よりもアメリカ人の方が多くなってきた。中国人のメカニックはいずれ、技術も優秀で賃金の安い日本人メカニックに取り替えようとされていた。彼らの日本人メカニックに対する態度は、そういうところからもきていた。

日本人のメカニックはメカニックで、ヘビーレバーやカーマンレバーとはうち解けず、一線を画す態度を隠さなかった。彼らはもともと日航の操縦士や機関士で「講和条約がすんでみろ。そうなりゃ、とうぜん再軍備が問題になる。民間航空も許される。そのときまで、くっついていたものが一ばん先にいいところにまわされるんだ」と信じ、レバーたちに優越意識をもっていた。

しかし月末の給料は、二万円という約束だったのに、メカニックには一万八千円、レバーはたったの八千円だった。それでもレバーたちは辞めなかった。やめても他に仕事はない。せめてオーバータイムの金でも貰おうと交渉するが、認められない。そのことが逆にメカニックたちの反発をかった。レバーの金が上がれば、メカニックの分が削られるからだった。

冬がせまってくると、飛行場には冷たい空っ風がびゅうびゅうと音をたてて吹きまくった。向こうのY基地の方から、空がまっ黄色くなるほど砂埃を吹き上げて、つむじ風のように吹いてくる。そのうえ、ダグラスのプロペラが爆風を意地悪く吹きかけた。うっかりタバコに火をつけた労働者が、重労働を言いつけられ重い車輪を四つもかつがされて、駆け足をさせられた。もう一人の労働者はもたもたしていると靴でけ飛ばされた。仲間からは変わり者と見なされていた男が、班長になり伸吉たちをいいように使うようにもなった。伸吉は伸吉で「去勢された人間のようになって毎日働きつづけている」のであった。

そんな状況のもとで、労働者たちは次々と辞めていき、新しい労働者たちが入ってきていた。そのうち日本人メカニックたちの首切りがはじまり、さまざまな理由をつけて辞めさせられていった。「ハネも胴体も傷だらけになって、いまにもバラバラになりそうなダグラスに、数十名のフィリッピン人のメカニック」がやってきた。彼らはフィリピンの政情が不安定になり日本にやってきたのだった。アメリカは彼らを日本人メカニックと入れ替える策謀であった。このような状況のなかで、うまく立ち回っているのは、ダグラスの積み荷の非常食や死亡米兵の荷物などをくすねて、ふてぶてしく居直って「基地労働者」になりさがっている男だけであった。

以上が「フィンカム」のあらすじである。

この作品にでてくるCATとは、キャット航空のことである。CATは「CIVIL AIR TRANSPORT」の頭文字をとったもので、東京、沖縄、釜山、台北、香港、バンコク、マニラなどを結ぶ航路をもち、米軍の指揮で軍需物資の輸送などをしていた。資料によるとアメリカの情報機関であるCIA傘下でアメリカの戦略の一端を担っていた。民間航空でありながら米軍基地に営業所が在った理由である。

「フィンカム」はこのような事実を背景にして、朝鮮戦争に参加する米軍基地内の様子を生々しく描出している。中国人やフィリピン人、そして日本人を巧みに利用して戦争を遂行するアメリカ帝国主義のやり方を暴露するとともに、占領下にあった日本民族の従属的状態を、米軍基地に働く日本人労働者のみじめな姿に重ねて象徴的に告発しているのである。窪田精が作品のねらいとした、平和の課題と民族的独立の課題を具体性をもたして描いたという点でこの作品は、あらすじ的な西野辰吉の作品をより前進させ、当時の一連の文学作品のなかでも重要な意味をもっていた。

自称東大出の吉村、建具屋の鈴木、自称パイロットの元陸軍航空曹長岩下、日航の推薦で入ってきたメカニックの機関士の寺崎、元板金屋で「基地労働者」になりきっている五十嵐などの日本人労働者たちの描き方も、具体的で米軍の狡猾な管理の実態を浮き彫りにする。アメリカのやり口のひどさを口々に言いあいながらも、いきなり管理者のルイスがやってきてもいいように「足元にころがっている便所掃除用のブラッシの柄だけはちゃんと、ひっぱりよせて、片手で握っている」姿なども印象深い。また長時間の労働でくたびれる伸吉について「だんだん、社会のことから遠ざかっていくようであった。そうして、それは、伸吉一人だけでなく、仲間のみんなが、いや基地に働く何万という日本人労務者のほとんどが、そうなのだ。（中略）『とにかく、行ってさえいれば、生きてだけはいけますからねえ――』という、ものかなしいひとつの理由だけで、去勢された人間のようになって、毎日働きつづけている」と描写している部分がある。これも伸吉の生活に当時おかれた日本人の状況が重ねられ、今日もなお根深い対米従属状況にあるその根本をつく描写である。

基地日本の断面を描いた作品として位置づけられるこの作品について宮本顕治は、「解放運動との照合はみられないが、職場と家庭と時代のある特徴を一応まとめてとらえ、辛辣なユーモアさえまじえて落ち着いた筆でそれぞれの人物の性格と役割をよく描いている」（3）と評したが、全体の評価としては的を射ている。しかしあえていえば窪田精の作品は、立川基地で働く伸吉たちを描きながら、作中で書かれているように「基地に働く何万という日本人労務者」のことを視野にいれていた。〝解放運動との照合〟は描かれているとはいえないが、窪田精は個別の実態を生々しく描くことで、読者を基地日本の現実に誘うのである。スローガンや政治イデオロギーでよしとしない、作家窪田精の目が光っているのである。

「フィンカム」について、まっさきに快哉をさけんで手紙をくれたのがフィンカムの労働者たちであり、全国に数百といわれた米軍基地の土地建物を管理していた総理府の労組員たちは、この作品をガリ版で複製して読んだという。そういう意味では、〝解放運動との照合〟はみられなくても、十分その期待にはこたえたのである。

この作品で指摘するとすれば、「行政整理」、つまりレッドパージで流れてきた仲吉に、それらしいたたかう姿を付与していないことである。むしろ、軽蔑している知人から基地の仕事を紹介され、「みじめな気持になりながらも、つい卑屈な態度で手をのばして名刺を受けとった」仲吉は、この作品のなかではひたすら観察者の立場を与えられている。卑屈な立場の仲吉であればこそ、小説的展開はあってもいいと思うが、作者の筆はそこにはむいていない。「私は、立川のフィンカム基地のなかで体験したものを、日本民族のおかれている状況の一つの証言として、小説に書こう」としていたという意図からすれば、そこからはみ出る小説的虚構を抑えたとみていいだろう。しかし、それは小説としての物足りなさにもつながると、五十年後の読者としては思わずにはおれない。

物足りなさをどう考えるか。時事的告発を人間の物語としてどのように構築していくか。小説としての虚構の問題がでてくる。そこに作家がどれほど腐心するかは、芸術としての感動につながる。第一作の「フィンカム」にそのことを要求するのは酷かも知れない。しかし同様の感想をもった人物が当時いた。

この作品を読んで一面識もなかった堀田善衞がはがきで激励の感想を送ってくれたことは、窪田精もたびたび書いている。堀田善衞は、「フィンカム」について、現在書かれるべき最も重要な場所を正確に書いたことを評価しつつ、作品として盛り上げるというよりは報道性のようなものが先にたっていることを残念に思うとのべ、登場する人物を彫り込むことによって逆に事態の迫真性が高まるという方法が必要なのではないかと率直な感想をのべている。植民地問題に関心をもち、「広場の孤独」などの作品を書いていた堀田にとって、「フィンカム」の作品は自己の文学方法ともかかわる問題でもあった。

堀田善衛と窪田精は、現実への関心ではかさなりながら、文学的には性格も質も異にする方向に向かっていった。

しかし私はこの堀田の指摘が、窪田文学を解き明かす鍵を提供していると思う。自己の文学の方法論を「記録的方法」として窪田精は認めていたことであるが、改めて考えればこの作品によって、「事実」と「虚構」という小説の根本問題にむけての、窪田文学の苦闘は始まったのである。そういう意味でまさに「フィンカム」は窪田文学の「処女作」であった。

この作品が書かれてから二年後駐留軍労働者たちは米軍の不当待遇に抗議し、全国一斉にストに立ち上がり、フィンカム基地を含む東京の労働者たち三万三千人がストライキに参加したことを付記しておきたい。

（1）『文学芸術』と私の処女作「フィンカム」（「文学新聞」六九年八月十五日）
（2）霜多正次「労働者文学の新しい胎動　窪田精『フィンカム』」（『民主文学』六六年十二月号）
（3）「民主主義文学の二三の問題　現在の課題をめぐって」（『中央公論』五二年四月号）

出典の明記がないものは、窪田精『文学運動のなかで　戦後民主主義文学私記』（光和堂）による。

「海と起重機」の視点の意味

「海と起重機」は、一九六一年六月から十二月まで、「アカハタ」に連載された。窪田精にとって、「ある党員の告白」(一九五六年)、「トラック島日記」(一九五七年)に続く三つ目の長編小説である。

最初の『ある党員の告白』(講談社刊)は、窪田精が作家として世間に注目される一歩を踏み出した作品だが、それは同時に小説方法論において未成熟だった彼を、マスコミの嵐の中にほうり込み、方向喪失状態にさせるに十分だった。

翌年に書かれた「与太郎」、「狂った時間」(芥川賞候補)は、文学的混迷が明らかな作品で、作者自身かえりみることのなかった作品である。自己の体験を土台とした『ある党員の告白』で見せた、「捨て身のリアリズム」といわれた迫真性やナイーブな感性は姿を消し、ざらざらとした荒れた感性が裸になった痛々しさを感じさせる（これについては拙稿「闇の中からの再生　五〇年代の窪田精」＝『民主文学』二〇〇五年一月号＝参照）。

「自分はいったい何のために文学をやろうとしているのか」と、窪田精は率直に当時を回想している。彼は民主主義文学とは何かを考え続け、その一つの決着として五年後に「海と起重機」に取り組んだのである。

この五年間の窪田精の模索をみるうえで、一九五七年に霜多正次、金達寿、西野辰吉らと結成したリアリズム研究会の存在をみのがすことはできない。同会の結成について説明しようとすると、文学的大衆団体の性格を失い、セクト的傾向が顕著になっていた新日本文学会との関係をぬきにはできないが、この稿では省く。注目したいのはリアリズム研究会がどのような文学を模索しようとしたのかである。

同会の雑誌『リアリズム』第1号の巻頭で、同人の小原元が「新しいリアリズムへの期待」として次のようにのべていることは、この会の志向しようとしているものを明示しているので紹介したい。

「文学創造において、構造的把握の視点に立つことの重要性をかんがえるわたしたちは、そのような視点に立って具体的諸関係を追求することと、構造的把握に達するために具体的諸関係を追求することは一体をなすものとして理解する。……観念的な饒舌に刻々を空費する中にも状況はすすみ、閉された状況や人間の分解に閉塞することを許さぬ現実の危機が迫っている。真剣に人間の進歩を考え、社会の変革をのぞむなら、今日の生活諸関係の中での人間の追及にあらためて立ちかえるべきだろう。」

小原元が「わたしたち」という立場で書いているように、この一文はリアリズム研究会に参加する同人たちの議論をへての内容である。こうした問題意識の起点は、プロレタリア文学が切り拓いた「現実の変革を志向し、人間と社会を総合的にとらえてゆく方向」(会発足の趣旨)を継承し発展させるという考えである。

窪田精も同誌1号の「大江健三郎氏の方法についての疑問」という文章で、彼がどのような方向で文学をとらえ直そうとしているのかを、次のようにのべている。

「ぼくはここで、文学はいったい何のためにあるのか、というごく素朴な問いを発せずには居られないのです。ぼくたちは何のために文学作品を書き読もうとしているのか。すくなくともぼく自身のばあい、現在の追いつめられた現実――大江氏のいう『監禁されているような状態』からぬけだしたいがために、ぬけ出さねばならぬために、その努力のひとつとして、現実をみつめ、これを分析し、文学作品としてえがき出したいと考えている」

一九五七年に書かれた「与太郎」「狂った時間」は、日本共産党の分裂という状況を背景に、分裂を強行した一部の党指導部への批判というモチーフがありながら、その党の混迷の渦の中にのみこまれて人間崩壊していく様を、作家としての明日への見通しなくニヒリズム的に描いたものであった。

しかし、窪田精は、現実からいかに明日にむかって抜け出だすのかと考え、「観念的饒舌」から、社会の変革にむけて「生活諸関係の中での人間の追及」（小原元）の方向に、自分の文学の進路を定めたのである。

折から『中央公論』のルポルタージュの仕事で、日本鋼管川崎製鉄所の社外工の実態にふれ、無権利状態にある彼らが、労働組合を命がけで組織し、立ち上がる姿に、彼の文学的問題意識との合致を見たのである。さらに社外工たちを描くことは、「現実を構造的に把握」していくという、リアリズム研究会の探求にとっても、格好の対象であった。

ここで小原元の文章について補足的にいえば、彼のプロレタリア文学運動への評価は首肯できるものではない。たとえばプロレタリア文学が主観的・非実際的な独善をもすくなからずひきまとっていたとか、「党生活者」の主人公が主観的・観念的な傾向を濃厚に帯びていたなどとのべ、プロレタリア文学に特殊な感想をもっていた平野謙を評価している様は、同意できないとだけいっておきたい。またリアリズム研究会の「発足の趣旨」にも、プロレタリア文学について、現実に対して「論理的」に対決せず、「倫理的」に対決していたという指摘があり、この研究会の当初の性格をあらわしていて、今後の研究対象であろう。

さて社外工問題を扱った「海と起重機」は、当時の新日本文学会に代表される民主主義文学運動が、現実変革の視点を見失い、アナーキーな世界に逆行していく中で、窪田精なりの回答でもあった。それはひとり窪田精自身の回答であるだけでなく、民主主義文学のあるべき方向への回答でもあった。その意味でこの作品は、今からみれば文学的未熟さを多くもちながら、戦後の民主主義文学における記念碑的位置を有していると私は思っている。

「海と起重機」の作品世界の時は一九五八年。日本鋼管川崎製鉄所（作品では東洋鋼管となっている）をモデルにしている。川崎製鉄では本工が約一万四千人、臨時工千人、そのほかに社外工、つまり日雇い人夫七千人がいた。この膨大な数の社外工は、大小百五十四社の下請け業者の手をへて、八十万坪といわれる広い構内で働いているのである。

この社外工は、日本鋼管だけでなく全国の鉄鋼、造船、さらに炭鉱と幅広く入ってきており、労働問題を考える上で避けることのできない現実であった。しかもこの社外工は、戦前からの歴史をもっており、人夫請負業者たちが飯場をとりしきり、親分子分の関係であった。戦後労働基準法ができてからは組長は社長となり、小頭や部屋頭は部長、課長と呼称を変え、組夫は社外工となった。しかし、実際は前近代的な親分、子分かたぎがいろいろな形で残っていた。好一方、企業の側からみると、社外工の存在は「安全弁」として重要な役割を果たしていた。好況で人手が大量にいるときはどんどん増員でき、不況のときには切り捨てることができたからである。しかも超低賃金であるから、下請け単価を切り下げるに好都合であった。

このような現実を背景に「海と起重機」の物語は始まる。

この物語は、清水善三という青年が、川崎の駅に降り立つ一九五八年二月の末から始まる。清水は川崎にでてくるまでは、東京に近いY県で、共産党の地区委員をつとめ、アカハタの分局長（新聞配達の責任者）をしていた。清水は、県による土地取り上げ反対闘争の中で逮捕され、懲役一年、執行猶予三年の判決をうけていた。清水が共産党員であると長男の結婚にさしさわるという、両親の説得に折れて県外にでてきたのである。同時に、清水は一生に一度は大工場の労働者のなかにとびこんで活動し、はだか一貫で自分を試し、きたえたいという思いもあった。ちょうど川崎製鉄で働いている知人に声をかけられ、この地を踏んだのである。

この作品の書き出しに注目してほしい。

「改札口から吐き出されてくる人波にまじって、ズックのボストン・バッグをさげた一人の男がでてきた。ねずみ色の古びた半オーバーの下から藍色の作業ズボンをのぞかせている二十五、六の小がらな青年である…」

清水は主人公ともいえる存在であるが、作者は彼に距離をとってこの物語を語り始めたのである。この書き出しには、リアリズム研究会の社会や現実を科学的、論理的、構造的にとらえていくための、小説の「視点」をめぐる探求の反映があるのである。『リアリズム』1号で金達寿は「視点について」という一文を書き、そこで自作の「玄界灘」を材料に、「視点」についての問題意識を開陳している。

日本の植民地にあった朝鮮民族の生活と抵抗を、全面的にとらえるには、一人の視点、二人の視点では「全面的にならない」とのべている。作品を登場人物からの視点から描きだすと、その登場人物の「生活の範囲からそとへでることはできなかった」とのべ、多元的視点の必要性を説いている。金達寿は、人間の諸関係を構造的にとらえていくために、従来のリアリティとの格闘が必要であり、そのために「視点」が問題にされなければならないと主張する。そしてそのために大衆文学ではほとんどがそうであるが、「多元的視点の採用」が大事であり、同時に「視点とは思想の問題である」とのべている。主人公に密着する「密着リアリズム」では、一つの穴掘りではないかと金達寿はいい、それでは従来いわれているリアリティは確保できるかもしれないが、「そんな『リアリティ』にはわれわれはもうあきあきしている」とまでのべている。

窪田精は、「ある党員の告白」や「トラック島日記」でもそうであったが、主人公の視点に「密着」している。その点で「海と起重機」の書き出しの「視点」の変化は、リアリズム研究会が模索していた方向に沿ったものである。民主主義文学の新しい試みとして、作者は「海と起重機」に意欲的にとりくんだのである。

であるから、この作品は当初は清水を軸に描きながら、「視点」を下請け業者や会社の労務担当、後半には物語をかたる作者へと自由に変化させていく。作者がすべてを俯瞰する「神」の位置にいるという小説方法は、小説の歴史からいえば珍しいことではない。重要なのは新しいリアリズム文学の模索という過程で、この方法が改めて取り入れられ、意識的に用いられたことである。

清水が入ったのはやくざのような暴力的手法でのし上がってきた、東洋鋼管の下請け業者の金丸運輸である。金丸運輸は社外工二百人をもつ、下請け大手五社のうちの一つで、原料の水揚げや貨車おろし、その他の構内作業を手広く請け負っていた。この作品の第一の特徴は、清水を通して劣悪な社外工の実態と位置を描きだしていることである。

清水がはじめて現場にでたときの驚きをこう作者は描写する。朝、雨の中を産業道路に何千という労働者たちが埋まる。門の所で金丸運輸のものがでてきてまっていた。

「それがものすごい格好だ。真っ赤な作業衣のうえから、百姓が着るようなみのを着て、大きなむぎわら帽子をかぶっているが、そのみのもむぎわら帽も、鉄鉱石の粉にまみれて真っ赤なのだ。赤い粉箱のなかをころげまわってきた百姓──といった感じである」

何千という労働者群のなかで、真っ赤に鉄鉱石にまみれた姿。ナチスの強制収容所を描いた映画「シンドラーのリスト」のラストでスピルバーグは、灰色の映像の中にひとりさまよう女の子の服に赤い色を彩色して観客の目をひきつけたが、同じような鮮やかさで下請け業者のイメージを読者に印象付ける場面である。清水が連れて行かれた現場は、古いクレーンがみしみしきしみながら旋回し、大きな鉄のグラブがハシケの中の鉱石をつかみ、陸にあるホッパーの上まで持っていって、どっと吐き出す。社外工たちは二月の寒風の中でも汗びっしょりになり、クレーンのグラブが鉱石の塊をつかみよい方向に、みんなで手で押す。グラブからもれた鉱石の塊で大けがをしたり、グラブとハシケにはさまれて即死したものもあるような過酷な労働をなまなましく描写している。水揚げ現場には、サイパンやテニアンなどで集めたスクラップが送られてくる。スクラップの中には、日本軍の黒こげの戦車や歩兵砲なども入っており、砲弾、小・機銃弾、爆弾、白骨になった日本兵の死体まで入っていることもある。ハシケの底には何百発という機銃弾、砲弾がたまっていて、命と引き換えの仕事である。このあたりはルポルタージュ「近代産業の日かげもの」(『中央公論』一九五八年十二月号)でも作者は書いているから、事実のまま記している。これが実際に大爆発をおこし、この小説でも描かれている。

一日の出面が四百円あまり、事故で死んでも千円しか弔慰金がでない現場仕事のなかで、清水は組合づくりの必要性を意識していくのである。

この作品を書くにあたって窪田精は綿密な取材をおこなっている。

「小説のテーマになる、いわゆる社外工問題や、素材になるひとつひとつの事実については、自分でも感心するほど、たんねんに調査を行った。小説をかきはじめるまえから、川崎や八幡で、いろいろと世話になり、話を聞いた人たちの数は、おそらく二百名以上にのぼるだろう。ノートも二、三十冊は、つくっている」(「近況」『リアリズム』8号)

「二人とも(作者と挿絵画家)社外工に『化け』平炉のある渡田工場のノロ(鉱滓)処理現場にはいってみたりした。水江町の現場と呼ばれたスクラップ選別場、工場の沖合はるかの海上に浮かぶ――とうじは同製鉄所内のノロの捨場になっていた扇島と呼ばれる、灰色の砂漠のような埋立地などにも舟で渡ってみた」(『文学運動のなかで』)

窪田精の作品の特徴は、こうした豊富な地を這うような取材を土台にしていることである。

ニッカズボンをはいて、労働者をどなりまくる現場責任者、わずかな賃金をためて競輪につぎこむことを生きがいにしている男の姿など、この作品を支えるリアリティは、こうした取材の上に成り立っている。

取材を重点におく小説方法は、窪田精のその後の作風の基調となるものである。それについて「記録的方法」と評されてもいるが、それはあくまで現実を「構造的」にとらえようとする彼のリアリズムを支える手段である。この綿密な取材による小説方法は、たとえば小林多喜二が「蟹工船」執筆の際におこない、個人の体験の枠に狭くおさまっていた日本文学に衝撃を与えたが、この点でも「海と起重機」は、プロレタリア文学の方法的発展を成そうとしたものとしてみることができる。

作者の視線は、社外工たちを雇う下請け業者にむかう。これがこの作品の第二の特徴で、常務の安藤、その配下の森本などを清水以上に印象深く描き出している。

安藤勝次は先代から受け継いで、実質的に金丸組＝金丸運輸の屋台骨となっている男である。下請け五社の一つだが、戦後派といわれる新興下請け会社の進出が激しく、その競争で経営はかつてのような順風満帆というわけではない。新興下請け会社の経営者たちは、東洋鋼管の元課長や工場長などで固められていて、新しい機械もあり資本力もあるので、親会社の方も新興会社の方に仕事をまわすようになってきている。

安藤の一の子分森本義人とともに赤鬼・青鬼と恐れられ、暴力的手段も使いながらのしてきたが、そのようなふるい手法が通用しなくなってきた。

また安藤は、金丸運輸の先代の「兄弟分」と名のる老人たちを終生重役としてめんどうをみることを課せられている。金丸運輸を幼い二代目のかわりに安藤にまかせるための条件でもあった。その出費もばかにならない。本社は、業者に現場の機械化を要求する。ダンプカーや新しい起重機も業者の負担でいれなければならず、結局資本力のある新興会社に仕事をとられるようになってくる。本社の不況を理由とした一方的な単価切り下げも拒むことはできない。いきおいそのしわ寄せが社外工への劣悪な賃金にはねかえるという具合である。また安藤が下請け会社の常務の身分にはすぎた外車にのっているのも、会社関係の接待用に買ったものである。仕事を円滑にすすめていくためには親会社の連中の要求に応じて、車を貸してやるためであった。それも運転手付きである。

窪田精は、社外工たちからみれば、鬼のような連中をその生い立ちを含めて描いていくことで、下請け業者自身も本社の横暴な取引を強要される弱い存在であることを彼らの「苦悶の表情」とともに描き出していく。これも現実を構造的にとらえようという創作意図に基づいたものである。

清水らの組合作りの動きが本格化してくる。かつて組合づくりがばれたときは、真夜中に踏み込まれ、なぐるけるの暴力をふるわれ、外に放り出された歴史がある。必然的に組合結成を公にするまでは、ことを秘密裏にすすめなければならない。一方、下請け業者のなかでは、組合がつくられた場合にどう対応するか、大もめにもめていた。本社の労務の指導を受けて組合を認めてその後御用組合にすればいいという下請け連合の労務担当らと、金丸運輸の労務担当との意見の溝は深まるばかりである。

下請け企業労働組合が、腹巻から短刀をちらつかせるような妨害をはねのけて結成される。現場をまかせられている森本は組合に対して強硬な手段をとるというが、安藤は、「つくるものには、つくらせろ。そうして、こちらも、下請け業者としての現状も認識しろ。そのことをよく考えろ。いままでのやりかたじゃだめだ。いまのやりかたは、業者ぜんたいが、自分たちの墓穴を掘っているようなやりかただ。このままいったら、下請け業者は過当競争で自滅だぞ」と言い放つ。鬼のような彼らが人間くさく、つい彼らの苦悩に共感してしまうのは、窪田精の筆の冴えである。おそらくこれは、特定のモデルがいないために、筆が生きいきとのびたのだろう。小説のおもしろさである。

労働組合と下請け業者との年末一時金をめぐっての初めての集団交渉。交渉が決裂したとき、現場で大爆発がおこる。スクラップ水揚げ作業中に、まじっていた水雷が爆発したのである。三人が死ぬ。組合は一時金や賃上げ、死亡者への人間らしい見舞金をだせと、ストライキに突入していく。

作品は大筋このように展開していく。清水や安藤のほかにも、戦前から社外工として働いている岡さん、赤鬼といわれた安藤とともに青鬼といわれ会社をもりたててきた森本、東洋鋼管共産党の責任者でレッドパージを逃れ党組織を再建してきた滝野、元共産党員の過去をもち労務として労働者弾圧の先頭にたち、その非人間的仕事からノイローゼになり、自殺する真野など多種多彩な人物が、渦をなすように物語の中でからみあっていく。

社外工問題を描きながら、作者はさまざまな人間をからませ、現実の複雑さとその打開の方向に筆をすすめていっている。それは、大江健三郎の小説を評して「追いつめられた現実からぬけ出さなければならぬ」とのべた、彼の文学の方向への意思がこめられているからである。

窪田精は小説の意図について次のようにのべている。

「鉄鋼や造船関係などの大工場に、本工とほぼ同じ数ぐらいもいて（八幡製鉄所には三万人もいる）本工の半分ほどの賃金、過重労働、臨時工よりもひどい雇用関係をしいられている下請け、社外工。全国ではおそらく何十万人といるいわゆる『底辺労働者』。しかも日本の基幹産業といわれる大工場内で、本工と同じ職場で働いていて、その大部分が未組織の状態にある。この労働者たちが組織されたら、日本の労働運動の質になんらかの変化をあたえずにはおかぬだろう。このことが、この小説を通じて、わたしがいちばん訴えたかったことである。そのためにわたしは、この社外工の生活とたたかい、それから社外工と親会社とのあいだに立っている下請け業者たちの苦悶の表情、社外工制度を意識的に利用している日本の独占資本の生態、さらにその背後にいるものなどを、あわせて照らしだそうとした」（単行本「あとがき」）

「海と起重機」のような構想で現実を構造的に把握し、打開していくという創作意図は、その後、「スクランブル」（六四年）、「夜明けの風」（七〇年）、「石楠花村日記」（七二年）、「白い歩道橋」（七三年）、「海霧のある原野」（七七年）、「工場のなかの橋」（八三年）と結実していく。

私は改めて、「海と起重機」の「視点」についてふれたいと思う。この作品は、多元的かつ俯瞰的視点で描かれた。さまざまな歴史を背負った人間を登場させて、それをからみあわせるようにして物語を構築した。その試みは、まだこの作品が最初ということもあり、後半では、むしろ筋やエピソードが中心になり、人物は後景にしりぞいた感がある。当時の作家的力量からいっても無理もないことだった。しかし、人間を描くということが社会的現実から切り離されて、もしくは個人の生活範囲に押し込められるという弱点をもつという認識にたつ作者は、むしろ、人間の個性、歴史、存在を社会構造のなかでとらえようと大胆に試みたのである。「海と起重機」はそのとば口にたったものとして、窪田精のなかでは重要な意味をもつ。

人間を描くこと、その人間のよってたつ現実を描くこと、この表裏を前に、書き手たちは両者を融合させようとして苦労している。「海と起重機」から「工場のなかの橋」にいたる過程で、この問題を窪田精がどのように処理していったのか。それは今日の民主主義文学の創作方法の一つとして有効な教訓を引き出すに違いない。

人間の美しさを追い求めた文学世界

——宮寺清一の初期作品から「和歌子・夏」の世界へ

宮寺清一が小説の書き手として広く認められるようになったのは、「野分け」が一九七九年の「赤旗」文芸作品募集で入選してからであった。すでに四十四歳になっていた。リアリズム研究会に参加し、一九六五年の日本民主主義文学同盟（当時）の創立時からの同盟員であった宮寺清一のデビューとしてはいかにも遅いと思わざるを得ない。

醬油工場、町工場、八百屋、クリーニング屋など定時制高校で学びながら働き続け、高校卒業と同時に東京・田無に工場がある三千人の労働者が働くシチズンに就職した。このあたりのことは、「町工場での労働が糧となって」（『小説の心、批評の眼』所収）に書かれていることだが、シチズンの文芸サークルで書き、文学同盟が結成されると田無に支部をつくり文学に向き合い続けた。

当時のことを振り返って宮寺は、「職場はいっそう厳しさを増し、執行委員選挙に立候補しても落選を繰り返し、見渡せば背を丸めて仕事をしている仲間たちのなかで一人棒杭のように突っ立っている、そんな自分を見るような思いだった。そうした中で私を支えてきたのは文学だった」とのべている。

高校生のときに文芸部を創設し、新日本文学会の例会にも参加していたというから、文学への思いは生半可ではない。厳しい企業の中で文学を支えにしてたたかい続けていた宮寺が、職場に生きる人々を描くことは当然のことでもあったし、働きたたかいながら抱える問題もあった。「野分け」の受賞の言葉で、「私はつねづね、職場が、とくに製造業に働く人間がもっともっと書かれる必要があるのではないか、と思っていました。けっして題材主義でいうわけではありませんが、現代のさまざまな歪みや矛盾がそこに先鋭的にあらわれている、と思うからです。私は精密機械産業に働くひとりの労働者として、そのことを大きな課題として追求していきたいと考えています。職場は徹底した減量経営、『合理化』でますます厳しくなってきており、私の身近にも自殺や娘の焼身自殺など、痛ましい事件が起こっており（略）こうした中で労働者はどう生きているか、どう生きようとしているか」とのべていることは、彼の創作の原点をいいあらわしている。

受賞作の「野分け」には、その後の作品を推し量ることができる要素がちりばめられている。

宮寺作品の特徴を端的にいえば労働と連帯である。労働とは彼ら労働者にとって自己存在を自覚することであり、連帯とは働く仲間との絆の形成である。この二つを阻むものに作者の筆は挑んでいくのである。宮寺にとって働くとは、労働者が労働者として自立する基本であり、そこから連帯していくという質をもったものだった。彼が体験した数多い労働体験がそうさせたのである。

「労働」という角度からみれば、たとえば「野分け」の主人公・井田伸治は従業員六百人の工場で工作科に属し、フライス盤で鋳物ブロックの研削をしている青年労働者である。この井田伸治の性格を工場の雰囲気をにおいたつように描きあげていく。「鉄錆色の臭いを発散させながらハイスのバイトが鋳物ブロックの表面を削りとっていく。熱い切粉が足元にふっとんでくる。バイトの切削量を五ミリ、送りを三ミリにセットしたシェーパーは、ころころと丸い切粉をふっとばし、積みあげていく。バイトの先端から匂いたつ鉄錆色のこの臭いを井田伸治は好きであった。鋳物には鋳物の、SK材にはSK材の臭いがあり、真鍮は口の中が甘ったるくなる」と描いているように、青年労働者の井田伸治の労働への思いがみずみずしく活写されていくのである。

また、「虹」(『民主文学』一九八一年七月号)の主人公・泉四郎は、高校を卒業してヤシマ工業に入社して六年がたっていたが、最近は「職場の中の不安定な存在ということを」感じるのである。それは泉が企業の卓球チームに所属し、それが工場労働よりも優先する仕事であったからであった。泉四郎は「まわりを見ればみんな残業に追われ、このまえは九針も縫う怪我人が出た。そういうのを見ながらぼくはいつも定時で帰るわけ」と苦渋を吐露する。「職場の中でも楽しみ、苦しみを共有しあえるような、そういう人とのつながりが必要なんではないか」と彼は、技能検定試験を職場の仲間とともに受けようと決意する。旋盤、フライス盤、研磨、仕上げなど、どれもが泉には経験のない労働であった。しかし、同僚のだれもが取り組んでいるその仕事にとりくもうと思うのだった。

「洗い油の中」(『文化評論』一九八二年七月号)の修平は会社側労働組合の執行委員をつとめている。彼の場合は職場の仲間たちとお茶を飲んでいても「居心地のわるさを感じ」、「すっと溶けこんでいける気軽さがいつの間にか自分自身から失われている」と思う。作者は次のように書く。「そのとき修平は、たまらなく仕事をしたいと思った。真ッ赤なツールボックスを片手に故障した機械から機械へととびまわりたい。そうしたなかで交わされる会話はたとえとるにたらないものであったとしても、しかしそれは大事なものだったのだ。そう思いながら修平はふと、足元を冷たい風が吹き抜けていくのを感じたのだった」

修平は納期に追われる兄の鉄工所を臨時に手伝いに入った。「切削油が白く臭いたち、一つひとつの品物にぬくもりがあった。固定台の切粉や切削油を丹念に拭い、品物をしっかりと固定させて送りのハンドルをまわすと、その送りの速度によってひびきに微妙な変化があった。何個かに一回ずつ板ゲージを使って溝の深さを測る……。単純なその作業に、しかし修平は時が経つのも忘れるほどの充足を感じていた」

宮寺清一にとって労働は、修平が感じたように充足を感じさせるものであり、そこに自己の存在意味を見出すものだった。労働を媒介として労働者同士はつながり、絆もそこから生まれるというのは宮寺清一の文学の核心である。だから作品では、労働の具体を描くことに作者は心をくだく。同時にその労働の意味を度外視し、競争と効率だけを追求し労働者の絆をたちきることに対して、彼の作品は立ちはだかろうとするのである。

「野分け」にもどろう。今日でもそうだろうが、当時の労働者たちは、労働組合の右傾化のなかで、経営側からの利潤優先の攻撃に直面しても、彼らを守るものがないまま分断・競争状態にさらされようとしていた。組合選挙の真最中で、会社派の現執行部に対して、その組合を変えようと少数派の共産党が対立候補をたてている。少数派には厳しい監視の目がはりめぐらされており、井田伸治はその中にあって、現執行部には不満をもちながらも「誰がやったって、別に変りない。同じだな」という感想をもっていた。仕事は熱心で会社からも期待されているが、受けた講習が残業扱いにならないことをうっかり話したら、反執行部派のビラで取り上げられ、会社と組合に目をつけられた体験があった。そのため現組合執行部には冷ややかだ。選挙運動にはかりだされないし、むしろ反執行部派に心情的には共感をもつようになっていた。

井田伸治の隣で大型ボール盤で作業をしている、伸治と同期の煙山が四日連続で休んでいる。映画の話が好きで、最近彼女ができたと喜んでいた。その煙山の突然の自殺。部下の死の対応よりも生産会議を優先させる会社側に、涙をこぼしながら抗議する共産党員の姿をみながら、井田伸治は考える。「稜線を歩いていてある瞬間にころりと転げ落ちる。もし前と後の人間ときっちりザイルで繋がれていれば、そいつは落ちることはないだろう、少なくともどっかでひっかかり這いのぼってくるにちがいない。絆……か」

たたかう労働者への会社側の巧妙な切り崩し工作、孤立しながらも労働者の要求に心をよせたたかう共産党員たち、会社の要請に積極的に応えながら精神を病んでいく労働者や中間職制など、それぞれに「稜線を歩いて」いる人間を多様に描き分けていく。絆というザイルで仲間同士が繋がっていれば、労働者を救うことができるという主人公の思いは、作者の強い思いでもある。労働者同士の「連帯」を壊しているものは何か、再生は可能なのか。宮寺清一が追求するこの主題は、今日的意味を持っている。そして連帯の核になっているのが、少数派の組合であり、その存在とたたかいが作中人物にさまざまな影響を与えている。宮寺清一の作品は、共通して従業員三千人くらいの工場で、組合は総評系だがより労使協調の方向で右傾化させようという動きが顕在化してきている。そこにNC旋盤が投入されて熟練工は不要になっていく。個人・小集団管理が徹底されていき労働者は成績に追いまくられバラバラにされていく。そして提案制度の導入によって企業の運営に強制的に参加させられているのである。そこから生まれる労働者の苦悩は深く、異議の声をあげれば徹底した攻撃を組合、会社からうけるのである。そういう職場状況のなかで労働者同士にどのように連帯のベルトをかけていくのか。宮寺清一の直面する文学的課題というだけでなく、たたかう労働運動が抱える模索の課題でもあった。

一九八一年の文学同盟第九回大会は、宮寺をはじめ登場してきた新しい書き手の現代の労働者をとらえる作品をとりあげて、これらの諸作品がとらえた今日の現実は、現代文学のなかではほとんど見逃されており、民主主義文学のきわだった特質と特徴付けた。

そのうえで次のようにのべた。

「こんにち職場の書き手たちが労働者の生活や労働現場の真実をえがこうとするとき、その困難性は、今日の職場に生起している変化の背景にあるものを大きくとらえることの文学的困難とあわせて、反共主義を軸にした労働戦線の右傾化によって、いっそうつよめられている。表現の自由の圧迫が職場でもいっそう進行し、職場の書き手たちは、真実をどこまで書けるかということを切実な問題にせざるをえなくなってきている」

宮寺清一は、ほぼ同時に登場してきた井上猛、米山志郎らとともに「新しい世代」と呼ばれていた（松田解子、及川和男「対談　現代労働者を描く」『民主文学』一九八一年十月号）。労働者を描く松田解子、窪田精、及川和男、中里喜昭ら先輩作家が伍する中で、井上猛、宮寺清一らの文学世界に期待する声が強まった。労働者を描く上で新しい方向を模索する議論が活発になったのであり、九回大会の決議は、その流れのなかで行われた。

九回大会の提起を受けて「労働者の現状と文学」研究会がつくられるとともに、「野分け」

が発表された一九八〇年以降、労働者をどう描くかということを問題意識にした企画が『民主文学』誌上に連続しておこなわれているのはそのあらわれである。目についたものをならべていけば松田解子、及川和男による対談「現代労働者を描く」（八一年十月号）、上原真「労働者の現状と文学」（八二年四月号）、井上猛、宮寺清一、及川和男、脇坂恭一、上原真「座談会　現代の労働者―その文学的追求」（八二年六月号）、霜多正次、中里喜昭「対談　現代を考える」（八二年七月号）、井上猛「新しい労働者像の創造」（八三年五月号）、松崎晴夫、飯野博、中里喜昭、山根献「座談会　変革イメージの追求―民主主義文学の今日」（八三年五月号）、上原真「現代企業と革命的労働者像―窪田精『工場のなかの橋』をめぐって―」（八三年六月号）、津田孝「展望をどこに見いだすか」（八三年八月号）、井上猛、宮寺清一、井上文夫、脇坂恭一、上原真「座談会　現代危機と労働者」（八三年十一月号）などである。

しかしこれらの議論の主流は、変革の展望の模索のなかで階級性の喪失という傾向に進んでいった。

「対談　現代を考える」で現代の労働者が企業主義、競争原理にとりこまれているという状況認識を踏まえて中里喜昭は、労働者の意識構造とその状況は、日本文化伝統の普遍的な特質との関連でつかまれなくてはならないと強調した。これを受けて霜多正次が、「今は労働組合運動なんかでも、階級意識一点ばりじゃだめだと思うね。日本人の意識構造、文化伝統、それを利用して敵側は攻撃をかけてきているから、そういうものをこちらも意識化していかないとね」とのべる。また井上猛はこの霜多発言を前提にして、「新しい労働者像の創造」で、「資本にすり寄る労働者がいる。それも圧倒的な数として。彼らを、弱い、ズッコケた労働者と一方的に片づけられまい。むしろ、彼らがなぜ弱く、ズッコケているのか。そこにこそ充分な文学の光をあてなければ、民主的展望などそのぞむべくもないだろう」などと強調した。

こうした論調の背景には、一九八〇年の社公合意による社会党の右転落と共産党排除路線、強まる労働戦線の右翼的再編という政治状況があるということがある。八〇年一月の同盟大会は、日米安保体制の維持を公然とうたうとともに、反共主義を前提とする「労働戦線統一」の方針を明確にした。総評もこの同盟路線に追随した。そのため労働運動の右翼的再編に抗し、階級的、民主的前進をすすめる勢力は、きわめて困難な状況に置かれて苦闘していた。その時、そのたたかい方ではだめで「共同体」と「個」の民主的再生こそ大事だという議論がどういう意味をもつのか。それは第二の反動攻勢といわれた当時の情勢に気圧されたものといえるだろう。多数の労働者が会社側に取り込まれるという状況がなぜおきるのかというのは、大事な文学的課題になりうるが、それは労働者の要求を掲げ、連帯の手を差し伸べる不屈にたたかう労働者たちの存在を踏まえてこそである。多数の労働者の意識変革も連帯の構築もそのたたかいのなかで、新しい展開がおきてくるのである。文学という名のもとに、民主主義文学運動の実質を危うくする流れであった。八三年、文学同盟第十回大会をおわっての感想（「展望をどこに見いだすか」）で津田孝が、霜多正次「南の風」をとりあげた大会での発言の問題意識として「とくに歴史的科学的な概念規定のあいまいなまま、『共同体』と『個』の民主的再生というような論調が、民主主義文学の創造に大きな影響を与えるようになっていることに対して、批判的検討が全くなされない事態は、民主主義文学の発展方向の問題として、いったいこれでよいのかということを深刻に考えさせられるようになった」とのべていることはそのことを指している。

津田孝が危惧を示した論調に対して、宮寺清一は、摂取すべきものは摂取しながら自分の文学世界で明確に対決していったと私は思う。それが「祭り囃子が聞こえる」(『文化評論』八三年三月号)であり、それに続く「和歌子」が初めて登場する「塀のうちそと」(『民主文学』八三年八月号)、「和歌子・夏」(「赤旗」連載、八五年九月〜八六年三月)、「冬の虹」(『民主文学』連載、八八年八月号〜八九年十月号)の作品である。

「祭り囃子が聞こえる」は、労働者をどう描いていくかという点で、宮寺清一がさまざまな議論を踏まえて模索したなかでの一つの到達であった。青年労働者の勝治は、二千人が働く工場の中で、鋼材を小型・大型炉、真空炉などで様々な部品をつくる部所で働いているが、彼は神輿同好会の北斗会に入れ込んでいた。息詰まるような職場の中で、北斗会の仲間は神輿を担ぐことが好きだという一点であつまり、何をしゃべっても気兼ねも遠慮もなく楽しかったからだ。若い汗を流し仲間との触れ合いに魅力があった。会社のレクリェーションなどは自主参加といいながら、参加率が問われ、決して自主的なものではなかった。だから勝治は会社の勉強会や催しよりも北斗会を優先し、上司からは冷たい目でも見られていた。

この作品では、企業のなかで分断された労働者たちが、神輿という日本の古い共同体の一つの象徴に集うことで対抗の軸を作ろうとした意図が見える。「祭りの復活は壊された俺たち自身の共同をつくることだと思うんだ。それはかつて俺たちが体を通じて感じ合えていた触れあいとか連帯感とか、つまりそれ以上の深い人間的な結合、な。北斗の中にはその芽があるんじゃないかと思うんだよ」という作中人物の言葉にもあるとおりである。これは当時の文学運動のなかで議論されていた「共同体論」の影響をうけてのものだろう。しかし宮寺清一はそこにとどまることなく、さらに作品をすすめていく。北斗会の中心メンバーの一人に不屈にたたかい続ける岩崎という人物を配し、そこで主人公にむきあわせていることである。勝治は岩崎になぜ落ちても、落ちても選挙にでるのかと問いかける。岩崎は「ひとりでも俺を支持してくれる組合員がいる以上はその人を裏切れないじゃないか、な？　今の職場の体制の中で俺に一票入れることはずいぶん勇気のいることなんだと思ってる。それでも三分の一以上の組合員が支持してくれている。これはとても大きな力なんだ。この人たちに背を向けることは人間としてできないことだよ」と語る。

平明な岩崎の言葉に込められているのは、「階級意識一点ばりじゃだめだ」というたたかう人間集団の存在の意義を軽視する議論に対する作品としての批判である。

ここで作品内容の詳細は省くが、北斗会は会社の意図的な人事異動で多くのメンバーがいなくなり会自身の存在の危機の中で、また新たな希望も生まれてくるという展開であるし、近代化で農地を奪われた都市近郊の農村出身の勝治の出自など、労働者像の造形の上でも新たな進展をみせている。

宮寺清一は、この作品のあと、松浦和歌子と浅田勝の二人を共通人物とした「塀のうちそと」、「和歌子・夏」、「冬の虹」へと書きすすんでいくのである。

作者は、この一連の作品で大胆な冒険をした。多数派組合の「新労」、少数派組合の「旧労」が対峙するなかで、主人公の和歌子を新労の婦人部長、彼女の恋人浅田勝を旧労の組合員に設定したのである。

組合分裂時は旧労の組合員から仕事をとりあげ、職場をでていけという暴力がまかり通った。その攻撃に耐えることができず、離脱する組合員もいた。いまでも浅田たちは休み時間のお茶を職場の仲間たちと一緒にのむことができないし、職場の慰安旅行や納涼会といった会社の行事からも排除されていた。そして三十九人になった旧労組合員は監視の目にさらされているのだった。だから二人の交際はごく限られた人間しか知らない。なぜこのような設定を作者がとったのか。それは一つには、会社側にとりこまれたように見える労働者たちの実際の姿を描こうということであり、もう一つは和歌子の目から浅田ら旧労の組合員の存在を見つめようということだった。そしてなにより組合は分かれていても、同じ労働者としての連帯の可能性がどこにあるのかを明らかにしようということだ。

和歌子と浅田の交流は、和歌子が印刷室に配属されているとき、そこに各職場に購入資材を運ぶ資材部の浅田が印刷用紙を届けにくる中で始まった。和歌子の婦人部長への抜擢は、組合推薦で民社党の市議になり組合の特別執行委員になっている兄の推薦があったからだ。逡巡する和歌子だったが、少しでも女性の待遇の改善に努力してほしいという婦人部の先輩らの励ましもあり和歌子は引き受けることにした。婦人部の活動は病欠者へのお見舞とか、生理用品の販売、週一回の体操教室などだが、新しい取り組みは執行委員会の承認がなければできない。かつてソックスの販売が自主的にやられていたが、その中心人物の副部長の大谷久江が新婦人にかかわっているということで、やめさせられた。大谷は和歌子を婦人部長に推薦した女性だが、彼女は和歌子を部長とする新しい体制からははずされた。

作品は未経験の和歌子が浅田との交流を深める中で、少しずつ階級的自覚を高め新労のなかにあっても、大谷らの勉強会に密かに参加するなど成長していく姿を追っていく。

そして浅田との連絡に一役かう労働者の存在など、旧労に敵対する新労の中にも「太い地下茎」のように広がる連帯を描いていく。

一方会社側は、「会社再建に関する緊急提案」を示し、三百八十五人の希望退職をつのり、指名解雇もあるとした。結果、希望退職を拒否してたたかった三十九人の旧労のうち二十九人が解雇されるにいたる。「冬の虹」では激しい攻撃のなかで、労働者を守る労働組合、共産党の存在の意味について深い意味づけをおこなっている。これはたたかう労働者の存在を軽んじた一連の議論への、宮寺清一の直接の回答でもあり、和歌子と浅田の物語のハイライトである。

「だが今は会社が、つまりは資本の側が俺たちに攻撃を仕掛けてきているのだ。俺たちに、ということは全金支部というだけではなく、つまりはヤシマに働く労働者全体に、ということであり、ここで俺たちが立ちすくんだり怯んだりすることは全体がぐいっと押しやられることになるのではないか。だから敵に背を向けることはできないし、たたかう以外に道はないのだ。このヤシマ計器の中に少数とはいえ厳然と全金支部があり、そのことで同盟労組の組合員にも励ましを与えつづけてきたし、逆に彼らの組合の反組合員的な姿を照らし出している。そしてそのことによって彼らの組合が率先加盟している全民労協という組織がどのようなものか、その右翼的潮流が日本の労働運動全体をどこに導こうとしているかをもはっきりさせている。もちろんストレートではない。管理体制の強化と全金支部組合員への徹底した差別を目のあたりにして、誰もが首をすくめ、口を固く閉ざしている。けれど、まさに労資一体となった攻撃が強まれば強まるほど、コトの本質は明らかになってくるし、明らかにしていかなければならないだろう。そのとき俺たちは毅然とした態度を崩してはならないのだ」

浅田たちのこの確信は、組合の機関紙を五年余、雨が降っても雪が降っても工場門前で配り続けてきたこと。また春闘アンケートの収集などで同盟労組の組合員の自宅を繰り返し訪れていたことなどの地道な活動に裏付けられたものである。

配置転換によって異動させられた部署で、職場改善をめぐって新労の組合員との共同や交流が生まれたりなどの状況など、厳しい冬の時代にも虹がかけられていく姿を作者はしっかりと描きこんでいくのである。女性問題を理由に攻撃され脱落する歴戦の共産党員もいるが、一方浅田の熱い情熱で再びたたかいに復帰する党員、新労でともにたたかいながら入党を拒否していた労働者の入党など作品は単純でない現実を描きこんでいく。しかしそのすべてに少数になっても崩れないたたかう部隊、旧労と共産党の姿があるのである。

和歌子と浅田の恋愛は、労働運動の厳しい冬の時代の職場にかかる連帯の象徴である。簡単ではない二人の恋愛の成就に向けての結末は、宮寺清一が文学的テーマとしてきた、結論といえるだろう。

私は宮寺清一が亡くなった時（二〇一四年一月）、彼が文学で見つめようとしたのは人間の美しさであると書いたことがある。連帯するために、「むしろ挨拶を返してくれない職場の仲間たちが抱えている苦しみを苦しみとして、悩みを悩みとして感じとる感性こそ必要なんだ……」と浅田が和歌子に語る場面がある、絶望せず相手の心をたたき続ける人間集団、どんな嵐でも仲間同士で持ち続ける正義の心。たたかいを描きながら宮寺が追い求めたものはそういう人間の美しさであったと思う。そして労働の中で人間的絆が育まれる時代と社会の再生をと。

宮寺清一が切り開いてきたこの文学的主題は、さらに現在連載中の田島一「時の行路」、井上文夫「青空」へとつながっている。今日の労働者が置かれている状況は、反共的労務政策の破たん、派遣労働者の急増、外資系企業の増加など宮寺が描いた時代とは質的にも随分と変容している。同時に多数の未組織労働者にどう連帯の手を差し伸べていくのか、現実に繰り広げられる人間ドラマを前に、描くべき文学世界はさらに広がっているといえるだろう。

たたかう人間像を刻む
――佐藤貴美子の文学世界

佐藤貴美子は一九六四年に「千代」という作品でデビューした。第二回文化評論新人賞を受賞したのである。以後、二〇一四年に八十一歳で亡くなるまでの五十年間に私の知る限り『民主文学』『文化評論』『女性のひろば』、「しんぶん赤旗」に発表した作品は十九作である。多くはない。意外な感じもするが、一九八三年の新聞連載「母さんの樹」の発表以後、「桜子」、「父さんのシルクロード」、「銀の林」、「われら青春の時」と、多くの読者の心を捉えた印象に残る長編作品を二十年余の間に発表していることが、読者の多くに強い印象を残している理由だろう。

佐藤貴美子という作家の成り立ちを追う中で、今日の私たちが受け継ぐべき彼女の文学について考えたいと思う。

佐藤貴美子はどういう道で小説を書こうとしたのか

昭和一ケタ世代の女として育った佐藤貴美子は、家庭をとるか、仕事をとるかという二者択一のなかで育った。生活力のない父親に対して、女手で家族を支える母親の信念は、「おとうちゃんをもりたてて家を栄させる、それが女の道」というものだった。彼女は十五歳で職業安定所の給仕として働きに出るが、仕事を終えても家では母親の片腕として既製服のまとめという内職が待っていた。毎日の窒息するような生活の中で、大きく息をして自分の思うとおりに生きたいという精神の自由を求める気持ちは強まるばかりだった。

電話局に転職してから労働組合や読書サークルに参加する日々が、その思いをさらに加速させた。男の犠牲になる女の生きかたはおかしい、女だって自由に生きていいはずだと考える佐藤貴美子は、「女の道」を説く母親とくりかえしぶつかり、家をでて一人で生活するようになる。結婚してからも仕事も子育ても存分に生きたいという姿勢は変わらなかった。そのときに直面したのが保育の問題だった。当時は働く女性を支援する社会的環境はほとんど整備されていなかった。佐藤貴美子の記念すべき作品「千代」は、彼女にとっては書かれるべくして書かれたものだった。

かつて窪田精は、文学を志すには二通りの道があるといったことがある。一つは小さい頃から文学が好きで、文学青年的な生活と文学修業を続け、商業ジャーナリズムへの進出を狙う道。もう一つは最初から文学を志すのではなく、早くから社会の現実に身をおき、その中で職場の現状、自分の存在などについて考え、矛盾や憤りを感じて、「だれかにこのことを訴えたい、知らせたいというような思い——つまり自己表現の欲求をもつようになってくる」と。窪田精は、自分は後者の方だったとのべている。

佐藤貴美子という作家も後者に属し、家庭や職場のいいようのない軋轢の中から、文学の方向へ歩んできた。第二回文化評論新人賞を受賞した「千代」は、彼女が民主主義文学の書き手として知られるようになる記念すべき作品だが、働き続けながら子育てをするために、自分の家のアパートを保育所にして、同じ境遇の母親たちが集まって共同保育をした体験を書いた作品である。保育体験のなかで、「保育所は、親が働きたいというエゴのためにだけにあるんではない、子どものためにこそ必要なんだ。そういうことがわかった時に、わたしはほんとうに胸がひろがるような思いがしました」とのべ、「この発見を小説に書きたい」と書き始めた。しかし、思いは先に立つが、小説に仕上げる力はない。そのためまわりからはごちゃごちゃで「下手な中華料理みたいな小説」と酷評されるが、「わたしには言いたいことがある。わたしは、発見したこのことを表現したいんだ」と、あふれるような思いを小説にぶつけていくのである。

窪田精が南方のトラック諸島の春島で、流刑囚として労役に服し、わずかな生き残りの一人として終戦を迎えたときに胸に秘めた思いは、この悲惨な実態と死んでいったものの無念を必ず書き残したいということであった。このような熱い思いは佐藤貴美子にとっても文学に向かう原点であった。

マグマのように彼女の心の中に生まれた文学の初心は、時代の中でもがき、苦しみ、しかし人間としての輝きをもとめて生き抜く女たちの造形として、体験的世界からさらに広がり、発展していくのである。〝不器用〟な作家である佐藤貴美子の歩みを振り返るとき、他人の手を衒いもなく借りて取り込んでいく「サトー式創作方法」といわれる道のなかで、一人の作家として自立して成長していく姿を驚嘆の思いで見ざるを得ない。

佐藤貴美子の成長を考える上ですぐれた助言者に恵まれたことも幸運なことであった。勤務と保育所運動という多忙のなかで、小説を書くことは大変なことであった。もっと文章が書けるようになってから小説に向き合ったほうがいいのかもしれないと、めげる彼女に師と仰ぐ、彼女が加わるサークル若潮会の久永春男が「ものにはしゅんがあって、ひとにはその時でなければとらえられぬ感動があり、表現の仕方がある。いま書くのです」と背中をおしてくれたのだった。

私は、佐藤貴美子の記念すべき作品「千代」を再読して、その迫真性に強い感動を覚えた。働き続けながら子育てをするために、自分の家のアパートを保育所にして、同じ境遇の母親たちが集まって共同保育をした体験を書いたこの作品は、主人公の千代が電電公社の庶務課で働き、夫の明夫は同じ電電公社の施設部におり、その二人に子どもが生まれるという設定である。「千代」は、古い住宅公団の一室で、早産であったため保育器にいれられ、大学病院にはいっていた赤ん坊を待っている場面から説きだされる。

「産後、四十日あまり経た千代のからだは、もうすっかり回復していた。子供を産んで、からだ中が、みずみずしくなった。力が指の先までみなぎっているのを、千代は感じる」という冒頭の一節から、母親となった一人の女性の内奥からにじみ出るような生の発露を読者に伝える。しかし千代は赤ん坊が脳性小児麻痺という障がいをもって生まれてきたことを初めて知り、愕然とする。その絶望の中から奈津と名づけたその子を働きながら育てていこうと決意するのである。「千代は、ベッドの柵をにぎりしめた。くだけるほどににぎりしめて、それからそろそろと手をのばして、奈津をだきあげた」。千代の内面の変化を見事に作品は描く。佐藤貴美子は、心の内面を作者の言葉で説明するのではなく、描写を的確にすることで読者に伝えるという特徴をもっている。

共働きをしながら障がいをもつ奈津を、遠くにいる仲人の家にあずける日々が続く。二歳を過ぎても奈津は首がすわらない。足がなえている。職場からまっすぐに帰っても、仲人の家をでると六時を過ぎる。奈津を抱いて夜道を歩く千代は、うすぐらいなかでしっぽの短い汚れたのら犬をみつける。その貧弱な犬を奈津にみせるために、「ほら、奈津、みてごらん、わんわんよ」と奈津のおしりをもちあげるが、犬は驚いたように逃げていく。「千代もかけ出した。のら犬の、たよりなげな姿は、すぐ夕ぐれのなかに消えた。夕ぐれの空に煙が流れた」。世間の健康な子どもとは違う、障がいの子を抱えて、「陽の照るなかで、花や蝶や、犬も猫もみせてやりたい」という千代の切ない内面がせつせつと伝わる場面である。

団地で共同保育をしようという人と出会い、千代は自宅のアパートをそれにあてる。狭い部屋をやりくりして共同保育が始まる。自宅を保育所にすれば、遠くまで奈津をあずけなくてすむ、働き続けることができる、そんな千代の思いだった。保育中、一人の男の子が奈津の手から何かを奪おうとする。「ふーうっ」という奈津のおこった声。千代が駆け寄ろうとすると、保母がさえぎった。ここは大人が手をだすことをやめて、子どもどうしの交流を大切にしているというのだ。奈津の内側にまくれこんでいる指を男の子は開かせようとしている。必死に握り締める奈津。しかし握っていたおもちゃのかけらを奪われる。全身で悔しさを表す奈津。それをみていた千代は、とめどなく涙を流すのである。

男の子がとりにくるまで奈津は自分がものをにぎっているということも自覚はしていなかった。男の子に取られまいとすることで、奈津は初めて自分を意識し他人を意識し始めたのだと千代は思う。「親の私が出来ないことを子供たちがしてくれるかもしれない。保育所がしてくれるかもしれない」。千代の得心した思いである。

もちろんこれは佐藤貴美子自身のことではないが、実際に目撃した場面でもある。共同保育のなかで彼女自身が体験し得心した思いを、このエピソードに託している。この発見と感動を伝えたいということが、この作品を彼女に書かせた強い動機である。

産む性としての女の生命力、障がいをもった母親の苦悩と必死さ、共同保育の実践と感動——そして何よりも働きながら人間として生き抜いていく千代の造形は、あたらしい時代を迎えた昭和一桁世代の女性たちの共通する姿であった。そのどれもが、その後の作品世界の土台となっているのである。

小説で苦労しているときに三菱重工業をレッドパージされ、不当解雇撤回闘争を続け、結核で入退院を繰返し、五十三歳で亡くなった田中稔の言葉が胸にしみている。「働いている人の気持ってのは、顔で笑って心で泣いて、さらに身体では怒って、もうひとつ理性ではあきらめている。それぐらい複雑なんですよ。そういう人びとの、心の奥のおくの、血の流れているところに迫るには、どうしたらいいか。作者の精進のしどころですね」

佐藤貴美子は、この田中の言葉を終生実践したのだと思う。血の通った人間をどう描くか、職業病に苦しむ女性、子どもの不登校に悩む女性、解雇撤回闘争を戦い続ける女性。そのどれにも心の奥の血の流れているところを描こうというところに、佐藤貴美子の刻苦があるし、読者に強い感動を与える要因なのである。

四年後に書かれた「ダイアル」

職業病の実態と悲劇は、彼女にとっては多くの人びとに知ってほしいという特別なものだった。一九八七年から八九年にかけて書かれた「桜子」は、その問題の集大成とも言うべき作品だが、その原型となる作品「ダイアル」が、「桜子」執筆のほぼ三十年前の一九六八年に書かれているのは注目すべきものである。ここであつかわれている職業病の頸肩腕症候群は、技術の進歩や、新しい職種が増加するにしたがって発生してきたもので、それゆえに社会的認知はおいついていなかった。私の知る限り、正面から職業病を扱った作品はなかったのではないか。「ダイアル」の主人公は二十八歳の交換手、岡田早枝子である。労働組合員であるが、活動家ではない。早枝子は父親のいない家庭で、和裁の仕立てに追われる母親にかわって小さい頃から炊事をした。電話局に就職し、弟の学費も援助し、家計を助けて働いていた。白亜の近代的な電話局の建物をみせたいために、誇らしい思いで弟をよんだりもした。そして弟が結婚することになり、若い義妹もくる。本来なら新しい生活の始まりだった。しかし早枝子は一年ほど前から右腕に異常を覚えるようになり、激しい痛みにさいなまれていた。彼女が勤めるN市外電話局では全国自動即時化という合理化方針のもとに、交換手がダイアルして直通でつなぐ局が急増した。交換手がダイアルをまわす回数が三倍になったのである。以来、早枝子だけでなく多くの交換手が体の異常を覚えるようになっていたのである。

激しい痛みを何とかしたいと彼女がたどりついたのは、アカの病院といわれる診療所だった。そこで中年の女医は、いろいろな職場で合理化がすすめられて、医者でもはっきりわからない病気がいっぱいでてきている。色々な病気が作られていること、まだ絶対という治療の方法がないこと、医者と患者が力をあわせて治療法をみつけていかなければならないと話すのであった。そして大切なのは働いている職場の労働条件、環境をかえなければ、いくら治療しても何もならないといわれる。

当時早枝子の属する組合の中央本部は、四・二〇ストで組合員の半数がうけた昇給三ヶ月ストップの処分の回復と引き換えに、夏季手当てについて成績不良と認定した二％の職員は一割削減の差別扱いを認めるという秘密の了解事項を公社の本部と結んでいたのだ。苦痛を訴えれば成績不良社員として差別を申し出るようなものだと早枝子は考えていた。そのことが早枝子の病状を悪化させていったのだった。

早枝子は診療所の看護婦に「むちうち病対策大会」という場にさそわれ、自分と同じような病におかされている多くの人びとに出会う。患者の多くがはっきりした治療法がなく、かつまわりからは見た目にはなんともないから精神に問題があるのではないかと理解されない苦しみを味わっている。「つくられた病気のひとがこんなにたくさん」と思わず感じた早枝子は、頸肩腕症候群の原因は何かと思わずにはおれなかった。

組合の上部の人との懇談の場がもたれ、交換手たちは、生理不順、不妊、流産など多発の実態と合理化の関連を訴えた。しかし、組合の指導部は認めない。黙って聞いていた早枝子は思わずビンのふたをねじることができないこと、洗濯物をしぼるのも不自由な体の異常のこと、体の故障があれば手当を減らされるだろうと思い誰にも言わないでいたことを訴える。しかし、組合の指導部は、組合の決定に反対する意見だとして相手にしない。

この職場集会いらい早枝子は無気力に陥っていた。家族にも自分の病状が理解されず、義妹との関係もうまくいかず弟夫婦は家をでてしまう。そんなとき交換手の仕事の能率を監査する「能率監査」を早枝子は受けることになる。ストップウォッチを前に、十年選手の早枝子はベテラン振りを発揮してスピーディーに電話をつないでいくが、激しい激痛に襲われ倒れてしまう。職業病ではないかと訴える早枝子に会社の医者は、職業病はそう簡単にはおきない、家庭に問題があるのではないかと、精神病院を紹介するのだった。早枝子は医者の紹介状を握りつぶす所で作品は閉じられる。

労働者の命が企業の合理化によって蝕まれていること、本来労働者の命を守るべき労働組合が会社と一体となって事態の悪化を加速させていること、点描される自覚的労働者の役割、労働者の立場にたった医療関係者の努力など、作者は一人の女性労働者を要にして職業病をめぐる現実を広く構造的にみている。

この早枝子の苦悩はより大きな視野から、三十年後の長編「桜子」へ結実していくのである。

「桜子」のあとがきで作者は次のように書いている。

「電電公社（現ＮＴＴ）における患者発生の歴史を辿る中で、はっきりしたことがありました。それは労働組合が企業寄りになって、労働条件の悪化とたたかわなくなったことと、職業病の発生とが見事に一致していたのです。あまりに正直なその因果関係に愕然《がくぜん》として、労働組合の右傾化ということが、人間の人生からどれだけのものを奪うかを考えずにはいられませんでした」

「わたしに力を与えてくれたのは、各地の患者会との出会いでした。むごい病気と正面から向き合い、助け合いながら、倒れては起き、起きては倒れ、という遥かな道程《みちのり》を、ともに歩きぬいて、病気を治してきた女《ひと》たち――。それだけではなく、労働者が再びこのような犠牲にさらされることがないように、たたかいに立ち上がった女たち――。」

「ダイアル」の結末では、主人公の早枝子のその後は暗示的である。早枝子はこの個人的苦難をどのように打開していくのか、佐藤貴美子がいうように「労働者が再びこのような犠牲にさらされることがないように、たたかいに立ち上がった女たち」に文学的に収斂していくことは、ストレートにはいかなかった。これは職業病とのたたかいに限らず、「たたかいに立ち上がった女たち」を作品の主題としていくには、いくつかの模索があった。

工業地帯から吐き出される汚染された風が吹く、一人住まいの母を介護に訪れる娘を描いた「風の日」(一九七一年)。頸肩腕症候群の苦痛に耐え切れず精神の均衡を失い、壁に囲まれた精神病院に閉じ込められる女性を描いた「白い壁」(七四年)。合理化がすすむ職場で組合運動にかかわる女性の成長と恋愛を描いた中編「女たちの季節」(八〇年)と、その第二部の「夏のはじまり」(八一年)。管理と受験競争のなかで登校拒否になる子どもをもった、働く母親の苦悩をとらえた「母親たちの夏」（八一年）などを十年余にわたって、作者が見聞し、体験した世界をさまざまに描き続ける。

しかし八四年に「母さんの樹」の新聞連載以来、佐藤貴美子の世界は、たたかいに立ち上がった人間群像へと収斂していく。その作品世界に、それまで描き続けてきた、組合運動、職業病、家族、子どもの不登校などの現代性のある題材を取り込んでいくのである。どのような不合理な現実に直面しても、屈せずに生きぬいていく人びとを応援し、彼女彼らの人間としての美しさを描きあげたいという欲求であった。それまでの作品は、その後の一連の長編作品のための助走であったかのようでさえある。たたかうということは、狭義の階級的闘争だけを言うのではない。人間としてまっとうに生きる、生きぬくということである。佐藤貴美子もそのように考えていた。

「母さんの樹」の旅立ち

「母さんの樹」の新聞連載の執筆は、佐藤貴美子の作家としての成長に画期をなすものだった。この連載執筆の決意へのいきさつについては彼女自身いろいろなところで発言し書いているが、やはりそれは清水の舞台から飛び降りるようなものであった。

連載小説を書いてほしいと言われて、すぐに断ったんです。〝わたしは、いままでに百十三枚しか書いたことがないのに、五百枚は要るというような小説はぜったい書けない。それから、八時半から五時まで毎日働いている家庭の主婦なんです〟。そういうわたしに、記者さんは帰りがけにこう言われました、「佐藤さん、いま何か書きたい小説はありませんか」

わたしはその時、思わず言っちゃったんです。それは、雪にうずもれた新潟で、二十年もひとに知られずにたたかっている、わたしたちの道をひらいてくれた人だ……。子どもが荒れて……、と言ううちに涙が出てきちゃった。そしたらその人がこう言ったんです。「佐藤さん、作家が涙を流して書きたいと思う小説は、読者も必ず涙を流して読んでくれますよ」。

エピソード的に紹介しておけば、この記者というのは、当時の池上芳彦「赤旗」文化部長のことである。彼は教員出身で、教員当時「池上実践」として教育学者の矢川徳光が言及している人物であった。人の心をつかむ教育者であった経験をもつ記者との出会いもまた、佐藤貴美子を本格的な作家に押し出すきっかけになったのである。この連載小説への決意は、彼女の作家としての飛躍となった。

さて「母さんの樹」は、電電公社の不当解雇にたいして、労働組合の支援も断ち切られながら二十年間にわたって裁判闘争をたたかいつづける二人の争議団、その一人の川島芳子を描いた作品である。この作品がすぐれているのは、どのような苦難にも屈せず、前を向いていきていく人間を彫り深く描いたことである。「母さんの樹」が書かれたころは、労働者を描く課題として労働者をどう描いていくのかということが議論されていた。その一つとしてたたかう労働者を描くことの意味をめぐってさまざまな議論がくりひろげられていた。

文学運動内では現代の労働者が企業主義、競争原理にとりこまれる労働者の意識をつかまえるためには、彼らの意識を日本文化の普遍的な特質との関連でつかまれなくてはならないなどという主張が繰り返されるようになった。つまり会社側の卑劣な攻撃よりも、労働者の多くが会社側の組合に走る背景には日本文化の特質があるんだという形で、労働現場のきびしいせめぎあいから目をそらそうとする主張を展開した。それに対してたたかう労働者の人間像をより深く描くことの意味についての解明もされた。佐藤貴美子の「たたかいに立ち上がった女たち」への関心は、そういう文学運動の課題に応えた試みの一つであったと位置づけることができる。

「母さんの樹」の川島芳子は、「非道な権力に頭を下げちゃあ、日本の女がすたる」というのが十八番の女性であるが、しかし彼女は争議継続の資金獲得のための下着の行商の日々のなかで、争議と子育ての矛盾、たたかいの輪がなかなか広がらない苦しみを抱える人物であった。作者はよく取材し、同時に取材対象を自分のなかに取り込むことで一人の積極的人間像を描き上げることに成功した。夫が夜勤で、一人で家にいる小学校の一年生の息子・隆を思い、走るようにして帰る。家の卓袱台の足元に隆が犬の子のようにころがって寝ている。「頰にひとすじ涙のあとがあった。カギッ子の一年生は、ひもじさと心細さに泣きじゃくりながら寝入ってしまったのだろう。隆の心根を思って、芳子は唇を嚙んだ」という主人公の辛い内面にせまる描写から説きだされるこの物語は、家庭崩壊の危機を体験しながら、なぜたたかい続けることができるのかを問い続ける。同時に芳子の親友で後に共産党の地方議員となる勇子の息子の登校拒否問題、職業病の頸肩腕障害で家庭も体もずたずたにされる桜子など、これまでの諸作品の達成をとりこんでいく。そして、彼女がたたかいつづけることができるのは、夫、友人、仲間たちの存在があってこそであることがリアルに描写されていく点も注目すべき点である。この作品を読みながら、こういう風にして民衆のたたかいを描き、その人間像を豊かに造形していく民主主義文学の日本文学における存在の意味と、運動全体として佐藤貴美子のような労働者作家を生み出したことに改めて括目せざるを得なかった。

佐藤貴美子は「母さんの樹」を書き上げた後、国鉄民営化で激しい攻撃と差別に屈せず、鉄道労働者としての誇りを失わずたたかい続ける男たちとそれを支える女たちを描く長編「父さんのシルクロード」に向かう。彼女にとって書き続けてきた電話労働者の世界から別世界への挑戦であった。この作品は「母さんの樹」の文学的達成がさらに豊かに結実しているだけでなく、一人の作家として大きな羽ばたきを開始したことを実感させるのである。

企業の「合理化」攻撃、それに加担する労働組合の右傾化とたたかう労働者を排除するなかで、労働者の体と心を破壊する職業病が多発したことは「ダイアル」「母さんの樹」「桜子」などが描きあげたことだが、会社と迎合する組合が一体となった国鉄労働者への民営化攻撃もまた、鉄路の安全を犠牲にした。資本と労働者、国民との関係を構造的に浮かびあがらせたことも佐藤貴美子の功績であった。今思うと佐藤貴美子は稀有な作家であった。その作家をうんだのは、草の根の文学運動であったことも忘れてはいけない。

参考文献

佐藤貴美子著『わたしのカルメン』(青木書店・一九八六年)
文学同盟発行『文学入門—創造と運動』(一九七〇年)
佐藤貴美子「労働者として、母親として」(『民主文学』一九九一年一月号)

IV

本庄陸男「白い壁」

1

本庄陸男は、北海道出身の作家で、歴史小説の大作「石狩川」を発表した数カ月後、肺結核のため三十四歳で亡くなりました。太平洋戦争に突入する二年前の一九三九年のことでした。本庄陸男はプロレタリア文学運動の困難な時期に運動を支えて献身した作家です。しかし、彼の名前が作家として印象づけられるのは、作家同盟が解散（一九三四年）した後に発表した作品「白い壁」でした。北海道に育った私は、中学生の時、長兄からすすめられて「石狩川」を読もうとして挫折した体験があります。読み物的な面白さを期待していた少年にとって、荷が重かったのでしょう。ですから、あらためて本庄陸男と向き合ったのは、プロレタリア文学に関心をもってからのことです。また、本庄陸男が外部には秘匿された日本共産党員であったということも、関心をそそる要因でした。彼の代表作の一つといわれる「白い壁」を中心に、作家本庄陸男について考えてみたいと思います。

本庄陸男は一九〇五年（明治三十八年）二月に北海道当別村（現当別町）で生まれました。陸男はその父の一興と母ハヤは佐賀県人で、一八九五年（明治二十八年）に入植してきました。陸男はその六男でした。九歳の時一家の破産で、オホーツク海に面した渚滑《しょこつ》村（現紋別市）というところに、再入植します。紋別高等小学校を卒業、十五歳の時尋常小学校の代用教員（当時北海道にあった少年訓導）をしたり、村役場の臨時雇いで働いたりしながら、樺太にわたり兄の勤めていた製紙工場で師範学校に入るための準備をします。少年のころの開拓農民の生活は貧しく、本庄陸男の最初のプロレタリア文学の作品といわれる「北の開墾地」には、食べるものにも事欠く開拓民の生活が描かれています。本庄陸男は貧しい生活のなかで受験の準備をし、青山の師範学校の本科の試験に受かり、一九二一年、十七歳の時上京します。

この年は、マルクス主義の立場にたつ文学者、知識人も参加する反戦、平和と国際連帯の文化運動誌である『種蒔く人』が創刊され、日本社会主義同盟とつながりの深い山川菊栄、堺真柄らによる「赤瀾会」が結成されています。「赤瀾会」のメンバーは、メーデーで警察の弾圧のなかで旗を掲げて参加。秋の陸軍大演習では反戦ビラをまくなどの活動をおこないました。本庄陸男は人民的な運動が盛り上がりつつある時代の東京で、師範学校生活の四年間のスタートを切ったのでした。本庄陸男が上京したとき、同じ北海道出身の作家の小林多喜二は、十八ます。

歳で、小樽高等商業学校に入学していました。後に二人は作家同盟という舞台で席を同じにします。

本庄陸男は師範学校では非常に優秀な成績で、同人誌をつくったり文学的関心をつよめていました。本庄は一九二五年に、東京一の名門校といわれた本郷の誠之《せいし》小学校に赴任します。在学中の成績優秀が認められたのではないかと、師範学校時代の後輩の木戸若雄はのべています（一九六八年、教師の友社発行『橋梁』解説）。この誠之小学校は宮本百合子が通った小学校でもありました。

本庄陸男はこの誠之小学校を四年でやめ、希望して東京下町の深川の明治小学校に移ります。この明治小学校が「白い壁」の作品モデルとなるのです。本庄がなぜ誠之小学校から離れたのか。このときの教師体験を土台とした作品に「重荷」（一九三四年『文化公論』三月号）があります。

上級学校入学率が全国一を誇る公立小学校で教鞭をとる野村という先生が主人公です。この小学校では、教師たちは朝七時に出勤すると夜の八時、九時まで働いています。校長による抜き打ちの試験がおこなわれ、どのクラスが優秀かの成績検査がおこなわれ、教師たちは互いに競争させせられるという毎日。主人公の野村は校長からクラスの成績が一番劣っているとはっぱをかけられ、「馬車馬の俺たちは無理な積荷のために呼吸がきれそうだ」と吐息をもらすのです。何人上級学校の試験に受かるのか、それが「教師にとっては自分の価値評価であった」とも書かれています。

また「失業教員」（一九三〇年『教育時論』第一巻第二号）という作品には、前は山の手の立派な学校の先生をしていたという主人公の述懐として次のように書かれています。

「何しろ、非生産的なブルジョア階級は鼻もちならぬ。自分は生まれたときから食うや食わずで育てあげられたんじゃあないか。そうでなければ、兵隊屋敷みたいな師範学校にこづきまわされて、こんな半端な人間にならなかったろう。で、どうせ教員をするなら生産階級の児童に接してみたかったわけである」

「非生産的なブルジョア階級は鼻もちならぬ」というのは、本庄のいつわらぬ感情でした。「重荷」のなかで教師の野村は、生活のために、特別に頼まれたものの家庭教師を引き受けます。それがまた子どもの進学率を高めることにもなるのです。田舎に莫大な田地を所有しているという主人に次のように言われる場面があります。

「子供の教育のために――と彼女は尊大らしく野村に話したのであったが――わざわざ東京に家を建てて彼女たちを住わせた。夫人はその子供を、一中・一高・帝大と進めるのが理想であった。そのためには『あたくしの一生を捧げるのも悔いませんわ』そして卓に積みあげた参考書の山に、子供よりも彼女の方が満足した。『ほほ……何て美しい決心でございましょう――』」

彼女たちの「美しい決心」が、「食うや食わず」で育った本庄にとって「鼻もちならぬ」とうつったのは当然でした。「生産階級の児童」に接したいという本庄の思いは、猶予ならぬものであったにちがいありません。

このような本庄の思いを加速させたものに当時の社会状況と彼の社会的自覚の高まりがありました。

本庄陸男が誠之小学校に入った一九二五年に細井和喜蔵の『女工哀史』が刊行され、過酷な労働と貧困が暴露されました。また北海道の小樽高商では軍事教練反対闘争がおこり、全国に波及しました。二六年には共同印刷や浜松日本楽器の大ストライキなどがあり、二七年には銀行の取付けが広がり、鈴木商店の取引停止など金融恐慌が深刻な広がりをみせていました。本庄もいくつかの作品で書いていますが、弁当をもってこられない児童、教師の給料の据え置き、児童の親たちの失業などが深刻な状態になっています。一九二九年十月のニューヨーク株式市場大暴落に始まって、資本主義世界は大恐慌におそわれ、三〇年には日本にも波及。経済恐慌は全工業部門に波及し、空前の失業地獄をうみました。

本庄は師範学校時代の仲間で『義足』という同人誌を発行（二七年）します。本庄陸男はそこに小説を発表していますが、このグループが教育労働運動の源流となった小学校教員連盟などに発展していったようです。社会の矛盾が劇的に広がるなかで、教育の矛盾をなんとかしようと、実質的な運動へと文学青年たちをつきうごかしていったのでしょうか。本庄は、二七年十一月に結成された前衛芸術家同盟、二八年日本左翼文芸家総連合の結成に参加し、プロレタリア文学の運動に参加していきます。またプロレタリア科学研究所の所員にもなります。

三〇年には、小学校教員連盟の結成に加わり、その活動家として明治小学校を免職になります。

この免職について「失業教員」は次のように書いています。

「赤化宣伝をしたわけではないし、生活権の擁護位を問題にしているのが、それほど危険思想なら、小学校教員なんて犬の様に暮らさなければならなくなるだろう」

天皇制教育の実質を担わされた教師たちの無権利状態、生活を守れという当たり前の声さえも圧殺される当時の教育現場。教員連盟の結成も秘密裏におこなわれていたようですが、察知され弾圧をうけたのでしょう。当時の検事局の資料によると本庄らの『義足』について、「当時思想的傾向は殆ど無く単なる文芸団体たるに止まり居りたるが、廃刊と同時に小林、佐野、渡辺等は青年教育家連盟、本庄、松永、上田等は教育批判会等を組織するに至れり」と書いています。彼らの自主的な動きは当局の知るところだったといっていいでしょう。

教員を免職された後の本庄について簡単にのべますと、一九三〇年に設立された新興教育研究所の常任委員になります。三〇年八月に刊行した教育論文『資本主義下の学校』は、教育運動にとりくんだ本庄の一つの集大成でもありました。この本は刊行と同時に発売禁止となります。一九三一年の作家同盟第四回大会で中央委員に選ばれ、財政部長、農民文学委員長、東京支部長になります。小林多喜二もこの大会で中央委員になり、その後執行委員会で書記長に選ばれます。小林多喜二と本庄陸男はそれぞれの歩みをしてきましたが、ここで人生的な交差をするところにある種の感慨を覚えます。本庄は一九三二年に日本共産党に入党、度重なる検挙をうけながら、小林多喜二や宮本顕治らが地下活動に入ったあとの困難な時期を、作家同盟の活動に献身します。この期間に作品が少ないことが指摘されていますが、責任ある立場にあるものとして作家同盟の支部の組織化など運動の多忙が寡作にさせたといっていいでしょう。

2

「白い壁」は、日本の教育と社会の現実を東京下町の小学校の「低能児学級」の児童と教師を通して描いた作品です。さきほど紹介したように、この作品は本庄が赴任した明治小学校での体験を土台にしたものです。この時代に「低能児学級」、いまでいう障害児学級があった理由について、木戸若雄は次のように書いています。

「この学校での体験が、後に『白い壁』に結実した。そのために、この学校は貧民街にあって、特別の保護を要する貧児や精薄児の集まりとみられ勝ちだが、これはとんでもない誤りである。明治小学校はこの地区でももっとも歴史の古い、しかも『深川の学習院』ともいわれた、いわばこの地域の名門校であった。それなのに、なぜ『白い壁』のような学級があったのか。当時、この学校の教頭に相沢修一がいた。この人はたしか東大出の文学士ではなかったかと思うが、本庄より一年早くきて教頭在任四年、校長に昇格してさらに五年間ここで過ごす。その前後九年にわたって、青木誠四郎の指導をうけ、知能別学級編成という特殊研究に没頭した。そのしわ寄せが本庄にまで及んで、ああした学級を持ったのだと思う。なお、このとき本庄は四年生の担任であった」（前出『橋梁』解説）。

この木戸解説は、ほぼ「白い壁」の作品世界と重なっています。

「城砦型に建てられた鉄筋コンクリートの小学校は、雨の日は見事に出水する下町の中で目立って聳えていた」とあります。関東大震災で焼けた町のなかに新しく建てられたこの学校は、子どもたちの視力を痛めないために、採光設備を整え、内部の壁という壁はまっ白く塗られていました。校長は、「校舎を清浄に」保つことを第一に考える人物で（それが、学校を見に来た議員や視学がもっとも最初に気づく教育的成果であり、自分の出世にも結びつくから）、朝礼でも「日本の国をよくしようとする」なら、「一生懸命に掃除」して「この学校をよくしよう」などというのです。

学校というのは主役は子どもたちのはずですが、施設の管理こそ大事で、子どもたちのことは従というこの校長の教育観は、現代にも共通する日本の教育のゆがみです。

このような学校にあって、「低能児学級」を担任する教師の杉本は、「何とかして子供たちも人並みにしたいと奮闘」しています。「教員の咽喉笛をにぎっている校長」に担任を申し渡された、極貧の生活のなかで育ってきた杉本は、貧しい生活のなかで学校に通ってくる「この低能児組の受持に恰好した自分を発見」しています。

「白い壁」が優れていると感じるのは、当時のプロレタリア文学にしばしば見られた描写の生硬さ、政治的な生の言葉がほとんどなく、描写に徹していることです。たとえば、教師と生徒の関係をしめす冒頭の描写は、それだけで杉本と子どもたちの関係が信頼で結ばれていることを読者に生き生きと印象づけています。

富次という生徒が、朝礼に遅れて雨の中を泥足で学校に飛び込んできます。「低能児学級」の生徒に理解のない使丁が乱暴に子どもをどなりつけます。

「杉本はなま温い両方の掌で、冷えた富次の頰を挟んだ。小供は上眼づかいに怖る怖るそれを見あげる。それを見あげる尖った顎から頰にかけてまっ黒い鬚がかぶさり、眼鏡の奥で黒い瞳が見つめていた。富次は漸くそれが自分の受持教師であることに気づいた。すると彼は紫色の歯ぐきを出してにこりと笑い、早速喋りだした」

使丁にどなられ、脅え、冷えた子どもの頰を両手ではさみ、見つめる。ここに教師と子どもの関係が温かい信頼関係で結ばれていること、教師が校長の側ではなく子どもの側にたっていることを鮮やかに読者に印象づけています。また、子どもの一人が教室の白い壁いっぱいに赤鉛筆で淫画を書いてしまいます。それをみた杉本は、怒るよりも「お前は大した凄い画描きさんだなあ、それだのにどうして学校の図画は……」と絶句するような感動を覚えてしまいます。その教師の様子をみて落書きをした子どもは、「先生―あたいは画がうまいだろう?」という始末です。杉本はあわてて「はやく消さなきゃ、元木、校長先生にどやされるぞ」と教室中が大騒ぎで絵を消そうとするてんやわんやの場面が描かれています。このおかしみをともなった教師と子どものやりとりのなかに、形式にとらわれない、子どもの可能性に目をむける杉本という教師の人間像が鮮やかに描写されているといえるでしょう。子どもとの深い心の通い合いを描くこのような描写は、ひいては校長を中心とした管理主義的教育への深い批判となっています。この作品は随所にそのような描写をみせており、そこに「白い壁」のこれまでの本庄作品からの飛躍があることを、最初に指摘しておきたいと思います。

この作品は天皇制教育が人間蔑視と表裏一体となっていることも明らかにしています。この学校では月曜日の第一時間目には、どの教室にも一様に修身科がおかれ、たからかな教育勅語の斉唱が廊下にあふれでます。身体検査がおこなわれます。「低能学級」の子どもたちは「裸体になったとき、その子供たちの不幸が一度にさらけ出されるのであった」。ヘルニヤ、白癬、帯溝胸など体の障害、病気が一目瞭然になります。「健全な精神は健全な肉体に宿る……昔の人はいいことを云ったものですなあ」と医師がいえば、校長も「こんな不健全な身体では智能発達の劣るのも無理はありませんですな、いや、全くもって家庭が悪い！」と言い放つありさまです。本庄はブルジョア階級の子弟への教育に絶望し、「生産階級」の子どもたちへの教育のためにこの学校にきましたが、ピラミッド型の教育構造はかわらず、頂点から底辺へと場所を変えたにすぎません。本庄は『資本主義下の学校』のなかで、このような子どもたちの存在とともに、このほかに学校にもいけない障害をもった不就学児童約八万人という数字をあげていいます。天皇制教育の陰で、このような子どもたちの存在に光をあてたところに、本庄の批判的視点の鋭さがあります。

また、この作品が関東大震災での朝鮮人虐殺にふれていることも文学的には注目されるところです。川上忠一という子どもが、修身をやるといって震災の話をします。

「『日本刀を持ったおっかねえ人がお前、朝鮮人野郎だなって、こうだ』川上はそっと一太刀浴せかける恰好を見せた。『そいからこんなでっかい針金でもってね、女の人をぐるぐるまきにまいちゃってね、近藤勇の虎徹みたいのを、ぶつりぶつりと……』」

このような話をしている最中に富次が「うんこを洩ら」してしまいます。「腹をこわしてたんだなあ」という杉本にたいして、富次は「しんさいが怖かなかったんだよ」と否定します。

朝鮮人虐殺の非道、天皇制教育の非人間的でいびつな実態、庶民の貧しさなど「白い壁」に盛り込まれた時代への批判は痛烈です。「白い壁」は、本庄にとって出世作となったばかりでなく、作家同盟が解散したあととはいえ、プロレタリア文学運動の正当な流れに立つ作品として位置づけられるべき収穫です。

3

作家同盟が解散した後、プロレタリア作家たちは、さまざまな文芸雑誌を足場に活動をすすめます。「旧『ナルプ』時代に欠けていた発表場面の自主的な開発、あるいは文学的技術の鍛錬、よりひろい範囲で文学の創造的エネルギーを進歩的な方向において、包括しようとする活動などがそれぞれの刊行物を中心として活発におこなわれている」（宮本百合子「新年号の『文学評論』その他」）といっている状況が広がります。本庄陸男も『改造』『文化集団』『早稲田文学』などに発表舞台を広げながら、亀井勝一郎、保田與重郎らとともに『現実』を創刊したのもこの時期のことです。国家主義的傾向を強めていく保田らとは本庄は離れていきますが、数年後には「人民文庫」の創刊に参加し、編集の中心となっていきます。

長編「橋梁」は、発表誌をかえて連作的に書かれ（その中には発表誌不詳、未発表作を含む）、戦後になってまとまった作品として読むことが出来るようになった作品です。「白い壁」の教育の世界をさらに広げて、本庄の代表作の一つといっていいものです。この作品で注目すべき点は、本庄が運動に参加したが変節した元教え子との対比で主人公に思想と運動への共鳴を、荒削りな形ながら語らせていることです。小林多喜二の虐殺以後、作家同盟の解散、変節の流行という敗走的状況が広がる中で、このような人物の造型は運動を離れていく人々、かつプロレタリア文学運動を否定しようとする動向にたいする抗議として私は感慨を覚えます。重い病をおしての大作『石狩川』執筆への執念も、プロレタリア文学を前進させていく苦闘の一つとして、彼の生涯を飾る記念碑となったのです。

（本稿は二〇〇〇年九月二十一日に開かれた「近・現代文学研究会」の報告に加筆したものです。報告にあたっては『本庄陸男全集』〈影書房〉1〜5巻などを参考にしました。）

「東倶知安行」の青春

「窓を開けさえすれば、マッカリヌプリが魔物のように眼をさえぎって聳えているこの置き忘られた――雪にうずもれている蝦夷の一寒村に、我々の運動が、こんなにも大きな真剣さで行われているのかと思うと、私はじっくりと眼に涙がにじみ出てくる感激を覚えた」

ときおり思い出す「東倶知安行」の一節である。「東倶知安行」は、「一九二八年三月十五日」を書き終えた小林多喜二が、その余韻さめやらぬうちに二十日たらずで書き上げた作品である。革命運動に足を踏み出す作者の心情を、自己省察を交えて、率直かつ素朴に、ういういしく書き上げた。多喜二の作品の中では、「党生活者」と並んで、「私」の内面をみつめている作品でもある。私はあらためてこの作品を前にして、多喜二が「東倶知安行」を書かずにはおれなかった彼の精神的興奮のありかを考えて見たいと思った。

「東倶知安行」にとりかかるまで

小林多喜二は、一九二八年の二月二十日に投票が行われた第一回普通選挙で、労働農民党から立候補した非合法日本共産党の候補者山本懸蔵を応援した。「東倶知安行」はその体験を元に書かれたルポルタージュ的作品であるといわれている。しかし、作品の骨格は東倶知安行への選挙応援の記録という形をとりながら、内実はルポルタージュではない。多喜二が作品で見つめ、問おうとしているのはひたすらに革命運動に参加しようとする己の心の内である。そのために、「東倶知安行」では重要な点で、虚構がほどこされている。事実によって構成するルポルタージュ作品としてとらえると、この作品の主題を読み間違えてしまうことになる。革命運動に表舞台で初めて参加した青年多喜二には（それはまだ会社の目を盗んでのものだが、演台から直接聴衆に訴えた）強烈な体験であった。その意味で記念碑的作品といえるのだが、そこにいたる多喜二の内的動機の高揚をみておきたい。

よく知られている日記の一節だが、一九二八年一月一日の日記に彼はこう記した。

「さて新らしい年が来た。昨年は何をやった。

Tが、『復活』のカチウシャと同じように、自分から去って行った。思想的に、断然、マルキシズムに進展して行った。古川、寺田、労農党の連中を得たことは、劃期的なことである。

『文芸戦線』十月号に、戯曲『女囚徒』が載ったこと。

そして、その間に東京へ出ようとあせった。

さて、新らしい年が来た。俺達の時代が来た。

我等何を為すべきかではなしに、如何になすべきかの時代だ。」

元旦の日記に、「断然、マルキシズムに進展して行った」と、高揚感をもって書くにいたった多喜二の思想的前進を考える上で、その前年の二七年の体験は重要な意味を持っていた。もともと多喜二が味わい続けてきた貧困と生活苦、家族のために苦界に沈む田口タキの存在――それらすべての問題の根源としての社会的貧困とそこからの脱出を考えてきた彼にとって、文学もまたその現実を描き、打開の方途を求めるものとならざるをえなかった。多喜二の人生的・生活的苦悩と文学芸術の苦悩は一体のものであった。一九二七年という年は、三つの大きな波によって彼の人生と文学の転機を準備することになる。この転機の二七年については多く指摘されていることであるが、たとえば高見順が『昭和文学盛衰史』で、「プレレタリア文学史上の不朽の名作」の「一九二八年三月十五日」と、一年近く前に書かれた「最後のもの」とを比較して、「この二作の間には、驚異的な成長が見られる。小林多喜二をかくも急速に成長させたものは、何であったかということを考える」と述べている。
当時書かれた日記をみると二七年が多喜二においてどういうものであったかを知ることができる。

その一つが小樽でおきた空知郡下富良野村の磯野農場小作争議である。日本で最初の労働者との共闘で小樽に場所を移してたたかわれ、全小樽労働者のゼネストに進展させる戦術で勝利する。多喜二の日記にはこの小作争議の演説を聞きにいったことが書かれている。労働者たちが「搾取」という言葉を口にだしていることに「皆目覚めているのだ。自分も興奮して帰ってきた」と書いているが、争議の中心的指導者だった武内清の求めに応じて、彼は勤めていた拓殖銀行で収集できる磯野側の情報を提供する役を引き受けるようになった。

この年の小樽のメーデーには三千人の労働者が参加し、花園公園は一万人の人出でにぎわい東北以北では最大の規模となった。このような労働運動の高揚の中、六月には日本で最初の産業別ゼネストといわれている小樽港湾の運輸労働者を中心とする大争議がおきた。「多喜二はかなり積極的にこの争議に参加していた。彼はこの争議の中心的な指導者だった武内清の依頼をうけて、銀行がひけると、ひそかに争議団の第二移動本部に出入して、ビラの製作を手伝った」（手塚英孝『小林多喜二』）。

多喜二の十代の頃からの親しい友人、島田正策はこのビラ製作について「武内清から『これはあまり観念的だ』と云った様な批判をされながら教えられた事を後で聞いた」（「小林多喜二と私」）と回想している。多喜二がどのようなビラを作ったかはわからないが、労働運動の指導者武内清の指摘を、率直に受け止め、自己の成長につなげていった姿が想像できる。

この労働運動への積極的参加が多喜二の思想と精神を鍛えたことは、間違いのないことであろう。

第二の波は社会科学への目覚めである。前記したような労働運動への参加は、多喜二の社会的関心をいっそう強め、その分野の学習を強めていくことになった。

多喜二はこの頃から、マルクス、エンゲルス、レーニンなどの社会科学の文献を意識的に読み、また学習会に積極的に参加していった。自己の文学が見つめる社会的矛盾とその解決の模索は、彼の文学的課題と一体のものでもあった。

その年の三月の日記には「マルクスの『資本論』を読み出している。そのデリケートな、科学的頭脳にはホド〳〵感心してしまった。カール・カウツキーのものや、河上肇、高畠素之氏のものなどをそばに置いて、やってゆく積りだ。ゲーテ、ドストエフスキー、ストリンドベルク、を知ると同じように、マルクスを知らなければならない」（二日）と書いている。四月には「マルクス・エンゲルス『共産党宣言』（読了。定評あるもの。）」（十日）、「エンゲルスとマルクスの『フォイエルバッハ論』を読了した。エンゲルスのものに得るところが多々あった」（二十七日）。七月には「『反デューリング論』をとにかく一通り読んでしまった。得るところがあった。が、しっかりした概念としては、どうしても再読が必要である」「今、レーニンの大著『唯物論と経験批判論』を読んでいる」とある。このほかにも内外の社会科学書をかなり読んでいる。また労働運動へのかかわりは、交友の枠を広げることにつながり、九月頃から、多喜二の小樽高商以来の親しい友人で労働農民党員であった寺田行雄の紹介で、労働党員古川友一の社会科学研究会に参加した。カウツキーの『資本論解説』、デボーリンの『レーニンの弁証法』、『共産党宣言』などをテキストに学習をおこない、社会科学への視野を飛躍的に広げていった。

社会科学やマルクス主義への関心は、ひとり多喜二たちだけのものではなく、広く社会的な関心事でもあった。当時の新聞をみてみると、「けふ、ロシア革命十周年記念日　法制を通して見た革命後のロシア」という京都帝大教授の末川博の一文、中條百合子の「ロシアに行く心」というモスクワに渡航する前の談話、「マルクス主義学術講演会」の告知、『資本論』新訳の広告など、この種のものが当時の新聞に新しい風を吹き込んでいる。一九二五年には治安維持法が公布され、絶対主義的天皇制の暴圧は強まっていたが、一方では歴史の進歩と反動の多面的姿を当時の新聞にみることができる。当時プロレタリア文学運動の批評家として知られた青野季吉の「二つの『資本論』」という文章が東京朝日新聞にのっている。その冒頭では次のように書かれている。

「カール・マルクス氏の不朽の名著『資本論』の日本訳が、一つは『改造社』から、他は『岩波書店』から到底想像も出来ないような廉価で提供されたことは、無条件に歓ばしい事実である。既に出ている『新潮社』版の『資本論』は一般読書人、わけても労働階級の読書人には、一寸手のだせない程度の価格なので、当然廉価版の出版は予期されていたが、かくまで廉価に、しかも二種類もの日本訳が同時に提供されようとは何人も思い設けぬことであった。そこに作用している商業上の力は別として、この現象は、いかに日本の読書社会が『資本論』を要求しているかを反映するもの、かつ広く今日の日本の社会がいかに『資本論』を必要としているかを反映するもので無くてなんであろう」

当時の科学的社会主義にたいする時代的気分が、この青野の一文に読み取ることができよう。新しいものへの関心は青年の特権でもあるが、多喜二の場合は意識的にその哲学、理論を学ぶことに力を注いでいたことがわかる。

第三の波は、プロレタリア文学運動への参加である。

貧しい人々への共感へと作品の対象を広げてきた多喜二は、彼らの生活をリアルに描くことで、彼らの前途にどうしたら「光」を見いだすことができるのか、しかし現実をリアルに描けば描くほど、「光」が見えなくなってくるという矛盾を抱え込んでいた。豊富な読書のなかで彼は、一九二六年の日記に、プロレタリア作家の葉山嘉樹の「淫売婦」を読んで相当な衝撃をうけたとし、「悲惨な事実を描くだけでは自然主義文学とプロレタリア文学とはちがっていないかも知れない。が、主人公の意識——作家の態度、意識がこの二つではまるッきり異っている」(九月十四日)と書き、彼の文学的探求がプロレタリア文学への関心につながったことを示している。読書の傾向としても次第に日本や外国の社会主義的作家の作品に強い関心を持つようになり、一九二七年八月には『文芸戦線』に「女囚徒」を投稿したことを契機として、『文芸戦線』の読者から一歩すすんで、労農芸術家連盟に加盟し、日本のプロレタリア芸術運動とのつながりを深めていった。多喜二は文学的課題の打開を求めてプロレタリア文学運動にかかわっていったのである。

労働運動への積極的参加、社会科学の学習、プロレタリア文学運動への参加――これら三つの出来事は相互に関連しながら、一体のものとして多喜二の中ではふくれあがっていった。「新しい年が来た。俺達の時代が来た。我等何を為すべきかではなしに、如何になすべきかの時代だ」と日記に書かずにはおれない精神的高揚が彼をとらえていたのである。

その多喜二が直面したのが、一月二十一日の衆議院の解散によって始まった、普通選挙法（男子二十五歳以上に選挙権）による第一回の総選挙であった。

二十四歳になる多喜二が、選挙権はないものの、この選挙闘争に全力で関わることは必然の流れであった。実践運動のなかで自分を脱皮させ、飛躍させたいという思いを抱いたのは当然のことであろう。

「東倶知安行」が描こうとしたもの

「東倶知安行」について小林多喜二は次のようにのべている。

「この作品はその芸術的価値は別として、私には忘れられない意義を持っている。それはたゞ単に『私自身』のことを書いているという理由からではなしに、当時（一九二七年――一九二八年頃）の日本のプロレタリア運動が通ってきた一つの面がその中に描かれているからである。日本に於ける最初の普選をモメントとして、勿論労働者農民が已れ自らの活動舞台へ登場してきたのではあるが、それにもまして、何処の国でもその運動の初期に最も著しくあらわれる急進的な知識階級のホウハイとした合流であった。その一端にふれているのだ。だから、成る程その作品は私自身のことを書いたのではあったが、その私自身のことを通して一つの歴史的事実を示しているという意味で、個人的な経験範囲を越えていると考えられる」

「私自身」のこととは、小樽高商をでて銀行につとめ、世間から見たらそれなりの俸給をもらっている（当時、銀行員といえばエリートであった）とみられる多喜二だったが、それゆえにこそ、「運動」にたいして「本当の気持をもっているだろうか」ということは、彼の避けることの出来ない問題であったと私は考える。彼が日々運動のなかで接する組合指導者たちの厳しい生活を知るにつけ、そのことは自分に突きつけられた切実な問題であった。「断然、マルキシズムに進展」したと日記に記したその決意を、総選挙を機に実践しようとしたとしても不思議ではなかった。

この総選挙に日本共産党は非合法にされているもとで十一人の党員を労働農民党から立候補させてたたかった。北海道一区の小樽・札幌は山本懸蔵が立候補した。共産党は、この選挙戦の中で、君主制の廃止、民主共和制の樹立、十八歳以上の男女の普通選挙権、言論・出版・集会・結社の自由、八時間労働制、大土地所有の没収、帝国主義戦争反対、植民地の独立などの方針を打ち出し、さまざまな手段で宣伝活動を繰り広げた。

小林多喜二は、山本懸蔵を応援し東倶知安方面の演説隊に加わった。山本懸蔵は、「北海道血戦記」という選挙活動の記録で、小樽駅で「一千余の労働者は、われらがホーム外に出るや、『山懸万歳』をとなえて——しばらく止まず」と、その熱狂振りを書いている。

また「雪の野、北海道の天地と、馬橇は、トロイカは走る。——勇を鼓して、雪の北海道に進んだが、一月二十日までねていた病後のからだ——俺はからだが、かなり無理だ。歩行困難だ。馬橇が実に身にこたえる。だが、労働者として生まれ、労働者として育ったわれは、病気や畳の上では死にたくない。——労働者、農民、無産階級の要望の下に吹雪と氷の中でたたかって死ぬこそ、われらの本望である。——俺は、からだの続く限りたたかう」と書いている。

山本懸蔵の決意がつたわる文章だ。しかし選挙の状況については「苦戦」、他の陣営に「問題にならぬほど圧迫されている」と冷静な目でみているのも印象的である。

「東倶知安行」は「運動」にたいして「本当の気持ちをもっているだろうか」ということを、多喜二がとらえ直そうという作品であると先に指摘した。その「私自身」のことは、総選挙のあとの「三・一五」の大弾圧の問題と密接にかかわっている。時系列でいえば、総選挙と多喜二の応援があり、そのあとに「三・一五」の弾圧がある。しかし、作品としては「一九二八年三月十五日」が書かれ、そのあとに「東倶知安行」が書かれたのである。「私自身」のことという問題意識が、「一九二八年三月十五日」を書き上げることによって、より避けることのできないものとしてでてきたのである。「一九二八年三月十五日」のなにが「東倶知安行」への執筆へとうながしたのかについては、あとでふれたい。

さて、作中の「私」は、毎晩組合の事務所に顔をだして、仕事の関係上表だって活動できないために、裏方の仕事を引き受けていた。しかしそのことで「私は何時でも自分がにえきらない『裏』の仕事しか出来ない事をはがゆく思っていた。それは現在の勤めを考顧に置いている限り、どうにも出来ない事だった。然し、私はつきつめて云ってそれは我々の運動への大きな『卑怯』であるとさえ考えていた。」

作品は、「大きな卑怯」であると考えたことについて、「殊に、そういう階級的良心の絶対的な『純粋さ』という事が時代病的に（？）要求されていたゞけ、堪えられない厳しさで、私は責めつけられた」が、「私の月給には六人の親子がブラ下っていた」のであり、「お前だけに養わなければならない親や子があるんじゃない」といわれる。「自分達だけの幸福を孤《ひと》り守る！」ことにきゅうきゅうとしていることに「恐ろし」さささえ覚えている。

それだけに、たとえ表面にでないとしても「自分の『首』を賭けて毎日組合に出入した」のである。

「運動」に人生をかかわらせていくことは、今日においても大きな決断を強いられる。企業内での地位を奪われた共産党員たちが、その権利回復のために長い闘争をしなければならなかったし、職場ではたたかうこと自体が攻撃と差別の的となる。多喜二がとりあげた問題は、主題としてはいささかも新鮮さを失ってはいない。多喜二は「時代病（?・）」といういい方で当時の雰囲気についても言及している。その一つだろうと思うが、同じ頃かかれたプロレタリア詩で一九二七年の『プロレタリア芸術』十一月号に発表された小林園夫「プロレタリア」という詩がある。

「てめえ一人に親があると言うのか／てめえ一人が女房子持ちだと言うのか／てめえ一人が親思いだと言うのか／てめえ一人が女房子を可愛がると言うのか〃てめえやおいらが立ったのは一体だれのためだ／てめえやおいらが勝のは何の力だ〃卑怯者奴ッ分ったか〃分ったら今から部署につけ（以下略）」

プロレタリア詩史に残る作品の一つだが、長く作者の小林園夫については不明とされていたが、山岸一章によって彼のことは明らかにされた。「てめえ」という粗野な言葉を意識的につかった小林園夫が、労働者ではなく、東大の学生であったということも、詩の内容以上に「時代病」と多喜二が書いた、当時の「運動」の雰囲気を伝えているのである。

裏方で活動している「私」は、突然倶知安の演説会で弁士の欠員ができ、その代わりをすることになる。「私は身体がワク〳〵する程喜んだ」。しかし労農党は厳重な警察の監視のもとにあり、場所は離れてもやはり「首」を覚悟の行動である。「月給取の『運動』なんて窮屈な、にえきらない、面倒臭いものだ。私は然し出征軍人のように興奮していた…」。

ケージに入れられていた鳩が、一気に空に舞い上がるような「私」の興奮。精神の躍動がこの作品の重要な魅力となっている。汽車の窓から見える電信柱に張られた「島正」（作中、山本懸蔵は多喜二の友人の名をとって島田正策となっている）のビラをみて、窓をあけて顔をつきだし子どものように喜ぶ場面など、リズミカルに作品は高揚していく。とくに倶知安から四里ほど支線に入った東倶知安に移動するため、雪原を馬橇でいくシーンは、ロマンチシズムに裏打ちされた多喜二の描写力が秀逸である。「私」をのせた馬橇の一行は、マツカリヌプリの裾を一直線に奥に入っていく。次第に天候が荒れ出す。

「空が暗くなって、粉のような雪が地面と平行線に、矢のように鋭く吹き飛んできた。何時の間にか魔法でも使われたように、マツカリヌプリのあの大きな図体が、フッと吹いて、カキ消されたように見えなくなっていた。私達は風上に背を向けると、吹き飛ばされないように、むしろをしっかり抑えた。然し、むしろの裾がバタ〳〵とはためいて、遠慮なく雪が喰いこんで来た。

『山が鳴ってるよ。』駅者が風に逆って叫んでいる」

「天地を轟かす」大吹雪のなかを突き進む馬橇。「誰か、この、今の俺達の、革命への進軍をうたうプロレタリア詩人がいないかな。」と叫ぶ男。ひっくりかえる馬橇——悪戦苦闘中、東倶知安の集落に着くのである。

「吹雪の去ってしまったすぐ後の、陰惨な低い雪空のもとで、その一帯が妙にひっそりして見えた。山鴉の啼声が何処かでしている」

動から静へ、映像的な見事な描写で、多喜二の卓越した力量を感じさせる。これらの描写には、革命運動の「裏」から「表」に躍り出る、「私」の精神の躍動、たかぶりが嵐の雪原を進む描写に仮託されているとともに、沈静した冷静な感情のありようがとらえられているといっていい。

この馬橇の場面は、自分の精神の躍動を描くために多喜二が虚構を駆使したものであると私は考える。実際には多喜二は歩いていったのである。

多喜二はこの時のことについて次のようにいっている。

「有島武郎の『カインの末裔』に出てくる蝦夷富士の裾野を、雪に埋った鉄道を伝って四里も歩いて行ったときの印象は恐らく一生の間忘れることは出来ないだろう」(「総選挙と『我等の山懸』」)

また同じ文章の中で、山本懸蔵の「倶知安や寿都を廻わるときには、雨の平原を馬橇にのって、むしろや茣蓙をかぶったまゝ何里も行かなければならなかったのだ」という言葉が紹介されている。山本懸蔵自身も「北海道血戦記」で「雪の野、北海道の天地と、馬橇は、トロイカは走る。」と書いているが、多喜二は「この一篇を『北海道血戦記』の筆者に捧げる」と献辞をささげているように、むしろ山本懸蔵の体験を反映させて、「運動」に参加する躍動を描いたのだろう。これは多喜二が「東倶知安行」で描くモチーフの一つがそこにあったためだ。マッカリヌプリとは今の羊蹄山であり、蝦夷富士と呼ばれている。私の幼少の頃の写真に羊蹄山をバックにした写真があるが、成人してからも何度かこの山を見上げたことがある。富士山をみるときと同質の感動がある。堂々とした山のたたずまいと、嵐を引き起こす山の変貌は、単なる風景ではないシンボリックなものをこの作品に与えている。

「本当の気持ち」をめぐって

倶知安に向かう汽車のなかで、組合の執行委員長の鈴本の「嬶がな、何も無くなったから、飯を炊く炭や石炭を貯炭場から盗んでくるッて云うんだ。俺ァ困っちまったよ」という言葉に、「『お前だけに』養って行かなければならない妻や子がいるんじゃないのだ。私にはドキリと来た」という場面がある。「ねえ、吉川君、本当のところ何も坑山ばかりでない、俺達の運動は皆今始められたばかりさ。何代がかりの運動だなア」といわれ、「何代がかりの運動！」と敏感に感じる「私」。運動に全人生を没入させている男の言葉が、「にえきらない」と自覚している「私」の心を刺激する。

そして極め付きは、十八の時から「運動」をやってきて、七十になる今も続けている水沢老人の存在である。彼は目はほとんど見えず、耳もだめであるにもかかわらず、演壇にたち聴衆に何かを訴えている。酒を飲むと水沢老人は「俺は幸徳秋水を知ってるんだ。…」と言う話を何度も繰り返す。息子は「過激思想をもっている親父」を嫌い、一切関係をたっている。そして、娘は健康そうで、無口な物腰の静かな女だったが、身体を売った金で父親を支えている。

この老人を前に「私」の自責の念は最高潮に達する。

「『私のような』小悧口な人間は（私はかくさず云おう、実際この老人の前で何んの嘘が云えよう。）この何時目鼻がつくか分らない『何代がかり』の運動を、恐らくそう効目も見えず、又恐らく誰もそう高く『認め』てもくれないこんな所で——しかも、こんなに大きな犠牲を払ってやって行ける本当の気持をもっているだろうか。

——お前はレーニンのように「あがめられたい」と思っているのだ。

——お前はたゞ無産階級運動の「大立物」になりたいためばかりに一生ケン命なのだ。

——お前は一生の間こうして一生ケン命になって、自分がそのまゝ埋もれ、しかもこの運動が一寸目鼻もわからないとしたら、とっくの昔に裏切ってしまっていたのだ。

——お前は中央に出ていって『認め』られたいためにしている。この運動が東京だけで出来るとでも思っているように。

そうではないとは云わせない。お前の心の何処かゞそればかり望んでいたのだ。

私は白状しよう。——私は、そうだった！」

この激しい、自虐的ともいえる「私」の吐露は、私小説的に「私」で押してきたこの作品の中でも異質である。この作品は、「私」にこの言葉をいわせるためにあるかのようだ。この吐露で作品の主題は明確になるが、小説の結構は破綻する。慎重に、「私」との距離をとり内面をみつめていた作者は、ここで生のさけびを暴発させてしまった。「破戒」の瀬川丑松の告白、「罪と罰」のラスコリーニコフの大地にひれ伏しての告白は、ともあれ作者とはべつの登場人物の告白であった。しかし「東倶知安行」は、作者の体験をもとにした作品であるがゆえに、その異質さは際だつ。

多喜二はこの「白状」をするために水沢老人と身体を売ってまで献身的に支える娘の存在という虚構をつくりあげたといっていい（モデルがいないわけではないが、本人は当時六十二歳であり、家族関係とくに娘のことや息子のことはまったく虚構であることは高山亮二「小林多喜二『東倶知安行』の位相について」でとりあげている）。革命運動で注目を浴びる「島正」と無名の「老人」、この対比のなかで作者は、革命に参加する自己を見つめ直そうとした。しかし、老人と娘の関係は、「罪と罰」のマルメラードフとソーニャの関係のひきうつしといっていいものである。多喜二は田口タキの不幸な境遇に同情し借金までして身請けしたが、その田口タキもまた家族のために売られた存在であった。多喜二の場合、献身という問題を考える場合、自分を犠牲にしてまで家族を支えるタキのことを抜きには考えられなかった。そこには「罪と罰」のソーニャや葉山嘉樹「淫売婦」の影響があったことはいうまでもない。「東倶知安行」で、自己の「白状」を引き出すうえで鈴本の家庭以上のものが必要だった。そこで考えたのが水沢老人を身体を売ってまで支える娘の存在である。しかし、「私」の「白状」のリアリティをささえるほどに、娘と老人はリアリティをもって描かれているとはいえない。そこに「私」の激しい内面の吐露が作品全体の中で浮き上がった要因がある。作品の結末で、開票の推移が思わしくないことにじっとしておられず、小樽に出て来た老人と、場末のバーで飲む場面がある。泥酔する老人に「せっかく待っている娘さんに……」と「私」は五円紙幣を老人のポケットにねじ込む。

自虐的ともいえる告白をした「私」であればこそ、この結末はいかにも甘いといわなければならない。「私」は自己満足を覚えるかも知れないが、読者は納得しないだろう。これは作者が考えた主題の深化の不十分さのあらわれである。

この作品に先立つ「一九二八年三月十五日」で、多喜二は労働運動や革命運動の闘士の表と裏、強さと弱さを厳しいリアリズムの目で描ききった。一人の人間を一面だけでみないというのは多喜二の人間を描く場合のリアリズムであり、彼の作品を見る場合の大事な視点である。「一九二八年三月十五日」で多喜二は、小市民的インテリゲンチャの動揺を、佐多という青年に託して描いた。佐多の抱える観念性、動揺性を、自分の問題としてさらに追求したいという思いが作者にあったことは疑いえない。しかし、選挙運動の表舞台に参加した体験を描いた「東倶知安行」では、その課題を煮詰めることができなかった。課題は持ち越された。

その上でなお、私は多喜二が叫ばずにはおれなかった気持ちを大事にしたいと思う。青年の革命運動への参加と自己変革の苦闘を、真っ正直にみつめる青年多喜二の誠実と清冽な思いがあふれているからである。若々しい情熱に満ちた芸術世界が、破綻をこえて他者の胸を打つことは過去の芸術によく見られることではないか。この作品は、文芸春秋社の『創作月刊』に送られて、没稿となった。理由は定かではないが、「東倶知安行」でとりあげた青年の革命運動への参加という主題が、文芸春秋社の雑誌に掲載されるとは思えない。この作品が読者の目に触れるのは、さらに二年後の一九三〇年『改造』十二月号であった。このような青年の革命運動への参加と自己変革を主題にした作品は皆無であった。その意味でも作品の瑕疵はあるにしても、革命に参加する青春群像の一つに光を当てた点で、無視することのできない価値を有している。

私は時々、蝦夷富士の裾野を吹雪をついて四里も歩いていった多喜二の姿に、毎日のすべてを党の活動に捧げる「党生活者」の姿を重ねて考えることがある。多喜二は全人生をかけて、「東倶知安行」で持ち越された課題を成し遂げたのではないかと。

「蟹工船」の成立と今日の文学的課題

「蟹工船」の特質

昨年十二月、エイゼンシュテインの「戦艦ポチョムキン」を見る機会があった。澤登翠さんの活弁によって、これまで理解が及ばなかったところなどがよくわかる好企画であった。この映画は、ロシアの黒海艦隊の戦艦ポチョムキン号で、待遇のひどさに不満をもった水兵たちが反乱をおこす物語である。反乱で犠牲になる水兵ワクリンチュクだけが名前をもち、あとは、水兵もオデッサの市民もみな無名の群像である。小林多喜二がこの映画を十分意識して「蟹工船」を執筆したことに得心がいった。

とはいっても、多喜二は「戦艦ポチョムキン」をみていたわけではなかった。エイゼンシュテイン研究の第一人者である山田和夫氏に教えられたことだが、一九二五年に公開されたこの映画は、横浜税関で試写がおこなわれただけで、輸入は許可されなかったからだ。しかし、この世界的話題作に対して、熱狂的映画愛好者であった多喜二は強い関心をもったようだ。

たとえば多喜二が「蟹工船」の取材・調査をはじめた一九二七年に、小樽で上演されたドイツのプロレタリア作家ゲーリング作の「海戦」をみて、次のようにいっている。

「自分は幕が下りた時、興奮したまゝ、『戦闘艦ポチョムキン』を考えていた。その二つの間に、然し、厳然として存在している大きな画線について考えた」(「築地の『海戦』(もう少しだ)」・『シネマ』一九二八年新春特集号)

また「蟹工船」を発表し大きな話題となっていた一九二九年には、札幌松竹座のアンケートにこたえて「戦闘艦ポチョムキン」の名を上げていることにも目をひく。

多喜二がこのように、みることのできなかったこの映画に注目するには理由があった。それは、「戦艦ポチョムキン」をモスクワでみた蔵原惟人が、『キネマ旬報』(一九二七年九月号)に、「最近のソビエト映画界」という文章をのせ、そこでエイゼンシュテインの映画「戦闘艦ポチョムキン」にふれて次のように論評していたこととかかわりがある。

「映画『ポチョームキン』には、アメリカ映画およびこれに続いて日本映画の多くに見るような不自然なスター中心主義がない。この映画からあえて主人公を求むればそれは帝政の軛《くびき》に圧せられながら、それでも何等かの出口を見出そうとしている『大衆』である。勿論それは抽象化され概念化されたる『大衆』でなくて、具体的なる生ける『大衆』である」

この蔵原の一文と、「蟹工船」のねらいについて蔵原に送った多喜二の手紙は共通するものがある。プロレタリア文学の形式に関心をもっていた多喜二は、これまでの近代文学にはみられなかった、「映画的手法」をとりいれて小説化していったことは多く論じられていることであるが、この蔵原の一文が大きな刺激になったことは容易に想像できることである。多喜二は「一九二八年三月十五日」に着手する直前、一九二八年に文学運動の指導的論文「プロレタリア・レアリズムへの道」(『戦旗』創刊号)を発表した蔵原惟人を東京に訪ねている。そこでどういう話がかわされたかは蔵原の戦後の回想でもはっきりしないが、蔵原から自己の創作の方向について大いに示唆をうけたことは間違いのないことである。

「蟹工船」は、小林多喜二の作品系列では特別な位置を占めている。なぜなら、登場人物の固有名を排して、集団・群像によって作品世界を構築したこと、この作品以前にも以後にもこのような作品を描かなかったという意味で。その意味を解明する上で、多喜二のこの作品にむかった内的動機と作品の意図という二つの角度から光をあてて考えてみたい。

作品の内的動機

まず内的動機についてみてみよう。「蟹工船」は、多喜二自らが処女作と呼ぶ「一九二八年三月十五日」、「東倶知安行」(諸事情で発表は一九三〇年になる)に続いて、一九二九年の『戦旗』

五月、六月号に発表された。一九二八年に書かれた前記二作を私は、作者の同じ問題意識に貫かれた一対の作品としてみる。両作では厳しい階級闘争に参加する人々の内面に光をあて、困難な運動を支える彼らの基点を多喜二は見つめようとした。その中には、自分自身の革命性が本物かどうかを問う激しい自己省察もあった。

一転、「蟹工船」は、自覚的に階級闘争に参加する人々ではなく、まったく無自覚の「大衆」がいかに現実に対して立ち上がるのかを重要な主題の一つとした。階級闘争は、一部の自覚的な人々による運動ではない、その背景には自覚的な人々とともに多くの「大衆」と「運動」があるという問題意識への傾斜は、「一九二八年三月十五日」に対する蔵原惟人の批評によるところが大きい。

蔵原惟人は批評の中で、「作者はこの『事件』の犠牲になった幾人かの闘士たちの生活と心理とを描いた、そしてそれはしばしば極めて見事に描かれている。しかし作者はその背景をなした大衆の運動をほとんど描いていない。この『事件』の前に大衆がいかに動いていたか、大衆がこの『事件』に対していかなる態度を取ったか――それは作者によってついに闇の中に残されてしまった」と書いた。

この指摘は、多喜二が、階級闘争に自覚的に参加する人々から、「大衆」というものにより目を向ける上で大きな要因となった。また、「東倶知安行」では、労農党を応援する自覚的な人々の奮闘にもかかわらず、選挙結果は事前の予想を裏切って惨たんたるものであった。大衆に支持されなかったという自棄的な主人公の思いは、作品にも描かれているが、あらためて「大衆」とはいかなるものかを、多喜二は見つめることに執念を燃やしたと考える。多喜二は、「蟹工船」を書き上げた後の「プロレタリア文学の『大衆性』と『大衆化』について」という文章の中で、「プロレタリアートの作家は意識的にプロレタリア読者大衆の『一定の層』を各〻目安に置いて書かなければならない」と、どういう読者に読んでもらうのかということを創作論として提起し、そのためには「『一定の層』を具体的に認識することだ」とし、労働者階級を一色に観念的に把握するのでは、その階級の共感を得ることにならず、労働者階級について何も説明することにはならないといっている。多喜二が「大衆」というものをどう把握しようと考えていたかがわかる。

その点でさまざまな経歴をもつ人々が乗り込む蟹工船という隔絶された空間は、絶好の場であった。「この作では未組織な労働者を取扱っている。――作者の把握がルムペンにおち入ることなく、描き出すことは、未組織労働者の多い日本に於て、又大学生式『前衛小説』の多いとき、一つの意義がないだろうか」と蔵原惟人への手紙でいっている。多喜二は「蟹工船」の意図についてほかにもいろいろといっているが、その重要な内的動機に「大衆」＝未組織な労働者を描くことにあったことを、ここでは見ておきたい。

また「大衆」という問題意識とかかわることであるが、多喜二はプロレタリア文学が切り拓いていかなければならない方向として「集団」をどう描くかという問題意識をもっていた。多喜二は蔵原への手紙の中で、「蟹工船」のねらいについて記し、その冒頭で、「この作には『主人公』というものがない。『銘々伝』式の主人公、人物もない。労働の『集団《グループ》』が、主人公になっている」とし、このことは「プロレタリア文学の開拓しなければならない、道であると思っています」とのべている。

その理由として、同手紙では、「プロ文学が集団の文学であることから」、「細々しい個人の性格、心理の描写が、プロレタリア文学から」無くなることは「そうならなければならない」という認識を示している。

「集団」を描くことが、プロレタリア文学の開拓しなければならない道であると多喜二はなぜ考えたのか。当時の文学運動の論調と運動内で交わされた意見などを詳細に検討することはできないが、多喜二はその論調の中から「集団」という問題意識を持ったのではないかと考える。

たとえば多喜二に強い影響を与えた蔵原の「プロレタリア・レアリズムへの道」では、自然主義文学の特徴の一つとして、あらゆる人間の生活が人間の生物的本性、人間の性格、遺伝等に還元されているとし、「言いかえれば、彼等の生活――現実に対する認識の態度があくまでも非社会的、個人的である。（略）そこではすべての力点が個人に置かれている。それと同時に彼等の題材もまた人間の個人的生活に限定されている。――ここにブルジョア・レアリズムの越ゆべからざる限界があった」と主張されている。

これは一例だが、このような主張はそれまでの近代文学との対照で新しい運動の強調される方向となっていた。多喜二はここから「個人的な文学」に対して「集団の文学」という問題意識を持ち、自己の文学を飛躍させる課題としてとらえたのではないかと考えられる。そこに「大衆」という問題意識が重なる。多喜二は「蟹工船」以後の公の発言で、「集団」という言葉を使わなかったことにも興味がひかれるが、むしろ先に紹介した「プロレタリア文学の『大衆性』と『大衆化』について」で強調しているように、大衆の中の「一定の層」を具体的に形象化するということが、この「集団」を描くという真意であったと思うのである。

蟹工船とは

さて、蟹工船がどういうものであったかについては、手塚英孝の評伝「小林多喜二」、井本三夫「北洋史から見た『蟹工船』」（浜林正夫著『小林多喜二とその時代　極める眼』所収）に詳しい。それをもとに簡単に紹介しておきたい。

「蟹工船」というのは、蟹を底刺し網でとって船の上で缶詰にする移動缶詰工場である。蟹というのは水揚げすると短時間で味が落ちるため当時の冷凍技術では缶詰工場のある陸地から遠く離れられなかった。一方、近場の漁を繰り返していけば、底刺し網で漁をするため、資源はどんどん枯渇していく。その解決として缶詰製造機械をつんだ母船に、網で蟹をとる小型漁船（川崎船）を搭載して遠洋にでるようになった。これが蟹工船である。蟹工船の始まりは北洋漁業の中では、歴史が浅く、一九二二年からはじまり、急成長していく。使われなくなった老朽船を改造し、その中には日露戦争時の病院船を改造したものもあった。とにかく急ごしらえで改造し、漁に出れば莫大な利益がころげこむ。最初から労働者の安全などは度外視されていた。この蟹工船は、北洋漁業のなかでも労働条件がもっとも過酷で、監獄部屋制度の奴隷労働が強制されていたから、たえず紛争がおき、自然発生的な闘争もおきていた。さらに、蟹工船の漁は、誕生した社会主義国ソ連との境界すれすれに操業することで、ソ連への干渉、植民地的領土獲得の尖兵として位置づけられていた。そのため、蟹工船には日本海軍の軍艦が行動をともにしていた。領海侵犯で拿捕されたり、遭難してソ連領に漂着する事故もおきていた。作品は、一九二六年におきた秩父丸の遭難事件や博愛丸と英航丸でおきた漁夫、雑夫の虐待事件を直接の材料として描かれている。多喜二は当時の事件を報じた新聞記事などを集め、函館にも調査に行くなど、綿密な調べをした。勤めていた銀行で入手できる情報、資料にも目を通していて、そうした調査を土台にして、多喜二はこの小説にとりかかった。小説の中に描かれる、漁夫を起重機で吊り上げたり、遭難した同じ蟹工船のSOSを無視したり、脚気が蔓延したりのことも実際に報道されたり、あったことである。ピストルをちらつかせる監督の浅川もモデルがいる。

モチーフと視点の発展

多喜二は当初から「殖民地、未開地に於ける搾取」について強い関心をもっていた。「小樽新聞」や「北海タイムス」で、蟹工船秩父丸の遭難事件や英航丸でおきた漁夫、雑夫の虐待事件がおきた一九二六年に、「人を殺す犬」という作品を校友会の雑誌のために執筆した。「人を殺す犬」は、十勝岳の見える北海道のある地で土木作業に従事する工夫らの物語である。一人の労働者が過酷な労働にたえかねて脱走する。彼は捕まり土佐犬をけしかけられみせしめとして殺される。それに対する労働者の怒りを捉えた掌編である。

ここで描かれているのは、タコ部屋といわれる奴隷労働で、労働者が人間以下に扱われ、その生殺与奪をほしいままにされている姿である。蟹工船の漁夫虐待事件の報道に触れて彼が考えたのは、「人を殺す犬」の延長線上にあると考えられる植民地的搾取のひどい実態の告発であったのではないかと思う。「人を殺す犬」は翌々年の二八年に「監獄部屋」へと改作されたことからわかるように、奴隷的労働の告発は彼の引き続く関心であった。

二七年から「蟹工船」の執筆にかかるまで取材は続け、その中で次第に蟹工船事件の背景にある、世界と経済の問題へと認識は広がっていった。その間、「一九二八年三月十五日」を書き上げ、プロレタリア作家としての飛躍をとげていた多喜二にとって、蟹工船の事件は労働者の悲惨な現実告発にとどまらず、より大きなテーマの素材として位置を変えていったことがうかがわれるのである。ここで興味深いのは「監獄部屋」への改作で多喜二が手を入れたところである。「人を殺す犬」では、土工夫の怒りは、「だが、俺ァなあキット何時かあの犬を殺してやるよ……」と、犬に向かっていた。しかし「監獄部屋」では、タコ部屋労働で人を人とも思わない、労働の様子が詳しく書き込まれるとともに、結論も「『犬なんて、手先に過ぎないんだ。犬《いぬ》は手先だよ。——お前えがなんぼ犬を打殺したって、又別な犬が来るァ、ッて云えば分るべ。——』そう云って、堅田が声をひそめた。『親分さ。親分よ！』」と、手先の背後にいるより大きな敵をみつめている。土方を殺したのは犬ではないということへの改作は、「蟹工船」のモチーフへと広がる。ここにも多喜二の視点の発展をみることができる。

漁夫集団のリアルな把握

「蟹工船」を構成するのは、漁業監督、船長、工場代表、雑夫長。これらが蟹工船の会社側の指導的立場にあるもの。これに船員、火夫、給仕ら海上労働者が会社雇いである。そして圧倒的多数を占めるのが、周旋屋によって送り込まれた漁夫、雑夫たちである。これはいまでいう非正規労働者の位置にある。

漁夫集団を描く際に多喜二は、プロレタリア文学におうおうにしてあったマクロ的把握でよしとするのではなく、その集団を構成するさまざまな色合いを具体的にとりあげていく。

多喜二は蔵原惟人への手紙で、「未組織な労働者を取扱っている」と書くとともに、「この作には『主人公』というものがない。『銘々伝』式の主人公、人物もない。労働の『集団《グループ》』が、主人公になっている」とのべていることは先に紹介したが、ここでいう「集団《グループ》」というのは、先に指摘した「蟹工船」を構成する種々の仕事集団という意味である。とくに漁夫の集団については、かなり克明に描いていく。「『一定の層』を具体的に認識することだ」と大衆の把握の問題で多喜二はのべていたように、漁夫の集団がさまざまな層によって構成されていることを描写することで、漁夫集団をよりリアルに把握しているのである。

「漁夫の仲間には、北海道の奥地の開墾地や鉄道敷設の土工部屋へ『蛸』に売られたことのあるものや、各地を食いつめた『渡り者』や、酒だけ飲めば何もかもなく、たゞそれでいゝものなどがいた。青森辺の善良な村長さんに選ばれてきた『何も知らない』『木の根ッこのように』正直な百姓もその中に交っている」

その「集団」を描くために多喜二は、個人の名前を排除する。「蟹工船」で名前がでてくるのは、監督の「浅川」と虐待される雑夫の「宮口」、脚気のため死ぬ「山田」という漁夫だけである。ほかは、船長、工場長、雑夫長、船頭、給仕、火夫と職名で呼び、漁夫については「中年過ぎの漁夫」「最初の漁夫」「吃り《ども》の漁夫」、「中年の漁夫」「炭山《やま》から来た漁夫」「学生あがり」「威張んな」などと、それぞれの漁夫の特徴であらわしている。

彼らは、船に乗り込むにはさまざまな動機と経歴をもつ漁夫集団の個別の顔であり、いわば「てんでんばら〳〵のもの」の中から抽出された人々でもあった。

しかしだからといって、芸術として求められる生きた人間を描くことを多喜二は放棄したわけではない。先の蔵原への手紙で、集団を描くことの意味をのべたあとに続けて、「そのためによく片輪な、それから退屈さを出さないために、考顧した筈である」と言っているように、固有名は与えられていないが、多喜二は作品世界ではリアルな人物造形を試みている。そのことは、今回改めて読んでみて感じたところである。

それを作品にそくしてみてみよう。

「炭山から来た漁夫」は、作品の初めの方から登場する。船へ来る前までは夕張炭鉱で七年坑夫をしていた。ガス爆発で危うく死に損ねて、坑夫が恐ろしくなり鉱山を下りてしまったという男である。彼はガス爆発のとき紙ぺらのように吹き飛ばされながら運良く助かるがその目の前で、まだ生きている炭坑夫の救いを求める声を無視して、壁をつくっているのを目撃する。壁をつくるのをやめさせようとするが、「馬鹿野郎！　こゝさ火でも移ってみろ、大損だ」と一喝される。その話をきいた若い漁夫が、「さあ、こゝだって大して変らないが……」という。その言葉を「彼は坑夫独特な、まばゆいような、黄色ッぽく艶のない眼差を漁夫の上にじっと置いて、黙っていた」と描写される。

その彼は激しい労働で「とても続かねえや」「俺ァ仕事サボるんだ。出来ねえ」とつぶやくようになる。「大焼きが入る」といわれても、「ずるけてサボるんでねえんだ。働けねえからだよ」「長げえことねえんだ」と絶望的な状況に陥っていく。

「吃りの漁夫」は、気の短い男として描かれるがどういう経歴かは定かでない。奴隷的労働が過酷さをまし、漁夫たちみんなが「殺されかゝっている」ことを身体で実感する絶望的な状況のなかで登場してくる。彼は絶望的な状況の中で「糞、こッ殺されてたまるもんか！」と「自分でももどかしく、顔を真っ赤に筋張らせて、急に大きな声をだした」。

漁夫たちの不穏な空気を感じて、船頭が「叛逆《てむかい》なんかしないでけれよ」といったことに対して、「勝手だべよ。糞」と唇を蛸のようにつきだした。船医がけが人の漁夫の診断書を書くことを拒否したとき、彼は「チェッ！」と舌打ちをする。

こうした不満の集積のなかで、彼は漁夫集団の指導的立場に押し出されてくる。脚気の漁夫（山田）の死を「山田君は殺された」と語り、「では、誰が殺したか？ ――云わなくたって分っているべよ！」とのべ、ストライキに立ち上がった集団の前で演説をぶつ。団結の必要性を訴え、「ストライキ万歳」の音頭をとったのも彼だった。吃音が消えているのは一つの象徴としてとらえられている。彼がこれまでどういう職種をへて蟹工船で働くようになったかはわからないが、かつて労働運動の経験があることをうかがわせる。その彼でも、駆逐艦がやってきて、学生の一人が「しまったッ!!」とバネのように跳ね上がったとき、それを笑い、「この、俺達の状態や立場、それに要求などを、士官達に詳しく説明して援助をうけたら、かえってこのストライキは有利に解決がつく。分りきったことだ」という風に考えていたのである。

「中年を過ぎた漁夫」も面白い存在である。雑夫の宮口が逃亡し、彼を発見したものにはバット二つと手ぬぐい一本をくれるというのに応えて、宮口が腹が減って出てきたところを捕まえたのが彼である。若い漁夫の彼への怒りに対して、「うるさい奴だ。煙草のみでもないのに、煙草の味が分るか」といって煙草をうまそうにのんでいるふてぶてしさである。その彼が、殺されるような日常のなかで、学生らがいうことに次第に耳を傾け、「サボ」にはいやな顔をみせていたが、「サボ」が効果を出し始めると、若い漁夫たちのいうように動き始める。ストライキがおき、壇上にたった雑夫の少年の切々とした訴えを聞いて「手を夢中にたゝきながら、眼尻を太い指先きで、ソッと拭」うようになるのである

「芝浦」と呼ばれる漁夫もストライキのリーダーの一人としてでてくる人物である。彼は芝浦の工場にいたことがあった。彼は「こゝの百に一つ位のことがあったって、あっちじゃストライキだよ」という。そして彼は幾つかの名セリフをはく。そういう人物として設定されている。一度、漁夫たちの闘争の気分がもりあがったが、監督らの反撃で押しつぶされ、虐使され沈滞した雰囲気になる。「俺ア、キット殺されるべよ」「ん。んでも、どうせ殺されるッて分ったら、その時アやるよ」という会話が漁夫の中でかわされたとき、「芝浦」は「馬鹿！」と怒鳴りつけていう。

「殺されるッて分ったら？　馬鹿ア、何時だ、それア。――今、殺されているんでねえか。小刻みによ。彼奴等はな、上手なんだ。ピストルは今にもうつように、何時でも持っているが、なかなかそんなヘマはしないんだ。あれア『手』なんだ。――分るか。彼奴等は、俺達を殺せば、自分等の方で損するんだ。目的は――本当の目的は、俺達をウンと働かせて、締木にかけて、ギイギイ搾り上げて、しこたま儲けることなんだ。そいつを今俺達は毎日やられてるんだ。――どうだ、この滅茶苦茶は、まるで蚕に食われている桑の葉のように、俺達の身体が殺され

ているんだ」

また一方では「吃り」相手の会話でも「水夫と火夫がいなかったら、船は動かないんだ。――労働者が働かねば、ビタ一文だって、金持の懐にゃ入らないんだ。（略）金持と俺達とは親と子だなん……」

そんな彼も、ストライキの要求書をもって監督にせまったとき、監督のふざけた発言を聞いて、いきなり監督のピストルをたたき落とし、拳骨で頬をなぐりつける激しさを見せるのである。

これらは、「蟹工船」に登場する数多くの人物の一部だが、その彼らの一人ひとりの個性を描きわけながら、作品は彼らが集団に溶け込んでいく姿をとらえている。ここは、多喜二が集団のリアリティを与える上で苦心したところである。集団のダイナミズムをうみだすために、それを構成する一人ひとりに深入らず、しかしそれぞれの個性・個人を描き、屈服から組織的反撃にいたるダイナミズムをうむための苦心といっていいだろう。

しかし、以上を前提としてみるとして、それなら、なぜ固有名を排除する必要があったのだろうか。

詩人の壺井繁治がこのことの意味についての分析をしているので紹介しておきたい。

『蟹工船』に最初に登場する集団は、いわば資本主義社会が内包する本質的矛盾によって個性を剥奪され、一般的に無性格にされた集団である。それが個性を剥奪され、無性格にされたままの状態で資本の酷使に泣き寝入りするか、それとも個性を恢復して資本とたたかうかというのが、つまり二つの予想であったのである。そして彼等は組織的集団としてのたたかいを通して、個性を恢復した。多喜二がこの作品に特定の主人公を設けずに、集団そのものを主人公としたという意図およびその作品構成上の意識的な配慮は、このこととふかい関連をもつのではなかろうか」(「『蟹工船』における集団と個人の描写について」一九五四年)

この壺井の論とあわせて、同時に、人間を描きながら、個人の枠(名前、性格、心理)に深く入り込まないというのは、それぞれの人間をその階層を代表するものとして描きたかったからではないかと考えられる。

多喜二は「蟹工船」を批判した中村武羅夫に反撃する文章のなかで、「浅川は実在のモデルがあり、なお蟹工船の鬼監督として知られたことも事実である」とのべつつ、だれが監督の立場になっても、荒くれ漁夫に海の中に叩き込まれたくないとすれば、東京へ逃げ出すか「浅川になるか、のどっちかなのだ」とのべている。そして「云って置くが、自分はあの作の中では浅川自身の心理については具体的には一言もふれていない」といっているのも、浅川個人ではなく、「監督」という階級的立場を問題にしているということである。労働者を描く際に多喜二が常に考えていたことも、その階層の典型としての人物であるということであろう。

作品の意図

多喜二の内的動機にかかわってのべてきたが、次に作品の意図についてふれておきたい。

彼は蔵原への手紙の中で、二つのことをいっている。

一つは、「この作では未組織な労働者を取扱っている」といっていることである。周旋屋によって全国からかき集められ（作品では東京でだまされてつれてこられた労働者集団もでてくる）、無権利な状態に放り込まれた人々が主人公である。その労働条件の背景には、「蟹工船は『工船』（工場船）であって、『航船』ではない。だから航海法は適用されなかった（略）それに、蟹工船は純然たる『工場』だった。然し工場法の適用もうけていない。それで、これ位都合のいゝ、勝手に出来るところはなかった」という事情がある。

まさにここに現在の派遣労働者の問題がかさなりあってくるのである。労働者の上に「派遣」という冠がつくだけで、その労働者の多くが無権利と格差のなかであえぎ、生存そのものが脅かされている。多くの青年が「蟹工船」に共感したのはまず、この点と思われる。

「蟹工船」が描いたものは、炭坑や土木工事などにおける「タコ部屋」労働である。この「タコ部屋」労働は、当時は、工場法など一応の労働者保護法があったものの、繊維業における過酷な労働関係（前借金年季契約、違約金、拘禁的宿舎、長時間労働、深夜業、低賃金、劣悪な職場環境、罰金制）、農村子女の人身売買的な年季奉公などを典型とする、搾取、専制の労働関係によって下支えされていた。工場法自体は戦争の進行によって雲散霧消していった。現代の若者の働かされ方というのは、「蟹工船」とは形は違うけれども、奴隷的労働が新しい残酷さをもって復活しているといっていいだろう。

新装改版の角川文庫の解説で雨宮処凛は、こう書いている。

「『蟹工船』が書かれてから八〇年。戦争とその後の焼け野原から驚異的な経済成長を遂げたこの国は、気がつけば市場原理主義のもと弱肉強食が蔓延《はびこ》り、『蟹工船』的世界がモザイク状に点在するようになっていた。そうして新しい貧困層たちは、『自らの物語』として『蟹工船』を読む。彼らの多くは、きっと多喜二が誰かも知らない。だけど、『蟹工船』に描かれる世界はあまりにも彼らの境遇と近い。」

また『蟹工船』感想文コンクールで大賞をとった山口さなえは、そのなかで次のようにいっている。

「小林多喜二が描いた時代から遥か遠くにいるというのに、現代の日本社会の不気味な搾取構造は変わっておらず、『ロストジェネレーション』と呼ばれる私たちがその最前線で犠牲になっている。多喜二が描いた世界は、私たちの感覚からすれば『終わった歴史』であるのに、汚物の生臭さが漂ってくる労働現場、拷問が繰り返される労働……、私が日々目にし、耳にしているソレに違いなかった。(略)小林多喜二が生き描いた『終わった歴史』は世紀を超えて繰り返されているのに、私たちは現状への虚無感を抱えて、彼らのようには立ち上がれないと思っている。この行き場のない感覚をどうしたらよいのだろうか。」

日本は一九四六年に公布された憲法によって平和と民主主義を指導原理とする国に生まれかわった。そして平和で民主的な国を支える労働者の生活の保障や労働条件の抜本的な向上は、国が積極的にその実現を図る必要があった。その憲法の精神にたって労働基準法が制定された。趣旨として政府は、「労働関係に残存する封建的遺制の一掃」を強調したのであった。そのため戦後すぐに制定された職業安定法で派遣業などのいわゆる人材サービス（労働者供給事業）をほぼ全面的に禁止したのである。戦前の労働ボスからの労働者の解放が目的であった。そのため、政府は派遣労働を新しく導入するときに、「これはあくまで例外だ」と、「臨時的、一時的な場合に限る」と、「常用雇用の代替＝正社員を派遣に置き換えることはしてはならない」という条件をつけざるを得なかったのである（牧野富夫編著『労働ビッグバン』に詳しい）。

今日、「蟹工船」をリアルと感じさせる現実、その土台となっている労働者供給事業の復活はいったい何を意味しているのか。新自由主義というのは、とんでもない歴史逆行、憲法否定の流れだということがわかる。

さらに、「てんでんばら〳〵のもの」たちがどのようにたちあがっていくのか、これがこの作品の読みどころだが、たとえば「吃りの漁夫」がいったように、「僕等は、山田君を殺したもの、仇をとることによって、山田君を慰めてやることが出来る」、「芝浦の漁夫」が言ったように「今、殺されているんでねえか。小刻みによ」という認識であり、「殺されたくないものは来たれ！」という「学生上り」の呼びかけであった。そして労働者たちは、「芝浦」がいうような「水夫と火夫がいなかったら、船は動かないんだ。――労働者が働かねば、ビタ一文だって、金持ちの懐にゃ入らないんだ」という、自分たちの存在と力への認識であった。

今話題の派遣村にあつまった首を切られた非正規労働者たちもまた、食料と寝場所を与えられるという受身の存在というだけでなく、自分たちの存在を自覚することで、人間としての当然の要求をあげ始めた。「蟹工船」に共感する所以であろう。

もう一つ、この作品の意図は、蟹工船を作品の舞台と設定することには、「色々な国際的関係、軍事関係、経済関係が透き通るような鮮明さで見得る便宜があった」、「プロレタリアは、帝国主義戦争に、絶対反対しなければならない、と云う。然し、どういうワケでそうであるのか、分っている『労働者』は日本のうちに何人いるか。然し、今これは知らなければならない。緊急なことだ」と述べていることである。

自分たちの奴隷的タコ部屋労働が、資本家の懐を豊かにするためにあるということはくりかえし作中で語られている。さらに「金がそのまゝゴロ〳〵転がっているようなカムサツカや北樺太など、この辺一帯を、行く〳〵はどうしても日本のものにするそうだ。日本のアレは支那や満州ばかりでなしに、こっちの方面も大切だって云うんだ。それにはこゝの会社が三菱などゝ一緒になって、政府をウマクつッついているらしい」「駆逐艦が蟹工船の警備に出動すると云ったところで、どうして〳〵、そればかりの目的でなくて、この辺の海、北樺太、千島の附近まで詳細に測量したり気候を調べたりするのが、かえって大目的で、万一のアレに手抜かりなくするわけだな」

鬼の浅川がいうように蟹工船の事業は一会社の儲け仕事ではなくて、「国際上の一大問題」なのであった。作品は「帝国軍隊――財閥――国際関係――労働者」を「透き通るような鮮明さで見得る」ものとして描く。労働者の過酷な労働が、実は帝国主義的侵略主義と一体のものであるという構造を明らかにしているのである。

この主題は、「沼尻村」「党生活者」などその後の作品で引き続き追求された問題であった。

「蟹工船」が現代に問いかけるもの

一昨年来のプロレタリア文学への関心のたかまりが、小林多喜二「蟹工船」ブームに結実していくとは誰が予想できただろう。私も電車のつり革につかまりながら「蟹工船」の文庫を読む若い女性の姿を見かけたりもしたが、現代の青年たちが自分の物語として、「蟹工船」を受容するという現象は一体何を意味するのだろうか。

社会現象ともいうべきこの事態は、「蟹工船」で描かれた奴隷的労働が、今日において先祖がえり的に復活しているという現実を背景としていることはいうまでもない。

同時にこのブームの背景にあるものは、文学的課題として考えた場合、文学がそのような現実にたいして、どうあるべきなのかという問いかけでもある。

プロレタリア文学への関心の呼び水となった特集「プロレタリア文学の逆襲」（『すばる』二〇〇七年七月号）の座談会で、私は本田由紀氏の次のような発言に注目した。

「『現代におけるプロレタリア文学』があり得るとすれば、社会システムまで視野に入れ、グローバリゼーションにせよ何にせよ、社会状況がマクロとしてあって、そのなかで各人がどういう位置に置かれているのかということを把握した上で、戦略的なフィクションとして描き出すものであってほしい」

この発言の意味するものは、文学が人間社会との関係において、どのような機能を持つべきかということではないか。労働者の苦境を表層的に掬い取った作品が多い中で、もっと深く、もっと鋭く、意識的に社会と切り結んだ文学があるべきだと言うことである。

現代文学がその提起に応える前に、八十年前に書かれた「蟹工船」が人々の心の中に飛び込んできたというのは、意味深い出来事である。もちろん、「蟹工船」に注目が集まるにあたっては、さまざまな要因があることはいうまでもない。しかしここでは、「蟹工船」というテキストが、現代文学が陥っている非社会的狭隘な世界からの脱却のシンボルとして再登場してきたことに注目しておきたい。

首都圏青年ユニオンの河添誠氏は、「声をあげたり、怒ったりするのはフツーではない」という雰囲気が蔓延することによって、下層の若者が、その生きづらさを社会的な怒りとして表出する回路が見事に遮断されているとのべつつ、次のようにのべていることは興味深い。

首都圏青年ユニオンに加入した若者たちは「団交などの応援に参加し、そこで不当解雇されて怒っている他の組合員の存在を知ることになる。怒っている他者を見ることによって、認識そのものが変わっていく。自分と同じように『能力不足』などと決めつけられ不当解雇にあっている他者がいることに気づく」。そしてそのことによって「自分以外の他者の存在を知ることを通じて、個別化された自分の生きづらさから、それが社会的につくられたものであるとの認識を深めていくこととなるので。そうして初めて、怒りを社会的に表出する回路を若者自身が獲得することができる」(「若者が怒りを表出する回路を獲得するために」「しんぶん赤旗」二〇〇八年十二月十七日付)。

「蟹工船」の登場人物たちの怒りとたたかいに触れた青年たちが、河添氏が指摘するように「他者の」の存在を知ることを通じて、「怒りを表出する回路」を獲得していっているといえないだろうか。「蟹工船」エッセーコンテストで入賞した青年が、「『蟹工船』で登場する労働者たちは、私の兄弟たちのようにすら感じる身近な存在だ。」(狗又ユミカ)と記したように、同じような境遇だと感じる作中人物たちの姿を通して、自己の問題を見つめなおしていったことが、そのことを如実に示しているといえよう。

小林多喜二が「蟹工船」に描こうと意図したものは、それまで彼の初期の作品にあったような悲惨な現実にたいする人道主義的な憤りにとどまるものではなかった。日本の働く人々は、なぜ悲惨な状況におかれているのか、それを打開するためにはどうしたらいいのか、その構造と方向を明らかにすることであった。そこには作家の世界観、政治変革の視点、政治性を排除しない芸術のあり方、内容と形式の問題など今日新しくとりあげてもよい問題が内包されている。その意味で、切り拓いてきたものから、私たちの運動が学びとるべきものは多いと思われる。

小林多喜二は、「蟹工船」を書いた後上京し、新たな文学的飛躍をめざしていく。その文学的刻苦は、プロレタリア文学運動の実践の先頭に立ちつつ、激流の様相を呈し、彼の死までつづけられた。「蟹工船」にこめられた問題意識（搾取の暴露、大衆がなぜそういう状況に置かれているかの構造、個人の性格や心理でなく集団を描く、プロレタリア文学の大衆化のための形式上の努力など）をよりいっそう発展させることを己の課題とした。

私は多喜二の清書原稿にする前のノート稿に接する機会が何度かあった。その中には「蟹工船」のノート稿もあった。多喜二は拓殖銀行につとめ、仕事の合間に紙片に原稿を四行、五行と書いたといっているが、そのノートにもいくつかぺたぺたと貼ってあり、また、北海道内の労働者虐待の記事が切り貼りされていたりもした。強い印象をもったのは、「蟹工船」の最後の一句、「そして、彼等は、立ち上った。――もう一度！」にいたる、多喜二の苦闘のあとであった。それらを思い出しながら、全力で文学で立ち向かった彼の刻苦と苦闘をこそ、受け継ぐべき課題ではないかと思わずにはいられない。

多喜二出発前夜――「雪の夜」を中心に

小林多喜二は一九三三年二月二十日、東京築地署で拷問の末殺害された。今年は、彼の死から八十五年にあたる。彼がいわゆる「処女作」と位置づける「一九二八年三月十五日」から、「党生活者」「地区の人々」にいたる作家的生涯をみると、一筋のレールの上を走り抜けたようにみえる。しかし、その「処女作」以前の文学的刻苦が彼の飛躍を準備した。彼の文学と生涯を貫くものは、常に高みをめざし、前に進む前進性にあったといわれているが、彼の初期の文学の底流にあるのは、迷いと苦悩の人であったということである。多喜二が抱え、ぶつかっていた問題とはいったい何だったのだろうか。

一九二七年一月に書かれた「雪の夜」は、ノート稿の中から発見されたものだ。一風変わった作品であるが、彼の抱えていた問題を考えるうえで、欠かせない作品の一つであると私は考えている。「雪の夜」では、若きインテリゲンチャとして揺れ動いている姿が克明に見つめられている。内なる自己を見つめるという点では、「東倶知安行」と同系列の作品だといえよう。「雪の夜」について、ノート稿最後の欄外の余白に、「一九二七年一月頃の自分の凡ての気持がこの一篇の中にははっきり出ている」と記されている。また、多喜二の一九二七年二月七日の日記（「折々帳」）には、「正月は『雪の夜』（約四十枚）を二日から取りかゝって二十二、三日迄に仕上げた。ウン〳〵苦しんで書いたものだ」と書き、さらに同じ日付の日記中に、「生活の方では、相変らず不安定だ。『雪の夜』の中でもその事には一寸触れているが。社会主義者として、自分の進路が分っていながら、色々な点で、グズ〳〵している自分である」とも書いている。

　私はかつて、「もともと多喜二が味わい続けてきた貧困と生活苦、家族のために苦界に沈む田口タキの存在—それらすべての問題の根源としての社会的貧困とそこからの脱出を考えてきた彼にとって、文学もまたその現実を描き、打開の方途を求めるものとならざるをえなかった。多喜二の人生的・生活的苦悩と文学芸術の苦悩は一体のものであった」（「『東倶知安行』の青春」、『民主文学』二〇〇八年二月号）と書いた。

　「雪の夜」は、多喜二の刻苦を考えるうえで、独特の位置を占めているのである。作品には、当時多喜二が抱えていた問題が網羅され、それを客観的に見つめようという視線に貫かれている。彼の作家としての成長を考えるうえで欠かせない作品だろう。

銀行員として働く龍介が主人公である。彼は仕事がおわってもまっすぐに帰る気持ちにならず、なにかしらぐずぐずしているのだ。龍介自身にも判然としない焦燥感の中、彼は雪が降る街をあちこちと彷徨《さまよう》のである。どこにも行き場のない龍介の心は、東京で新たな出発をしようと上京して東京商科大学の入学試験をうけたが不合格となった一年余前の事や、また身請けした田口タキとの関係でも混迷が深く、社会的矛盾の階級的本質を理解していても、その道を突き進むことができない作者自身の心の悩みを映している。

描かれている問題の一つは、自分は虚偽の生活に縛られているという思いだった。年々上がる月給を楽しみに銀行に通い、貯金し、おとなしい奇麗な細君をもらい、呑気に生活する。そして可愛い子どももでき、老後を不自由なく暮らす。そういう生活を龍介は「大きな罪悪がある」と思っていた。不幸な人々が世の中であえいでおり、皆が力を合わせて幸福な世の中にしなければならないのに、安穏な生活をおくる者は「人類歴史の必然的な発展を阻止する之上もない冒瀆者である」と思うのだ。龍介はそういう者たちの一人としての自分の生活に対して良心的に苦しみ、父のない自分の家族の生活を支えなければならないということがあるために、「虚偽の生活に縛られて」いると思う。「こゝから一歩も抜き出ない以上、それはたゞの考えとして檻の中の獅子のように、頭の中をグル〳〵廻るに過ぎない」のだったと書いている。

この問題は、長年多喜二が思慮していたことであった。多喜二が一九二三年に小樽高商在学中に書いた、「藪入」という作品がある。これは『新興文学』の懸賞当選作として同誌の七月号に掲載された作品で、彼の転換期の出発を示唆した作品である。多喜二は、この作品で彼自身の欺瞞的存在と、貧困の奥深い闇を覗き込んだ。上級学校に入学した兄にかわって、小僧奉公に出た弟の初めての藪入りを迎える兄が、自身のエゴイズムを反省するとともに、搾取をごまかす虚偽としての藪入りを発見するという作品である。

弟が帰ってきたらおいしいものを食べさせ、映画にも連れて行こうということを考えること自体が、「弟の眼をごまか」すことではないか、「龍介はなんという自我主義者だろう？　彼は、自分の幸福のために弟を足下にふみにじった！そして又彼はなんという卑怯者だろう！」と思う。そしてそれは龍介だけでなく、藪入りで帰って来る子どもたちの親たちすべての欺瞞ではないか。「色色の手段でまるめられている、自覚せざる搾取を強いられている小僧！　彼は深い〳〵憂鬱にとらえられた」。

多喜二は「藪入」で、貧困の土台にある搾取の仕組みを告発し、同時にそれを覆い隠し加担している自分や親たちの問題をも視野に入れた。高商を卒業し、銀行員となったことで、その問題はいっそう彼の心をしめ付けていた。しかし「虚偽の生活」を抜け出すためにはいったい何が必要なのか、その方向性は彼の中にはまだ熟してはいなかったのである。日ごと高まる労働運動の高揚、マルクス主義とプロレタリア文学運動の広がりの中で、彼の焦燥は高まっていた。

問題の二つ目は、愛の問題である。

作品では、龍介の恋と挫折が回想されている。

ブラブラと街中を歩くうちに、ふられた恵子のことを考え出すのだ。恵子はカフェの女で、彼女についてのいろいろな噂を聞くにつけますます彼の気持ちは高まって行くのである。彼はその気持ちを打ち明けるために海岸へのデートに恵子を誘うが、何度誘っても彼女はやってこない。彼は思いきって手紙を書く。しかし、その返事には他の男と結婚することに決まっている、「貴方は遅かった！」とあった。龍介は惨めな気持ちをかみしめ、「この事以来自分に疲れてきた。すべて自信がもてない」気持ちになっていた。

雪の中を歩きながら彼は、「チャップリン黄金狂時代　近日上映」という広告をみて、ふとチャップリン監督の「巴里の女性」という映画をみたことを思い出した。恵子のことが終わったすぐあとだった。映画には、「如何にも女らしい浅薄さ」に翻弄され、「真面目な男がとうとう自殺することが描かれていた」。その映画は「彼には無条件にピタリ来た」のだ。

この失恋の描写は、実際の多喜二の経験とはいえない。しかし、この時期、自宅に引き取ったタキは、突然家を出てしまっていた。その精神的ショックは非常におおきいものだった。「この事以来自分に疲れてきた。すべて自信がもてない」という龍介の心境、さらに浅薄な女に「翻弄され」自殺する映画の内容を、「彼には無条件にピタリ来た」などというのは、タキの家出がいかに彼の心を苦しめたかを垣間見せるのである。

日記では、「俺の胸は小刀でグザリグザリと破られ、刻まれるような、現実の痛さを感ずる」

と喪失の痛みを記している。思うようにいかない多喜二とタキの関係が、小説の背景にはある。多喜二はタキを探し出すが、彼女は自立して生きていきたいという希望をのべ、多喜二の家には戻らない。しかし二人は何度かのデートを重ねるようになるが、タキは再び、多喜二には知らせず、小樽を去るのである。タキの抱える過去の男性関係のこと、それを払拭できない多喜二の心。その両者の葛藤は日記に記されているが、若い二人の男女の心の揺れ動きは第三者には計り知れないものがある。「雪の夜」では彼の刹那の気持ちを書き込んだといっていいだろう。

　龍介は、商売女のところに行く。「こゝは彼のようにルーズな気持を持っているもの、くる最後のところだと思うと淋しかった」。そしてここに来るのは三日連続だった。三日前には金がなく店にはあがらなかったが、お客がいなく髪結賃もないという女に同情する。次の日に、女に髪結賃をあげようと店にいく。しかし女は、客をとっていてでてこない。

　女は三日目はいた。龍介は一人でこういう店にあがるのは初めてであり、顫《ふる》えがとまらなかった。寒さばかりではなかった。龍介は友人たちと来たことはあるが、彼はなにもせずに帰る。女性への関心、欲求はあるが、人格的な関係にない女性との関係を、友人のように商売女として割り切ることができなかったからだ。なのに一人でこの店にきた。「声がかすれ」るほどの緊張で彼の体は顫えていたのだ。

　龍介は女に何もするつもりはないといい、酒や飯をたべさせ、質問攻めにする。「幾つだ?」「どうしてこんな所へ来たんだ?」「金のためにか、すきでか……。」「君等はこういう俺達を憎いと思ったことはないか。」「君達の体を……金で……そうだろう?」。女はこれらの質問に対して貧乏で仕方なかったが、しかしまったくいやなことでもないというようなことを語る。女の首筋には虱がはっていた。龍介は不快な気持ちをもって見つめている。そして女に髪結賃を渡して店を出るのである。

日記には、友人たちとこうした店にきたことの記述がある。「自分は勿論何もしない」と書き、女と話した内容が記されている。この一九二六年十月二十一〜二十二日の日記では、小説で描かれたようなことを実際女に聞いたことがわかる。小説以上に根ほり葉ほりのようで、「自分が『曖昧屋』『酌婦』如き作品の中で考えていた考えに別な新らしい見方を考えさせた点があった」と書かれている。

そもそも一九二五年十一月に書き上げた「曖昧屋」は、売春を生業とする女たちを描いた作品で、一九二六年八月に「酌婦」として改作し、一九二七年十一月に追加訂正、さらに一九二八年三月に「瀧子其他」へと改作を重ねている。「酌婦」への改作は、八月十五日の日記で「会心の出来だ」と述べ、その理由として初恵（純情）、光代（無反省、現在の生活に満足）、瀧子（内に純情を持っている）三人の描き分けに力を注いだこと、「各々の性格は、純粋の『描写』で行った。心理描写という説明は用いずに、以上の性格を出せたと思う。新味があって、自信のもてるものだ」と書いている。また多喜二は自分の意識は「救い」だったとのべ、「一導の光明を与えたい」という気持ちだったが、「然し、今度それ等を書き直しているうちに、事実は反対の方へ行く事だ。救いを出そうとすると、それが、こんな生活の場合う、そ、のように思われる。」と書いている。

八月二十四日の日記では「描写的。『強くなるということが、救いだ』という自分の此頃の思想を深く出している。そのためには『分る』ということが必要だ。各〻の性格は充分出ている。（描写的に。）」と書き付けているが、このころの多喜二は、ニイチェの超人思想、ドストエフスキーの汎愛思想の間を揺れ動きながら、救いという問題を考えていた。「超人を産み出して救いを出そうとして、出来ぬ気持…」と書くが、「解決、としては、リアリスティックである。絶望的であるかも知れないが」というようなことを考えていた。

「曖昧屋」では、「闇を背に負いながら、何時、どこからくるか当てのない、かすかな『光』を求めて、歩んでゆこう、何故って、これが人間だ」という主人公の感慨で作品は閉じられる。改作の「酌婦」では、初恵が脱走したことを聞いた瀧子が、「世の中が初ちゃん一人を引ッ倒すなんて朝飯前サ……なにもかもうまく出来てるんだもの」と乾いた笑い方をする。そして、連れ戻された初恵を前に瀧子は「強くなることが一番大切なのよ」「捨鉢になんかならないッこねえ」と諭すのである。この作品では「曖昧屋」にあったような、理想主義的な文言は消えている。多喜二はいっそうリアリスティックに彼女らの生活と人間を見つめることが必要だということにいきついたのである。

「酌婦」は、二七年九月十四日に最後の部分に加筆訂正がされた。ノート稿をみると初恵が連れ戻されてきたあとに、瀧子たちが騒がしくなってきた外をのぞくと、「それはメーデイの行列だった！　（何という事だ‼）」という一文が加筆されているのである。ここに多喜二の思想的な打開への模索があった。

「雪の夜」にもどろう。女の首筋に虱をみた龍介は女に髪結賃を与えて店をでる。「龍介は外へ出ると興奮してきた。『誰も』『何も』分っていない、と思った。（略）惨めだが、然しあの女達はちっとも自分のその惨めなことを知っていないのだ」と思う。

「曖昧屋」にしても「酌婦」にしても、登場する女たちは、現在の生活にあきらめている光代を含め、その境遇をよしとはしていない。しかし、「雪の夜」で描かれた女は、「ちっとも自分のその惨めなことを知っていない」。多喜二は、こうした女たちの問題を考える際に、先の日記でいっているように「別な新しい見方」をこの作品で提示しようとしたのである。体を売って生きていく女たちへの深い同情、その問題をどう打開していったらいいのか苦悶する多喜二の心には、身請けした田口タキのことがあった。タキを救ってもしかし苦界に沈む女たちの存在は変わらない。その煩悶のなかで、多喜二は繰り返し彼女らを作品でとりあげ考え抜いた。

「雪の夜」もまたその一つとしてあるのである。

店を出た龍介は惨めな女たちへの憤懣はあるが、「同時に彼は自分に対する反省を感じた。ハッキリ何をしなければならないかという事が分っていながら、ちっともきまらない、あやふやな自分が考えられた」。「野良犬」のようにほっつきまわる自分もまた惨めであった。そのとき、前から来た半纏を着た丈の高い労働者とすれ違うときにぶつかってしまう。「馬鹿野郎‼ 何処をウロついてるんだい、この穀つぶし‼」と怒鳴られたように思った。その瞬間彼は雪やぶのなかに手をついていた。「龍介は高いところから落ちた子供が、息がつまって、しばらくの間泣けないでいるように、動かずにじいとしていた。動けなかった。彼はしばらくその恰好のまゝでいた。

雪が彼の上にかすかな音をさして降っているのを彼は感じた。が、彼はじいとしていた」。印象的な結末である。あやふやな自分が労働者とぶつかって雪の中でうずくまるというのは、一つの象徴である。

多喜二のマルクス主義の本格的な勉強は、「資本論」を読み始めた一九二七年以降のことになるが、一九二三年に小樽の同人雑誌『新樹』に掲載した「歴史的革命と芸術」で、すでに彼は「社会の旧権力と新興のそれとの階級闘争から来る」などと社会変革への基本的認識を示していた。また、大杉栄論集『正義を求める心』に掲載されたクロポトキン著「青年に訴う」の大杉訳の第十章が検閲で削除された際に、多喜二はその原文を入手し、翻訳し白紙部分に書き込んだ。そこには多喜二の訳で、労働者の闘争と革命の理想が意気盛んな調子で語られているのである。葉山嘉樹「淫売婦」を読んで深い感動を得たことを日記に次のように書いている点も注目される。一九二六年九月十四日の日記では「ブルジョワに対するプロレタリアの階級意識。生産階級の消費、有閑階級に対する反抗意識、……こういうものがどの篇にも人道的気持に裏打ちされて満ちている。こゝからくる『作品の清新さ』にまず自分は打たれた」と書く。作品の評価、感動を階級的観点からとらえているのである。多喜二は、現実の矛盾をどうみるか、それに対して自分がいかに生きていくかということは頭の中では了解していた。しかし、その道を進むことへのためらいが彼を覆っていたのである。

一九二五年八月に小樽総労働組合が結成され、十一月には日本農民組合北海道連合会が結成された。一九二六年には、北海道の第一回メーデーが行われ、労働者たちは小樽の街をデモ行進した。多喜二の周りでは歴史の動きは急テンポであった。

「雪の夜」は、そのような中で書かれた。この作品についてのまとまった論評は多いとは言えないが、伊豆利彦氏は次のように指摘している。「激しくゆれ動く大正末期から昭和の初頭にかけての時代に生きる良心的なインテリゲンチャの思想上の苦悩と動揺がこの作品の主題であることはいうまでもない。しかし多喜二はこの思想上の不安と苦悩を、たんにそれだけを抽象的に追求するのでなく、失恋の苦痛や屈辱感、人間不信や自己嫌悪やと結びつけることによって、それに肉体性をあたえ、感情の問題にまで深めて追求したのである」（「若き多喜二の彷徨と発見」、『日本近代文学研究』一九七九年刊）。

また宮本阿伎氏は、「多喜二が自己の文学を常に様々な試行錯誤をくりかえして打ち立てようとしていた姿勢と、そして『雪の夜』に描かれた青年の矛盾を抱えながらも真摯に時代に向き合おうとしていくその生き方とに、現代に生きる若い読者に共通する問題が多く含まれている」（「『雪の夜』の周辺」、『小林多喜二全集』月報6）とのべている。

「雪の夜」は、一風変わった作品であると冒頭に書いた。一人の青年が雪の降る街を彷徨い歩き、自身のふがいなさをかみしめ、つらい体験だった恋の顛末を振り返り、街角では貧しさゆえに卑屈さを示す盲目の三味線ひきの母子を目撃し、売春宿にあがり女の貧しさの底にある哀しさを見る。走馬燈のようにさまざまな場面が龍介を目撃者として描かれるこの作品は、多喜二にとって書かずにはおれないものだった。この作品を書いた二か月後、多喜二は磯野小作争議が労働者との共同でたたかわれたとき、銀行で入手した磯野側の情報を争議団に提供するというかたちでかかわった。六月には小樽港湾争議を応援し、ビラの製作に参加する。八月には労農芸術家連盟に加盟し、プロレタリア文学運動に加わる。九月には労働農民党員で理論家として知られる古川友一の主宰する社会科学研究会に参加し、毎週定期の研究会に出席しはじめ、労働農民党や小樽合同労働組合の人たちとの交流を進める。

多喜二は、「雪の夜」で自己の抱える問題を直視することで、それらを抱えながら、また振り切るようにして一筋の道を具体的に歩みだした。一九二八年の元旦の日記に「さて、新らしい年が来た。俺達の時代が来た。我等何を為すべきかではなしに、如何になすべきかの時代だ」と、たからかに宣言することになるのである。

そういう意味で、「雪の夜」は多喜二のターニングポイントとなる作品であった。

あとがき

収録した評論は二〇〇〇年以降に月刊誌『民主文学』に発表したものです。それぞれに文学運動の中で書いたものです。

「しんぶん赤旗」の記者をしていた私は、宮本顕治さんの『文芸評論選集』第一巻「あとがき」が発表されたのを機会に、二十代の終わりに文学担当記者となりました。その後、多くの作家とかかわることになりました。一般文壇の文学者で故人では大岡昇平、安岡章太郎、高井有一、林京子、野田宇太郎各氏との交流は、とりわけ感慨深いものがあります。「赤旗」の文芸時評を執筆するなかで日本民主主義文学同盟（現文学会）に加盟し、文芸評論の道を歩んできました。

文学運動では多くの先輩諸氏のお世話になってきました。窪田精、宮寺清一、佐藤貴美子各氏について書いたものを収録できたことはうれしい限りです。

本書に収録した文章は、それぞれに力足らずの面があり不満は多いのですが、少しでも文学運動の前進と日本文学の発展に寄与できれば幸いです。

本書刊行にあたっては、文学会常任幹事の北村隆志、仙洞田一彦の両氏、表紙絵を引き受けていただいた百瀬邦孝氏に大変お世話になりました。厚くお礼を申し上げます。

【初出】

Ⅰ

「戦争」に向き合った二人の作家　『民主文学』二〇一五年一一月号

小田実『ＨＩＲＯＳＨＩＭＡ』の新しさ　『民主文学』二〇一七年　九月号

池澤夏樹『カデナ』を読む　『民主文学』二〇一〇年　四月号

現代文学の動向と諸問題　『民主文学』二〇〇七年一〇月号・一一月号

人はいかにして人となっていくか　『民主文学』二〇一三年一〇月号

Ⅱ

リアリズム論の再生へ　『民主文学』二〇一二年　七月号

民主主義文学運動の「初心」を考える　『民主文学』二〇一三年　五月号

文学における題材とは　『民主文学』二〇一四年　五月号

Ⅲ

窪田精の文学

　闇の中からの再生　『民主文学』二〇〇五年　一月号

「フィンカム」にみる新しい模索　『民主文学』二〇〇四年　七月号

「海と起重機」の視点の意味　『民主文学』二〇〇五年　八月号

人間の美しさを追い求めた文学世界　宮寺清一　『民主文学』二〇一四年　六月号
たたかう人間像を刻む　佐藤貴美子　『民主文学』二〇一五年　六月号

Ⅳ

本庄陸男「白い壁」　『民主文学』二〇〇一年　一月号
「東倶知安行」の青春　『民主文学』二〇〇八年　二月号
「蟹工船」の成立と今日の文学的課題　『民主文学』二〇〇九年　三月号
多喜二出発前夜　『民主文学』二〇一八年　三月号

牛久保建男（うしくぼ・たつお）
1952年　北海道生まれ。
日本民主主義文学会常任幹事

民主文学館

時代《じだい》を生《い》きる作家《さっか》と文学《ぶんがく》
2018年11月10日　初版発行

著者／牛久保建男
編集・発行／日本民主主義文学会
〒170-0005　東京都豊島区南大塚2-29-9　サンレックス202
TEL 03(5940)6335
発売／光陽出版社
〒162-0811　東京都新宿区築地町8
TEL 03(3268)7899
印刷・製本／株式会社光陽メディア

ISBN978-4-87662-617-5 C0093